KB234344

미궁의 눈

미궁의 눈

초판 발행 | 2007년 8월 29일

지은이 | 최용탁
편집인 | 박일환
편집주간 | 김영숙
편집부 | 엄기수 박광수
펴낸곳 | 도서출판 삶이 보이는 창
등록번호 | 제18-48호
등록일자 | 1997년 12월 26일

(150-820) 서울시 영등포구 대림1동 929-5(2층)
전화 | (02) 848-3097 팩스 | (02) 848-3094
홈페이지 | www.samchang.or.kr

값 9,000원
ⓒ 최용탁, 2007. Printed in Seoul, Korea.

ISBN 978-89-90492-51-7   03810

최용탁 소설집

미궁의 눈

삶이 보이는 창

차례

단풍 열 끗

"우선 어디 온천에라두 가서 하룻밤 자구, 경주 쪽으루 빠지든, 설악산 쪽으루 올라가든 의논해서 결정을 하지유, 뭐."

"자네 맘대루 혀. 기왕지사 이렇게 된 거 구경 나온 셈 쳐야지, 어쩌겠나."

운전을 하는 김판석이의 느려터진 말이나 태평한 소리로 대거리 하는 조합장 말이나 재구 씨에게는 모두 소나기 피하려고 뜀박질

하다가 도랑물에 자빠지는 소리로 들렸다. 자다가 떡이 생겨도 시원찮아 동치미 국물도 따로 달라고 할 판인데 대체 어쩌다가 잇속도 없는 판에 끼어들게 됐는지 재구 씨는 생각할수록 기가 막혔다.

아무리 열 오라비 지은 농사 누이 하나가 거둔다는 타작마당이지만 한나절 휘쓰면 하루 종일 허리야 어깨야, 하며 끙끙하는 마누라 혼자 무슨 수로 고춧대 뽑고 볏짚 묶어 들이는 일을 다 한단 말인가. 다른 일이야 나중에 한다고 해도 그 두 가지 일은 미룰 수가 없는 것이었다. 기왕에 딴 만물 고추야 다 홍초로 내고 건초로 내고 했으니 고춧대를 뽑아 놓았다가 따는 서리받이 끝물 고추 삼사십 근이 재구 씨네 일 년 먹을 양식거리 고추가 되는데 이도 서리 오기 전에 다 뽑아 놓아야지 그렇잖으면 천오백 평 고추 농사에 남의 고추를 사 먹어야 하는 웃지도 울지도 못할 일이 남의 일이 아닌 것이다. 볏짚도 어서 묶어 들여야 겨우내 우∔서방들 양식이 되지, 가을비라도 흠씬 오면 소문난 고래실인 재구 씨네 논바닥엔 도무지 발을 들일 수가 없게 된다.

이런저런 생각에 입 안이 쓴데 마흔도 안 된 턱주가리에 족제비 수염을 기른 김남섭이가 목을 빼고 운전을 하는 김판석이의 어깨를 툭툭 친다.

"그러지 말고 아예 지금 결정을 해서 남쪽으루 갈 거면 그쪽 어디 온천으루 가고, 북쪽으루 갈 거면 그쪽 어디 온천으루 가는 게 어뗘? 나의 소견으루는 그 편이 더 민주적일 거 같은데."

재구 씨 기분 같아서는 한 대 올려붙였으면 싶게 깐족거리는 말
뽄새였다. 아무리 김판석이한테 하는 말이지만 제 작은 아버지뻘
되는 사람이 둘씩이나 같은 차에 타고 있는데 어떻게 고따위 입정
을 놀리는가 말이다. 어디서 들은 뉘 집 딸년 이름인지 노상 민주
아니면 민주적을 입에 달고 있다가 되나가나 가져다 붙이는 김남
섭이의 옆얼굴을 쳐다보다가 재구 씨는 끄응, 하며 고개를 차창으
로 돌렸다.

"김 사무장님 말씸은 지금 결정을 하자는 건데 이 사무장님 생
각은 어떠신가유?"

김판석이가 흘끔 재구 씨를 돌아보았다.

"사무장? 누가 날 사무장 시켜줬고 내가 언제 사무장이라고 한
적 있나? 나한테 당최 그런 말 말어. 지금 내 속이 속인 줄 아나?"

재구 씨는 버럭 소리를 치고 말았다.

생각할수록 어이없고 한심한 일이었다.

조합장 선거를 두 달 앞두고 현 조합장인 양대완이에게 다른 사
람도 아닌 양대완의 십이촌 일가붙이인 양종택이가 출마를 선언
한 것이 발단이라면 발단이었다. 전체 면민이 삼천 명 정도에 조
합원들만 한 표씩이 있으니까, 고작 팔백여 표를 두고 일가붙이끼
리 선거가 붙은 것이었다. 그 중에 이백 표 가까이는 면내의 대성
인 양씨들에서 나오는 것이니 우선은 양씨 문중에서 난리가 났다.

종가의 어떤 노인은 문중 내에서 먼저 선거를 하여 한 사람이 나서자고 했다가 양종택이네 쪽에서 웬 헛소리냐고 쌍지팡이를 들고 나서자 그에 충격을 받고 자리보전을 했다느니, 양종택이 할아버지가 사놓고 제때에 등기를 못낸 산 하나를 양대완이 아버지가 문중산으로 돌려놓고 밤나무밭을 만든 사건 이후에 양종택이가 칼을 갈아왔다느니, 하는 타성바지들에게는 그렇거나 말거나 하는 소문이 들리기도 했다.

재구 씨는 진작부터 양대완이를 찍어주려고 생각하고 있었다. 초등학교 동기 동창으로 허물없이 지내온 그간의 정리로 봐서만은 아니었다. 젊은 것들이 따지고 들듯이 양대완이가 조합장이 되고 나서 농협 하는 일이 전만 못해진 것은 사실이지만 또 재구 씨대로 따지고 들면 그것이 어찌 조합장만 탓할 일인가 말이다.

처음에 사과며 호박, 가지, 작목반들이 생겨서는 어찌나 포장이나 물건 선별에 신경을 썼는지 가락시장에서 삼매면 글자만 보이면 중도매인들이 풀어보지도 않고 웃돈을 얹어서 서로 차지하려고 다투었다. 그렇게 이삼 년 재미를 보고 면내에 돈이 도니 자연이 농협에 돈이 쌓이고 농협은 그런 돈으로 사업을 한다고 한 것이 일명 원두막 판매소라는 것이었다. 농협 청년부에서 주동이 되어 차들이 많이 오가는 곳에 번듯하니 십여 평짜리 조립식 건물을 지어놓고, 소경도 돌아다 볼만큼 간판을 가로 세로로 큼지막하게 세워 놓았다. 그런 것을 한두 군데도 아니고 네 군데나 벌려놓고 철철이 나는 푸성귀에 과일에 곡식에 산나물까지 자리를 차지하게 하더니 나중에는 음료수며 과자부스러기까지 구색을 맞추었다. 되느라고 그랬는지 안 되려고 그랬는지 원두막 판매소는 기대보다 훨씬 많은 매상을 올렸고 청년부에서는 왜 진작 이 생각을 못했을꼬, 하는 탄식 겸 환호를 내지르기 바빴다.

전임 조합장이 물러나기까지 면내에는 그런 활기가 있었다. 그러던 것이 양대완이 새 조합장으로 뽑히고 나서부터 꼬이기 시작했다. 하지만 그것이 양대완이의 책임이라고는 누구도 말할 수가 없다는 것이 재구 씨의 생각이었다. 굳이 책임을 따진다면 바로 농사짓는 사람들의 책임인 것이다.

흰 떡에도 고물이 든다고 작목반원 중에 제대로 농사를 짓지 못해 남들보다 처지는 물건을 수확한 두서넛이 중中이나 하下로 표시해서 보낼 물건을 두 눈 딱 감고 특特자를 찍어 가락시장으로 올렸는데 뜻밖에 남들 받는 특값과 같은 값을 받자, 너도 나도 중짜리는 상으로, 상짜리는 특으로 올리고 나중에는 맨 윗줄에는 특을 얹고 속에는 중짜리나 하짜리나 되는 대로 섞어 넣지 않는 이는 아예 약지 못한 사람이 되더니 곧 멍청이가 되었다. 하지만 땅파는 사람이 부린 재주에 한 번이나 속지 두 번 속을 세상은 이미 저 세상으로 떠난 지 오래였다. 올가미 놓고 돌아서다 제 목이 걸린 터수로 몇 달이 못가 가락시장에서는 삼매면 농산물 반입 금지 조치를 내렸다. 새로 조합장이 된 양대완이가 인천으로 청량리로 안양으로 도매 시장을 뚫어 물건을 올려 보냈지만 좋은 시절에 받던 금에는 어림도 없었다. 더구나 단골 농협이 아니라는 이유로 턱없이 낮은 가격이 나오기 일쑤였다. 사람들은 제 잘못이라는 걸 번연히 알면서도 조합장을 향해 볼멘소리 한두 마디씩은 뱉기 마련이었다. 언제부턴가 조합 건물에 '속박이로 잃은 신용 되찾는 데 평생 간다' 라는 현수막이 걸렸는데 누가 지었는지 우리 동네 들여다보고 지었지 싶은 것이 볼 때마다 느끼는 재구 씨의 심정이었다.

청년부에서 하던 원두막 판매소도 그렇다. 생각잖게 높은 매상을 올리자 다른 궁리를 하는 사람이 생겨났다. 먹어본 놈이 또 먹는다고 바로 판매소 일을 앞장서서 하던 청년부 젊은이들 중에 몇몇이 길가에 슬레이트 지붕을 얹은 칠십 년대식 원두막을 짓고 제 장사를 시작한 것이었다. 제가 지은 농산물 한두 가지를 펼쳐놓고 시작들을 했는데 자가용 타고 왔다 갔다 하는 사람들 심사로는 농협 거 팔아주는 것보다 농사꾼 물건 팔아주는 게 더 신토불이고 덤을 줘도 더 준다고 생각하는지 어쩌는지 원두막 판매소 보다 슬레이트 원두막에 더 손님이 꼬이는 것이었다. 그러자 도로변에 판매소 차리는 게 유행이 되어 다투어 농상農商 겸업에 뛰어들으니, 이것도 에프티에이 시대에 맞춰가는 건지 엇질러가는 건지 모를 일이 되었다.

그런 저런 일로 농협 하는 일이 전만 못하다는 거야 내남없이

속으로 생각하고 겉으로 내색하는 바가 되었지만 그렇다고 무슨
특별난 수를 가진 것도 아닌 양종택이가 은퇴도 얼마 남지 않은
제 아저씨를 밀어내고 조합장을 하겠다고 나선 것은 아무래도 재
구 씨가 곱게 보아줄 행동은 아니었다. 여기저기 내놓고 그런 얘
기를 한 것은 아니었지만 그래도 초급 대학이라도 나오고 농협 일
을 농사일 삼아 평생을 보내다가 쉰 줄을 넘겨 조합장이 된 양대
완이가 그래도 한 번 더 해야 하지 않겠느냐고 가까운 이웃들에게
는 웃음 삼아 선거운동이라면 선거운동이랄 그런 말을 하기는 했
었다. 말 좋아하는 사람은 재구 씨가 양대완이와 삼매초등학교 동
기임을 들어 그러려니 하지만 결코 그런 것이 아니었다. 오히려
재구 씨는 양종택이가 처음 출마를 선언했을 때 아무리 양대완이
친구고 동기지만 양종택이가 한 푼이라도 더 근수 나가는 생각을
하고 농협 일을 잘하겠다 싶으면 두 눈 딱 감고 양종택이를 찍어
주려고까지 했었다. 양씨 문중에서야 지지거나 볶거나 간에 면민
으로서는 팔 걷어 붙이고 일할 조합장이 내 낙택이다 싶었기 때문
이었다. 그래서 양종택이가 김남섭이를 앞세우고 선거운동 삼아
인사를 온 것을 커피 타고 사과 깎아서 앉혀놓고 얘기를 시켜본
것이었다. 아무리 멀지 않은 동네에 살고 있지만 워낙 나이 차가
나다 보니 특별히 마주한 적이 없을 뿐더러 꼴같잖은 약력일지언
정 새마을지도자 협의회의 총무며 회장을 여러 해 하고 직접 농사
를 짓는 사람이니 뭔가 새로운 생각을 가졌을 수도 있지 않을까

싶어서였다. 그런데 그게 아니었다.

"그래, 자네가 조합장이 되어보겠다구 나왔으믄 나온 이유가 있을 텐데 우선 그 얘기나 좀 들어보세."

사과 한 쪽을 권하며 재구 씨가 묻자, 양종택이는 누런 서류봉투를 뒤지더니 종이 한 장을 꺼내는 것이었다.

"지가 출마한 뜻이 여기 대충 프린트가 되어있구만유. 한번 자세히 읽어보시믄 알겠지만 요즘 우리 농협이 하는 일이 대체 뭐가 있나유? 아저씨 앞에서 하기는 좀 저기헌 말씀이지만 우리 삼매 농협두 젊은 사람이 맡어서 헐 때가 된 거 같어유. 사실 지금 조합 장님이야 작목반원들하구 술 한잔 제대루 하나유, 말발이 있어서 시장을 제대루 뚫나유, 참 아저씨두 답답허실 거유. 한번 젊은 기운으루 해볼 때가 된 거 같어유."

"글세, 젊은 기운으루 뭘 어떻게 하겠다는 거여?"

"기냥 밀어붙이는 거쥬. 이 일 저 일 겁내잖쿠 말유."

재구 씨는 속으로 기가 막혔지만 한 번 더 물어보았다.

"지금 우리 농협 문제 중의 하나가 자네도 알다시피 비료, 농약 문제 아닌가? 워낙 작은 농협이다 보니 새로 나온 약발 잘 받는 농약이나 비료는 쓸 때에 맞춰 들어오질 않고 창고에는 반품도 안 되는 옛날 것들이 몇천만 원어치가 쌓여 있다 이 말이여. 이걸 어떻게 해결해야 하겠나?"

"그것두 밀어붙여야지유. 지금 조합장님은 그게 모자란대니까유. 농약회사구 비료회사구 쳐들어가서 밀어붙이믄 지들이 어짤 거유, 농민 덕에 먹고 사는 늠덜인데.”

재구 씨는 입을 다물어 버렸다. 아무리 빌 공_空자 공약을 남발하는 선거판을 살아왔다고는 하지만 아예 공약이고 뭐고 밀어붙인다 한마디를 내걸고 조합장에 나선 양종택이가 차라리 서글퍼 보였다. 그래도 거기까지만 했으면 나을 뻔했다. 자리를 털면서 덧붙인 양종택이의 말이 재구 씨의 속을 뒤집어놓았다.

“이따가 저녁 잡숫지 마시구, 명천옥으루 오셔유. 오늘은 이 동네 어른들을 지가 한번 모실려구 하는구만유.”

배워도 어디서 이런 싸가지 없는 짓거리만 배우는지 작년 추석에 먹은 송편이 올라올 지경이었다. 재구 씨도 막걸리 한 잔 수건 한 장에 국회의원도 뽑아주고 대통령도 눌러준 적이 있지만 그때는 좋은 게 좋은 줄로만 안 깜깜한 시절이었다. 아무리 농사를 짓고 살아도 세상이 진즉에 바뀐 줄이야 나름껏 속깜냥을 하며 살았는데 그래도 낫겠지 싶었던 젊은 것들한테 시다 못해 군둥내 나는 소리를 들으니 오만 정이 떨어지는 것이었다.

양대완이도 가끔씩 재구 씨 집에 들렀지만 선거가 어떠니 저떠니 얘기는 별로 꺼내지 않았다. 전에도 스스럼없이 들러서 찬밥에 청국장 한 가지라도 같이 먹던 사이였으므로 표정만으로도 판세가 어떻게 돌아가는 지는 대강 짐작이 갔다. 양종택이가 아예 논밭을 다 들어먹을 각오를 하고 선거에 매달린다는 소문이 무성해

질수록 양대완이는 평생 그늘 속에 산 얼굴답지 않은 검은 얼굴에 주름살이 깊어지는 것이었다.

재구 씨는 양대완이를 찍어주려고 마음을 먹고 나자 그의 처지가 딱해보였다. 더욱이 포클레인 내밀듯 밀어붙인다는 양종택이가 조합장이 된다고 생각하면 자다가도 일어나 담배 한두 대는 없애야 그나마 심사가 가라앉았다.

"맘 같아서는 너 해라 하고 물러나고 싶은데 그리도 못하고 참, 환갑을 내일모레 앞두고 내 아무래도 남새시러운 꼴을 당헐 것 겉어."

선거를 열흘쯤 앞둔 양대완이는 아예 패배를 받아들이는 모습이었다.

"아직 그런 소리 하지 말어. 겉보기에는 설쳐대니까 다 그리 몰리는 거 같어두 그렇잖어. 앞 내에 뛰는 괴기가 더 많던가? 돌 밑이고 바위 밑에 숨은 놈들이 더 많지. 그런 표가 다 자네한테 갈 테니께 너머 걱정 말라구."

재구 씨는 그렇게 양대완이를 위로했지만 스스로도 확신은 없었다. 조합원들 가운데 양종택이 술 얻어먹지 않은 사람이 없을 거라는 소문도 소문이지만 재구 씨네 마을만 해도 좀 젊다 싶은 축들은 모두 양종택이에게 쏠렸다는 게 노상 마을회관을 출입하는 마누라의 얘기고 보면 더욱 그러했다. 양대완이도 일 년 월급은 다 쏟아부을 작정으로 나름껏 선거운동을 한다는 소문이 돌았지만 그

소문 뒤에는 아무래도 역부족일 거라는 얘기가 꼭 따라붙었다.

시골 마을의 열기로 따지면 대통령 선거보다 국회의원 선거가 더하고 국회의원 선거보다 면의원 선거가 더한데, 두말할 것 없이 적은 규모일수록 서로 얽히고설켜 뒷간에 휴지를 걸어놓았는지 신문지를 잘라놓았는지 속내를 아는 사람들이 많기 때문이다. 아무리 그래도 이번 조합장 선거는 열기가 지나쳐 마을과 마을을 갈라놓고 노장과 청장을 나누더니 민주 대 반민주가 어떻고 저떻고 하는 웃자 하면 밸이 꼬이고 따지자 하면 웃음만 나오는 허튼 수작들로 빠져들고 있었다. 말이라는 것이 뱉는 사람 없이 저 혼자 떠돌다가 귓구멍으로 들어오는 것이 아닐진대 아무리 귀에 단 민주주의란 말도 입만 열면 밀어붙인다 소리가 끈에 달려 나오는 작자의 입에서 나왔다면 이미 볼 장 다 본 소리란 걸 왜들 모르는지 재구 씨는 답답할 뿐이었다. 어찌 되었든 조합장 선출을 놓고 지나치게 분위기가 과열되자 대의원들로 구성된 선거관리위원회가 무언가 조치를 취해야 한다는 소리가 나오게 되었다.

그 와중에 하루는 양대완이가 재구 씨에게 전화를 걸어 재구 씨의 고물 아반떼를 좀 빌리자는 청을 해왔다. 재구 씨에게는 작년에 울며 겨자 먹기로 이백만 원을 주고 장만한 차가 있었다. 차가 없으니 우선 가뜩이나 부족한 농사철의 시간을 너무 많이 빼앗겼다. 너도나도 차를 가지게 되니까 다들 치약 하나를 사더라도 시내의 큰 슈퍼로 가게 되어서 자연히 동네 구멍가게가 문을 닫고 시내버스 배차 시간이 길어져 제사 장거리라도 보러 가면 아예 하루품이 날아갔다. 재구 씨는 군대 수송부대 시절의 실력으로 진즉에 면허는 따놓았지만 그래도 지금은 보기도 어려운 짐바리 자전거로 버티다가 기어이 중고차 하나를 산 것이었다.

어쨌든 양대완이를 태우고 마을들을 돌며 선거운동을 하던 양대완이의 아들이 둘째애를 낳느라 병원엘 갔다는 거였고 재구 씨는 처음에 차만 빌려주고 돌아오려고 하다가 혼자 멀뚱히 농협 마당에 서 있는 양대완이를 보자 그만 안쓰러운 생각이 들어서 뜻하잖게 기사 노릇을 하게 되었다. 그것이 탈이었다.

이튿날 선거관리위원회에서는 더 이상의 과열을 막기 위해 입후보자와 선거사무장을 투표 전날 밤까지 관광을 보내기로 결정을 내렸다. 그런데 양종택이네는 처음부터 선거사무장이라는 직책을 만들어 김남섭이를 앉혔지만 양대완이 쪽에는 그런 간판이 없었다. 셋만 보내자느니, 그러면 형평에 어긋난다느니 하던 중에 전날 재구 씨가 양대완이와 돌던 마을의 이장이 재구 씨를 들먹였다.

"젊은 양후보 쪽의 김남섭 사무장도 무슨 정식 직책이 아니고 그냥 젊은 양후보를 돕는 거 아니겠습니까? 그렇게 따지믄 현 조합장님을 차로 모시고 다니면서 선거운동을 하고 있는 방골의 이재구 씨도 다를 것이 읎다고 생각헙니다. 서루 펭등하게 할라고 헌다면 현 조합장님 측에서는 이재구 씨가 가야 허지 않겠습니까?"

이렇게 해서 재구 씨는 자신도 모르게 생전에 처음 써 보는 감

투로 선거사무장이라는 감투를 쓴 것이었다. 선거관리위원회에서
는 기왕 결정이 났으니 당장에 실행에 옮겨야 한다고 공론이 모아
져 위원회 안에서 제일 젊은 김판석이를 기사 겸 조정자로 하여
두 후보와 김남섭이를 싣고 득달같이 고촛대를 뽑고 있던 재구 씨
에게 들이닥쳤다. 재구 씨는 웃어도 보고 화도 내보고 발버둥도
쳐봤지만 면내의 대사라며 우겨대는 선관위의 고집을 꺾을 수는
없었다. 이것이 지금 재구 씨가 꿈인 듯 생시인 듯 김판석이의 프
린스 승용차의 뒷자리에 앉아 있게 된 전말이었다.

　햇살이 뉘엿해지면서 차는 온천으로 접어들었다.
　"오늘은 너무 늦었으니께 여기서 지내기루 허지유. 그간 서루
헐만치 했으니께 아예 슨거는 잊어버리구 뜨신 물에 푹 좀덜 담구
셔유."
　판석이가 대중탕 주차장으로 들어가며 말했다.
　"여관 잡으믄 거기서 하지, 왜 목욕탕으루 먼저 왔는가?"
　"조합장님이 몰르셔서 그렇지 여관에서 나오는 물은 온천물 아
니유. 진짜 온천물 맛볼랴믄 좀 오래 됐다 싶은 대중탕엘 가야 한
다더라구유."
　어디서 들은 소린지 김판석이가 양대완이의 말을 아는 체하며
받았다.
　"아니, 그보다 어디 가서 배를 먼저 채우자고. 이른 점심 먹구

새이를 놓쳤더니 영 출출허네.”

잤는지 심사가 틀어졌는지 내내 말없이 앞자리에 앉아 있던 양종택이가 안전벨트를 풀며 기지개를 폈다. 재구 씨는 별반 생각이 없었지만 모두들 그리 하자고 하여 식당으로 가게 되었다.

“갑자기 오게 되어서 여럿이 상의는 못하고, 오면서 지가 생각해 본 건데유, 여관은 둘을 잡어서 둘씩 들되 저는 양쪽 방을 번갈아 가면서 자구유, 경비는 일단 두 분이 낸 입후보 공탁금에서 쓰구 난 뒤에 모자르는 것은 다시 반분하는 걸루 선관위에서 얘기가 됐으니께 그리 하구유. 그리구 행선지 말인데유. 지가 그나마 안내라고 할 수 있는 데는 설악산하고 경주 쪽인데 오늘밤 안으루 결정을 보아주세유.”

버섯매운탕이라는 처음 듣는 음식을 시켜놓고 김판석이가 선관위 위원답게 늘어놓았다.

“아무래도 단풍철이니께 설악산 쪽이 좋지 않을까?”

“지금 설악산 갔다가는 조합장두 해보기 전에 밟히 죽을 거구만유. 차라리 아랫녘으루 가는 기 조용한 게 머리 식히는 데 날 거유.”

여기서도 어그러지고 있었다. 양대완이는 자기의 말이 떨어져 고물도 묻기 전에 냉큼 받아 채는 양종택이를 잠시 쳐다보다 냉수잔을 입으로 가져갔다.

“그려. 그럼 그렇게 하지, 뭐. 그나저나 반주도 좀 시키게.”

간이 나빠서 술은 잘 먹지도 않는 양대완이가 먼저 술을 찾더니 재구 씨의 잔을 채우고 양종택이에게도 잔을 권했다.

"자, 종택이 너도 한 잔 해라. 너 내 술 받는 거 처음이지?"

그때 족제비 수염 김남섭이가 갑자기 정색을 하고 일어났다.

"김판석 선거위원님께 지가 한 말씀 드려야겠구만유. 지금 이 자리가 보기에 따라서는 관광길이지만 엄연히 슨거의 연장이라구 생각하는데 위원님 생각은 어떠십니까? 그러니까 아무리 사적으루는 일가라 해도 공적인 후보자끼리는 서로를 존중해주는 것이 민주적이 아니겠냐 이겁니다. 솔직히 우리 양 후보에게 조합장님이 종택이니 너니 하고 부르는 것은 양 후보의 선거사무장인 제 입장에서는 비민주적으루 들리는데 선거위원님은 어떠십니까?"

양종택이가 김남섭이의 어깨를 눌러 앉히며 말을 끊지 않았다면 재구 씨는 들고 있던 술잔을 던질 뻔했다. 꼴값도 그런 꼴값이 없었다. 대체 조합장 밑에서 무슨 영화를 보겠다고 그런 느자구 없는 소리를 말이라고 씨불이고 있는지 재구 씨는 분통이 터졌다.

"야, 임마. 지금 뭔 헛소릴 하는겨? 암만 내가 조합장에 상성을 했어두 그럴 수야 있냐? 임마."

그래도 시원시원한 거 하나는 보아줄 만한 양종택이가 나왔다. 이래저래 속을 다스리기 어려운 재구 씨가 한 병 턱은 마시고 원래 술 좋아하는 양종택이도 그쯤 마시고 해서 반주로는 과하다 싶게 소주 네 병을 비웠다.

밖은 이미 어두워져 있었다.

“먼저들 물에 들어가 계셔유. 지는 여관방 잡아놓고 따라 들어 갈 테니께.”

온천이고 뭐고 술이나 한잔 더 먹고 등을 붙이고 싶었지만 예까 지 와서 그럴 수도 없고 하여 재구 씨도 구멍난 런닝을 벗어 안쪽에 쑤셔 박고 탕으로 들어갔다. 그러고 보니 목욕한 지도 꽤 되었다.

저녁이라 그런지 탕 안에는 별로 사람이 없었다. 넷은 탕 속에 둥그렇게 마주 앉았다. 김남섭이는 아까의 일로 좀 의기소침해져 있었지만 그래도 작은 눈을 이리저리 굴리는 것이 얄미워서 재구 씨는 양대완이에게 고개를 돌린 채 눈을 감았다. 뼛속까지 노곤해 지는 느낌이었다. 이런 기분에 모두들 온천, 온천 하는가 싶기도 하고 마누라 생각도 났다. 다들 그렇게 한참을 앉아 있었다.

“이렇게 갑자기 떠나고 보니께 왠지 꿈꾸다가 깨인 것만 겉어 유. 기분이 참 요상하구만유. 뭐에 씌웠던 것두 같구.”

평소답지 않게 가라앉은 양종택이의 목소리였다.

“그런가? 나두 그런 생각이 드는구먼. 어쨌든 젊은 자네가 나보 다야 낫겄지. 잘해보게.”

양대완이의 목소리도 입이 아니라 자욱한 김 속에서 나오는 듯 싶었다.

“지가 되겄어유? 그동안 아저씨가 닦아논 게 있는데. 제 앞에서 는 다 밀겠다느니 찍겠다느니 해두 막상 손으루 꼽아보믄 몇 사람 안 돼유. 아무래두 아저씨가 한 번 더 해얄 거 같어유.”

"아녀, 그렇잖어. 조합원들이 사실 불만이 한두 가진가? 다 내 잘못이 큰데 내가 어찌 또 될 때를 바라겠는가?"

재구 씨는 스르르 눈을 떴다. 눈을 감고 있는 양대완이도 고개를 숙이고 있는 양종택이도 다르게 보였다. 온천물이 이런 조화도 부리는가 싶었다.

그때 갑자기 양종택이가 크게 웃음을 터뜨렸다.

"왜 그러나? 물 속에서 붕어 새끼라도 봤나?"

처음으로 재구 씨가 우스갯소리를 했다.

"그게 아니고요. 아까 아저씨 옷 벗을 때 보니까 말로만 들은 그 숭터가 있더라구유. 그래 그 얘기가 생각나서 그만, 하하하."

그제서야 재구 씨도 따라서 웃었다. 영문을 모르는 김남섭이만 어리둥절한 표정이었다.

양대완이의 엉덩짝에는 꽤 넓게 불에 덴 흉터가 있다. 재구 씨 기억으로는 아마 열아홉 살 무렵이었다. 지금이야 그저 조합장으로 늙고 있지만 그때만 해도 양대완이는 면내에서 서넛밖에 없던 촉망받는 대학생이었다. 그런 그가 방학에 집에 내려왔는데 어른들 때문에 집 안에서는 못 피우고 변소에서 담배를 피운 게 문제였다. 손자가 변소에서 담배를 피우는 줄 꿈에도 몰랐던 양대완이의 할머니가 마당에까지 구물구물 기어다니는 구더기를 잡는다고 변소에 석유를 부어놓았고 그걸 모른 양대완이가 엉덩이를 까고 담배를 붙인 다음 채 꺼지지 않은 성냥불을 그냥 버린 것이었다.

순식간에 치솟은 불길이 양대완이의 엉덩이를 지졌고 양대완이는 혼겁을 하여 문을 박차고 나와 쓰러졌다. 심하게 덴 양대완이는 여름 내내 엎드려서 지냈고 소문은 양대완이가 불알을 태우는 바람에 고자가 되었다는 쪽으로 부풀려졌다. 실제로 양대완이네 집에서는 불안한 마음에 한의사를 불러 수차례 양대완이의 불알을 주물러보게 하여 별 이상이 없음을 알았지만 결혼 후에 태기가 있을 때까지 찜찜해했다는 거였다. 양종택이야 그때 어린애였지만 한동안 동네를 떠들썩하게 했던 그 일을 같은 일가붙이끼리는 아직도 더러 입에 올리는 모양이었다.

"아저씨, 여관에 들기 전에 술 한잔 더 하지유? 지가 한잔 사구 싶구만유."

목욕을 하고 나온 양종택이가 양대완이와 재구 씨를 술집으로 끌었다. 재구 씨로는 먹으나마나 취하지도 않고 오줌만 나오는 맥주집이었다. 다섯이 자리를 잡자 갓 스물이나 됐을까 싶은 아가씨 둘이 사이를 비집고 앉았지만 곧 재구 씨가 돌려보냈다. 막내딸만한 애들한테 술을 따르라고 할 수는 없었다.

"자네 이번에 돈을 수월찮게 썼다는 소문이 있던데 뭣 하러 이런 비싼 집엘 와? 소주나 한잔 먹구 자지."

동네 가게보다 곱도 더 비싼 맥주가 열 병 가까이 비워졌을 때 재구 씨는 양종택이가 찔끔할지도 모를 얘기를 물었다. 평소답지 않게 말없이 술잔을 연거푸 비운 양종택이는 꽤 취해 있었다.

"지가 논밭 팔어서 조합장 슨거한다구 뒤에서 얘기하는 거 지두 알어유. 허지만 손바닥만 한 밭뙈기 하나 안 팔었시유. 그보다 더한 걸 팔어먹어 탈이지."

양종택이는 알듯 모를 듯한 말을 하더니 또 거푸 술잔을 비웠다.

"그건 또 뭔 소린가? 더한 걸 팔다니? 농사꾼한테 땅보다 더한 게 있는가?"

양대완이는 짐작이 간다는 표정으로 아무 말이 없었지만 재구 씨는 무슨 소린지 알 수가 없었다.

"지가 참 뭐에 씌어두 단단히 씌인 모냥이유. 게우 중학교 졸업한 주제에 지도자협의회 회장을 하면서 시市다, 도道다 하구 나대다 보니 아예 고 맛에 빠졌었나 봐유. 글구 한 집안이면서두 아저씨네는 잘된 자손이 많은데 우리쪽으루는 모두 농사꾼으루나 빠진 것에 오기두 났구유. 그래서 눈을 뒤집어쓰구 조합장을 해볼랴구 나선 것인데 차마 땅뙈기는 못 팔겠어서 마누라가 울며불며 매달리는 거 뿌리치구 그 돈을 쓴 거유. 정신 못 차릴 때는 돈에 표 써 붙였나 싶더니 아까 차를 타고 오면서부터 정신이 돌아오는데 참 미치겠더구먼유. 내가 짐승이지, 사람이냐 싶은 게. 참, 그 돈이 어떤 돈인데, 아들 놈 다리 하구 바꾼 건데."

양종택이의 각진 얼굴 위에 굵은 눈물이 줄을 짓고 있었다. 그제서야 재구 씨는 양종택이의 6학년짜리 큰아들이 작년에 당한 교통사고를 떠올렸다. 그 사고로 아이는 다리 하나를 잃었고 나중의 소문으로는 농사지어서는 만져보기 어려운 큰 돈을 보상금으로 받았다고 했다.

"그 돈은 십 원짜리 하나 안 쓰구 애 앞으루 놔 둔다구 마누라하구 철석같이 약속을 했어유. 그런데 조합장한다구 그 돈을 끌어다가 술에 밥에 퍼먹어댔으니 지가 사람이유, 짐승만두 못 허지."

양종택이는 소 같은 어깨를 들먹이며 울음을 그치지 못했다. 그 술과 밥을 제일 많이 퍼먹었을 김남섭이는 맥주잔을 놓지도 들지도 못한 채 훌짝이고 있었다. 재구 씨는 가슴 한 켠이 찡해져서 밖으로 나왔다.

온천만 아니면 쥐죽은 듯 조용할 마을이 온통 번쩍번쩍 왁자지껄이었다. 요즘처럼 바빠서 부지깽이도 들썩이는 때에 가위 별천지라 할 온천장에 와 있다는 게 어색하기만 했다. 재구 씨 팔자와는 사주부터 다른 사람들이나 있을 자리에 와 있는 것 같아 재구 씨를 흘끔거리며 지나가는 사람들이 곱게 보이지 않았다. 대체 온 나라가 먹고 노는 것으로 국시를 삼지 않고서야 어떻게 관광버스가 어디가 머린지 꼬린지도 모르게 줄을 지어 다니는가 말이다. 논바닥이나 밭머리에 앉아서 그 모양을 보고 있으면 내가 뭔가 잘못 알고 사는 거 아닌가 하는 생각이 절로 들었다.

하지만 재구 씨는 곧 본래의 재구 씨 생각으로 고쳐먹었다. 사람살이라는 게 나무 밑둥 자르듯 한두 가지 생각으로 감고 펴는 게 아닌 바에야 재구 씨의 느닷없는 온천행처럼 다 제가끔 제 뜻대로 안 되는 희로애락의 끈에 꿰어 오가기도 하고 한 곳에 매어 살기도 하는 것 아니랴 하는 거였다. 그것이 평생 이번 같은 3박 4일은 고사하고 1박 2일 여행도 꼽아보면 한 손이 남을 만큼 고향에 붙박혀 살아온 재구 씨의 인생관이라면 인생관이었다. 젊어서는 농사일이 싫어서 무던히도 도회지로 나갈 꿈을 꾸었고, 그게 가라앉자 자식들 키우느라 가슴에 돌이 얹히고, 다는 아니지만 큰아들을 대학까지 마치게 하고 성혼시키자 영 저 혼자 큰 듯이 발길이 드물다 못해 끊길 지경인 것도 마음을 달구기 시작하면 끝도 없는 노염이 될 터이지만 재구 씨는 그런 생각으로 스스로도 다스리고 마누라도 달래가며 살고 있는 것이다.

재구 씨가 담배를 끄고 꽁초를 주머니에 넣을 때 양종택이를 부축한 일행들이 나왔다. 다들 별 말이 없이 잡아놓은 여관으로 향하는데 뒤에 처지던 양대완이가 슬쩍 재구 씨의 소매를 잡았다.

"좀 걷다가 가세. 술도 깰 겸해서."

둘은 사람이 북적대는 길을 피해 온천장 거리를 걸었다. 서리가 오려는지 꽤 쌀쌀한 날씨였다.

"종택이 자 불쌍한 애여, 이젠 애두 아니지만 말여. 즌쟁 때 집안이 풍비박산났지, 즤 아부지는 술타령만 하다가 죽었지, 열댓 살 때부터 지게 지구 그리 살랴구 하더니 맏자식 그런 일 겪었지, 참 안됐어. 공부를 했으믄 벌써 조합장은 하고도 남았을 앤데 말여. 사실 나보다야 낫지. 나야 농사 한 번 내 손으루 안 짓구 평생 월급에 매달려서 산 쫌팽이 아닌가?"

양대완이도 못 마시는 술을 몇 잔 했는지 불빛에 드러난 얼굴이 불콰해보였다.

"그럼 자네가 지금이라두 전화를 넣어서 후보 사퇴헙니다, 허지 그러나."

"자네, 진정으루 하는 말이여?"

"뭘 그렇게 토끼눈을 떠? 허투루 하는 말이여. 자네 말대루 기왕 이렇게 됐으니께 슨거 생각은 싹 잊구 그저 관광 나온 심 치자구. 낼 아침이면 후회할 소린 말구."

재구 씨의 말에 뭔가 골똘한 표정을 짓던 양대완이가 다시 걸음을 옮겼다. 조금 떨어져서 양대완이의 뒷모습을 보니, 젊은 시절에 책상에 앉아 있는 게 한없이 부러웠던 양 서기, 양 주사가 아니었다. 손발을 부린 거로 따지면 주인 잘못 만난 내 손발이 힘들었지만 세월이 할퀴고 세상이 부린 짐으로 치면 그나 나나 다 한길을 걸어왔을 뿐이라는 감회가 재구 씨의 가슴을 무지근하게 했다. 몇 년 새 왜 자꾸 불쌍해 보이는 게 많은지 모를 일이었다. 평생 살아온 마누라도 그렇고 시집가서 그냥그냥 애 낳고 사는 딸을 보아도 그저 불쌍한 생각이 앞섰다. 굳이 이유라면 나이 탓일 텐데 그리 생각하면 또 인생이 얼마 남지 않았구나 하는 쓸쓸한 심사를 가누기 어려웠다. 이래저래 심난한 가을이었다.

걷다보니 어느새 한 바퀴를 돌았는지 김판석이가 잡아놓았다는

여관의 간판이 보였다. 둘은 여관으로 들어서다가 누군가 고개를
떨구고 계단에 웅크리고 있는 모습을 발견했다. 자세히 보니 다름
아닌 양종택이었다.

"웬일이여? 어째 방에 안 들어가고?"

양대완이가 어깨를 흔들자 양종택이는 고개를 번쩍 들었다.

"아저씨들, 어디 가셨다가 이제서야 오세유? 지가 여기서 여태
기다렸구만유."

"왜? 무슨 일이 있는가?"

"무슨 일이 아니구유, 내일 설악산으루 가자구유. 그 말씀을 못
드려서 영 찜찜해 기다렸어유. 그럼 안녕히덜 주무셔유."

비틀거리며 계단을 오르는 양종택이의 어깨를 양대완이의 팔이
붙잡았다. 그걸 보며 재구 씨는 팔자에 없는 단풍놀이를 어쩌면
제대로 즐길 것 같은 예감이 들었다. 고춧대를 뽑느라 허리가 휘
어질 마누라에겐 퍽이나 미안한 일이지만 평생 처음 온 3박 4일의
여행을 울근불근하며 보낸다는 것은 도무지 잇속 없는 짓이 아니
고 무엇이랴 싶은 거였다.

미궁의 눈

배 노인의 시체는 산길에서 얼마 떨어지지 않은 잡목 사이에서 발견되었다. 날벌레들의 요란스런 소리와 독한 똥냄새가 시체를 에워싸고 있었다. 엎어진 채 앞으로 나아가려고 했는지 두 손이 파헤친 곳은 붉은 흙이 드러나 있고 얼굴은 똑바로 땅에 박은 채였다. 그리고 바지를 올리지 못한 엉덩이에는 예의 미주알이 빠져 있고 그곳에 갖가지 벌레들이 새까맣게 들러붙어 있었다. 처참한 광경이었다.

사흘 전, 전에 없이 열 시가 다된 시간에 그가 방문을 열고 들어섰다. 이미 아무것도 보지 못하는 그의 눈에는 이상한 열기가 번져 있었다.

"시님, 임천댐이 무너질라 하는 기 사실이우?"

나도 방금 뉴스를 들은 터였다. 댐의 양안을 지탱하고 있는 바위에 균열이 생겨 시급한 보수가 필요하다는 전문가의 얘기와 함께 댐이 붕괴되었을 때의 피해 등을 컴퓨터 시뮬레이션으로 보여주었는데 좀 과장인 듯했다. 임천댐은 남한강 줄기의 작은 댐이다. 수자원공사 측에서는 조만간 물을 모두 뺀 다음 특수시멘트 공법으로 보수를 할 것이라고 안심시켰다. 그게 다였다.

"물을 다 뺀다고? 태장골꺼지 찬 물을 다?"

태장골이라는 말에 소름이 쭉 돋았다. 고혈압과 탈장에 시달리는 평소의 어눌한 말투가 아니었다. 그는 핏발이 선 눈을 희번덕거렸다. 그 눈빛에서 무언가 일이 일어날 것임을 나는 알았다. 그리고 그것은 아마도 그의 죽음일 것이라는 희미한 예감이 들었다.

체신이 그리 큰 편이 아닌데도 시체는 감당하기 어려울 만큼 무거웠다. 간신히 등에 업고 내려왔을 때에는 온몸이 땀에 젖고 똥 칠갑이 되어서 119에 전화를 걸고는 곧바로 욕실로 들어가야 했다. 샤워기의 물줄기를 맞으면서 비로소 망자에게 임종업성의 게偈를 올렸다. 부디 윤회하지 말기를. 이 세상에서 쌓은 악업으로 인과의 모든 끈이 끊어지기를.

구급차에 실려 도립병원으로 실려간 배 노인의 시체는 의사의 검사를 거쳤다. 아무런 연고가 없었으므로 내가 보호자 겸 증인으로 서명을 하였다. 사십대 초반으로 보이는 젊은 의사는 내 얘기를 듣고 대충 시체를 살펴 보더니 사망원인란에 급성뇌경색이라고 휘갈겨 썼다.

"탈장으로 죽지는 않거든요."

아무 말 없이 서 있는 내게 의사는 변명하듯 말했다. 고개를 끄덕여주자 의사는 홀가분하다는 표정이 되었다.

"스님 신경 쓰실 것 없게 잘 처리해 드려. 경찰서 쪽도 다 알아서."

직원으로 보이는 남자에게 이르고는 내게 합장을 했다.

"저도 불자입니다. 어느 절에 계십니까?"

"안수암에 있습니다."

"안수암이요? 못 들어본 절인데. 어디에 있습니까?"

"작은 암자입니다. 소성산 자락에 있지요."

의사의 말대로 별로 복잡한 일 없이 절차는 끝났다. 도립병원이라 이런 경우가 많이 있는 듯했다.

"내일 중으로 화장이 될 겁니다. 스님께 연락을 드릴까요? 골분을 인수하시겠습니까?"

휴대폰 번호를 남기고 암자로 돌아온 것은 점심공양 참이었다.

"아침공양도 안하셨으니 을마나 시장허시까? 금방 지어 올릴

께유."

　공양주 보살은 아침에 험한 모양을 본 사람답지 않게 평상시와 조금도 다름이 없다. 하긴 보살의 입장에서는 앓던 이가 빠진 격일 것이다.

　배 노인의 방은 깨끗했다. 개켜진 이불과 조그만 텔레비전, 옷가지가 들어 있는 상자 하나가 전부였다. 혹시나 하고 상자를 뒤져보았지만, 아무것도 없었다. 이불과 상자를 쌓아놓고 불을 붙였다. 검은 연기는 독한 냄새를 풍기며 하늘로 흩어져갔다. 그는 대체 어떤 업보를 안고 이 세상에 온 것이었을까? 이 세상에서 그를 아는 유일한 존재인 나는 또 무슨 인연의 사슬에 얽혀 있는 것일까? 망연할 뿐이었다.

　그가 찾아온 것은 삼 년 전이었다.

　"시님, 날 알아보시겠슈? 나 임천 살던 필덕이유, 배필덕이."

　지팡이를 짚은 추레한 몰골의 칠십대 노인을 나는 단박에 알아보았다. 침착하려고 애를 썼지만 가슴속은 와들와들 떨려왔다. 그가 나를 찾아오다니. 꿈속에서 그리도 끈질기게 나를 괴롭히던 그가 생시의 벌건 대낮에 나타난 것이었다.

　"어찌, 대체 어찌 나 있는 곳을 알고 오셨습니까?"

　"그냥 어쩌다가 알게 되었시유. 시님, 나 좀 거두어주소. 늙고 병들어 눈께 죽을 자리도 없수."

　여러 지방의 억양이 섞인 그의 어투가 떠돌이였음을 말해주고 있었다.

　어쩌다가 내 소유가 되어버린 암자이지만, 나는 한 번도 내 것이라는 생각을 해본 적이 없었다. 그래서 지난 십여 년간 속인이든 도반이든 인연 따라 왔다가 떠난 수많은 사람들에게 나는 그저, 있는 사람이 주인입니다, 한마디를 했을 뿐이다. 한 달이 되었든 일 년이 되었든, 불자든 아니든, 돈을 내든 말든 내게는 아무 상관이 없는 일이었다. 그런데 이 노인만은 거절하고 싶었다. 안 된다고, 여기는 비구 도량이라고 내치고 싶었다. 그에게선 피 냄새가 풍기고 있었다. 짐승의 피 냄새, 길을 가다 차에 치인 짐승들을 거둘 때 나던 그 피 냄새였다. 죽은 지 얼마 안 된 너덜너덜한 육신을 아스팔트에서 떼어낼 때, 터진 내장과 골수와 피가 엉겨 다시 네 몸에 들러붙어 환생하고야 말겠다는 듯이 달려들던 그 끔찍한 냄새가 그에게서 풍겨나고 있었다. 속으로 연신 부처님을 불렀다. 그리고 그에게 비어 있는 방을 내주었다.

　그는 고혈압과 관절염을 앓고 있었고 일주일에 한두 번씩 탈장脫腸이 되었다. 교통사고로 부러졌다는 다리도 아직 제대로 붙지 않은 상태였다. 첫날부터 그는 내 방과 가까운 실내 화장실을 쓰자고 했고 그가 불러대는 소리에 달려간 나는 그의 빠진 미주알을 다시 항문 속으로 밀어넣어야 했다. 물 찬 풍선 모양에 붉은 빛이 돌면서 희끄무레한 미주알을 자꾸 오므라드는 항문 속으로 밀어넣는 것은 쉽지 않은 일이었다. 그는 어깨 관절이 아파서 손이 항문까지 닿지 않는다고 했다. 미주알이 빠지지 않은 채 똥을 눌 때에도 대야에 물을 받아놓고 손잡이가 긴 솔로 밑을 닦았다. 평생을 혼자 살아온 그가 도저히 혼자 살 수 없게 되자 나를 찾아온 것이었다.

"미주바리가 빠져서 병원에도 몇 번 실려 갔었네유. 늘 빠지는 건 아니구 가끔이우, 가끔."

그는 별반 미안하다는 기색도 없었다. 악업을 쌓는 일이 아니면 사바세계에서 못할 일이 무엇이랴. 좀 더 수월하게 집어넣기 위해 약국에 윤활크림을 사러 갔다가 큰 오해를 받기도 했지만, 몇 번 그 일이 반복되자 그 또한 무심한 일상이 되었다.

경전을 읽고 찾아오는 신도들을 만나고 각종 제를 지내주는 하루하루는 여전했지만, 그는 계속해서 사념을 불러일으키는 존재였다. 그의 전생을 보기 위해 몇 번이나 구명시식에 들어갔지만 허사였다. 업보가 많은 사람일수록 선명하게 보이는 전생이 그에게는 오직 어둠만이 보일 뿐이었다. 깜깜한 어둠, 시작도 끝도 없고 깊이도 알 수 없는 저 어둠이 그의 전생이란 말인가. 그렇다면 어둠의 화신인 그가 나를 찾아온 것은 아수라왕의 내습인가, 아니면 그 또한 부처님의 가피인가.

암자에 온 지 몇 달 만에 그는 몰라보게 건강을 되찾았다. 다리를 좀 절을 뿐 지팡이 없이도 산을 오르내리게 되었다. 군불을 때는 자신의 방을 위하여 푸나무를 해다가 쌓고 고주박이나 삭정이를 주워 날랐다. 그래도 여전히 그의 미주알을 넣어주는 것은 나의 일이었다.

"보살님이 해주는 밥이 보약인개벼. 건건이도 맛나고. 젊었을 때 밥장사 했능가?"

완연히 혈색을 되찾은 그가 밥상머리에서 내게 물었다.

"처사님, 스님께는 말씀을 공경하세요."

부엌에서 듣고 있던 공양주 보살이 한마디 했다. 그를 뱀처럼 싫어했지만 내색을 하지 않는 불심이 깊은 분이었다.

"아, 그래야지요잉, 내가 깜빡했네유. 보살님 얼굴도 이쁜믄서 말씸도 야물딱지네."

순간, 불안이 엄습해왔다. 예순이 훨씬 넘은 노인에게 그것도 절의 공양주 보살에게 예쁘다고 말하는 그의 눈에서 언젠가 보았던 그 눈빛을 보았기 때문이었다. 기억이 시위를 떠난 화살처럼 그 시간 속으로 날아가고 있었다.

그해 여름방학이 끝날 무렵 나는 가출을 했다. 떠날 집이 없었으므로 가출이라고 할 수도 없는 가출이었다. 임천을 떠난 지 이년 만에 우리 집은 그야말로 폭삭 망해버렸던 것이다. 토지 보상금으로 받은 이천만 원이 초풍에 애 날리듯 사라져버리자, 제일 먼저 아버지가 떠났고 어머니와 여동생이 떠났고 다음이 내 차례

였을 뿐이었다. 임천을 떠나 자리를 잡은 곳은 당시 광주대단지
라고도 부르던 지금의 성남이었다. 대대로 농사만 지은 집안의
장손이었지만 아버지는 보상금을 손에 쥐자 다시는 농사를 짓지
않겠다고 선언하였다. 그리고 여러 날을 돌아다닌 끝에 성남 수
진리 고개 옆에 방 세 칸짜리 집을 샀다. 쪽마루에 부엌과 방만
붙어 있을 뿐 평상 하나 놓을 자리가 없었지만 시골집에 비하면
대궐이었다. 금방 댐이 막혀 물이 차오르는 게 아니었으므로 서
둘러 떠날 필요는 없었지만, 이미 마음이 떠난 아버지는 웬만한
살림은 다 모아 불을 놓은 다음 삼륜차 하나에 단출하게 고향을
떴다. 80년 12월, 백여 호가 넘는 마을 중에 불과 서너 집이 이사
를 했을 때였다. 고향을 떠날 때의 슬픔도 잠시, 아버지는 도시에
서 식구들을 책임져야 한다는 의무감에, 어머니는 불안감과 희망
에, 그리고 우리는 새로운 세상에 대한 호기심에 곧 빠져들었다.
먼 일가붙이의 소개로 아버지는 곧바로 고물상에 취직을 했다.
리어카를 끌고 다니며 고물을 수집하는 그 일을 아버지는 단 사
흘 만에 그만두었다. 술이 취한 아버지는 혀를 깨물고 죽으면 죽
었지 못할 일이라고 했다. 날이나 풀리면 다른 일을 알아보겠다
며 아버지는 한 달 넘게 집안에만 있었다. 집을 사고도 오백만 원
쯤이 남아 있었으므로 임천에 있을 때보다 한결 여유가 있었다.
그 한 달 동안에 나는 아버지와 처음이자 마지막으로 영화를 보
았고 수구레를 먹었고 택시를 타보았다. 삼월이 되자, 나는 고등

학교에 입학을 했고 아버지는 고무 대야 공장에 취직을 했다.

지금 생각하면 순식간이었지만, 몰락의 하루하루는 길고도 길었다. 아버지는 어디에서도 견디지 못했다. 아버지가 견디지 못한 것은 노동의 강도가 아니라 시계처럼 돌아야 하는 일상이었다. 도시로 와서는 안 될 사람이었던 것이다. 아버지는 술에 절기 시작하더니 급속히 중독자가 되어갔다. 맑은 정신으로 있을 때는 손에 화투가 쥐어져 있었다. 그는 사흘이 멀다 하고 그것이 가장의 의무인 것처럼 어머니와 나와 여동생을 때렸다. 시골에 살 때도 아버지는 걸핏하면 살림을 치고 주먹을 휘둘렀지만, 결코 여동생을 때리진 않았다. 끔찍이도 귀여워했다. 나와 여섯 살이나 차이 나는 동생이었다. 나는 그의 폭력에 반항하지 않고 고스란히 맞았다. 그렇지 않으면 어머니와 동생의 몫이 더 늘어날 것이기 때문이었다. 그는 때리고 나서 더러 술을 먹고 울곤 했는데, 그의 우는 모습을 보는 것은 맞는 것보다 더 치욕스러웠다. 제발 처울지 말라고 소리치며 그의 목을 조르는 상상을 점점 더 자주 하게 되었다. 슬프고 두려운 날들이었다. 일 년이 지나자 우리 네 식구는 집을 잃고 단칸방으로 옮겨야 했다. 반 년이 더 흐르자, 아버지가 돈을 벌어오겠다는 쪽지를 남긴 채 사라져버렸고 어머니와 여동생은 어머니가 일하던 식당에 딸린 방으로 가야했다. 나는 친구와 자취를 하겠다고 했지만 거짓말이었다. 내게는 함께 자취할 친구가 없었으며 학교에 가고 싶은 생각도 없었다. 어머니는 어딘지 묻지도 않았고 자주 들르라고만 했다.

　모란시외버스터미널에서 나는 임천행 버스를 탔다. 찌는 듯한 더위가 기승을 부리던 팔월 중순께였다. 임천읍에는 간간이 편지를 주고받던 중학교 동창 둘이 있었다. 그들에게서 놀라운 소식을 들었다. 이미 물이 들어찼을 거란 예상과 달리 아직 댐이 완공되려면 멀었으며 마을에선 여전히 사람들이 농사를 지으며 살고 있다는 것이었다. 이상한 기분이었다. 마을을 떠난 지 일 년하고도 팔 개월, 완전히 다른 세상에서 끔찍한 시간을 겪는 동안, 마을은 아무 일 없었다는 듯이 그대로 있다니. 여전히 논 갈고 배추 심고 고추 따며 앞개울에서 멱을 감고 있다니. 사기를 당한 기분이었다. 댐이고 보상금이고 모두 우리 가족을 몰락시키기 위해 여럿이 꾸민 거짓인 것만 같았다. 그날 밤 정신을 잃을 정도로 취한 나는 이튿날 공원의 벤치에서 깨어났다. 친구들은 어디에도 보이지 않았다. 친구의 자취방을 빠져나와 공원에서 소주를 병째 마시던 기억이 어렴풋했다. 나는 터벅터벅 느티재를 향해 걷기 시작했다. 신작로를 따라 가면 세 시간도 더 걸리는 거리지만 느티재를 넘으면 한 시간 반 정도면 닿을 수 있다. 내가 태어나서 십육 년을 살았던 마을, 문정리를 향해서 부지런히 발걸음을 떼어놓았다.

　친구의 얘기는 사실이 아니었다. 마을은 완전히 폐허였다. 거의 모든 집들이 폭격을 맞은 것처럼 무너지고 길에는 잡초가 우거져

있었다. 논의 벼들과 밭마다 온통 심겨진 참깨가 누군가 농사를
짓고 있음을 말해줄 뿐이었다. 오백 명이 넘는 마을 사람들이 북
적대던 들판에는 사람 그림자 하나 찾을 수 없고 지나가는 개 한
마리 보이지 않았다. 귀신이라도 나올 것 같은 괴괴한 분위기였
다. 멀리 보이는 농협 창고에는 붉은 글씨로 '계고'라고 씌어 있
었지만 아래의 글씨는 너무 작아서 읽을 수가 없었다. 나는 아까
부터 보아온 연기가 나는 집 쪽으로 향했다. 우리가 살던 집 방향
이었는데 가까이 가 보니 바로 아랫집인 순옥이네였다. 우리 집
은 다 무너지고 벽 하나만 서 있는데 순옥이네 집은 사립문이 있
던 흙담이 무너졌을 뿐 말짱했다. 마당에는 불을 때 무언가를 끓
이는 아낙이 있었다.

"저어, 여기 순옥이네 집이지요?"

돌아보는 아낙은 놀랍게도 아랫말 살던 동갑이 아재 부인이었
다. 집성촌이던 우리 마을은 가까운 일가가 아니면 거의 아재로
통했다.

"누구시우? 아 가만, 기산댁네 아들 아니여? 서울로 갔던."

"예. 맞아요. 경태예요."

"여보, 좀 나와봐유. 기산댁 큰아들이 왔구만유."

동갑이 아재는 뛸 듯이 반가워하며 내 손을 잡아끌어 툇마루에
앉혔다. 아버지보다 열 살이나 적었지만 길게 자란 머리와 수염
때문에 그는 퍽 늙어보였다.

"참, 너 보니 형님 보는 거 같다야. 그동안에 키가 많이도 컸네. 고향이라고 보러왔구나. 여보, 다 됐으믄 얼른 퍼서 가져와. 경태랑 겸상해서 먹게. 오늘 복날이라고 닭 한 마리 잡았다."

배는 쓰리도록 고팠지만 닭 비린내가 진동하는 백숙은 잘 넘어가지 않았다.

"풍문으로 소식은 들었다만 서울서 살기가 그리 쉽겠냐? 아부지 어무니는 건강하시지?"

서울과 성남이 어떻게 다른지도, 절반쯤 소식을 들은 그에게 나머지 소식을 알려줄 힘도 내겐 없었다. 대충 얼버무려 대답하고는 궁금한 것을 물었다.

"웬만큼 보상받은 사람들은 진즉에 다 떴지. 경태 느네가 가고 나서 막 뜨기 시작하는데, 날마다 몇 집씩 나가더라. 봄이 오기 전에 갈 집들은 다 갔어. 그런데 나처럼 농토가 없어서 보상 한 푼 못 받은 사람들이야 어디 갈 곳이 있어야지. 사람들이 다 떠나니까 남아도는 게 밭이고 집이더라. 우리도 여기 순옥이네 집이 나을 거 같어서 이리로 왔지. 남은 여덟 집이 전지를 대충 나누어서 다 참깨를 심었다. 한 됫박만 있어도 몇 천 평을 심는 게 참깨니께. 고생은 말도 못하게 했지만, 그래도 작년 한 해 농사지어서 읍내에 집 한 채 샀다. 코딱지만 하지만 그게 어디냐. 지금 애들은 거기 나가 있어."

"참깨 농사를 얼마나 해서 집을 다 사요?"

"얼마나 했냐고? 나중에 털어 보니께 열여덟 가마니가 나오더라. 되기도 터지게 잘되고 작년에 값도 좋았어. 참깨야 늘 그 금이 그 금이지만. 동네 사람 다 떠나고 우리만 갈 곳이 없다고 생각하니 기가 막히더라. 애들은 멀뚱멀뚱 쳐다보고 있지. 그래서 죽을 둥 살 둥 한 거여. 올 한 해만 더 그렇게 해서 뜰 작정이었는데."

"아, 풀떼기 그눔만 아니었으면 그렇게 되는 거지. 급살을 할 눔."

솥을 씻던 아재의 부인이 버럭 소리를 쳤다.

"풀떼기라면 그 동네 머슴 살던 풀떼기 아재요?"

"아재는 무슨, 천하에 불한당 같은 놈."

풀떼기는 마을의 집집을 돌며 새경을 받고 일하던 머슴이었다. 스무 살 무렵에, 그러니까 내가 태어나기도 전에 마을에 흘러왔는데, 집도 절도 없는 그를 마을 사람들이 머슴으로 쓰기 시작했다. 먹여주고 재워주고 입혀주며 일을 시키고 일 년에 쌀 몇 가마니를 새경으로 주는 것이었다. 풀떼기 말고도 농토가 없는 집안의 남자들은 남의 집 머슴을 살았다. 잠만 자기 집에서 잘 뿐 주인집에서 먹이고 철 따라 옷을 해주는 머슴들이 칠팔 명 정도는 늘 있었다. 젊은이들은 그렇게 모은 새경을 밑천으로 서울로 뜨기도 했다. 그러나 주인집에서 방까지 내주며 쓰는 머슴은 마을에서 풀떼기 하나였다. 나는 그의 이름이 필덕이고 성이 배씨라는 걸 나중에 꽤 커서야 알았다. 필덕을 발음하기 어려운 시골 사람들이 필덕이, 필덱이, 하다가 풀떼기가 되어버린 것이었다. 그의 콧구멍 밑에는 코처럼 늘어진 물혹이 인중까지 처져 있었는데, 그 때문에 좀 모자란 듯 보이는 사내였다. 그는 특별히 일을 잘하지도 그렇다고 아주 못하지도 않는 머슴이었다. 할 때는 잘하다가도 몸이 아프다는 핑계로 며칠씩 방에 틀어박혀 주인집의 애를 태우기도 했다. 이상한 것은 어른들 사이에서는 약간 바보스럽고 놀림감이 되곤 하던 그를 아이들이 그토록 무서워했다는 것이다. 너나 할 것 없이 온 동네 아이들은 그를 무서워했다. 얼굴이 험상궂게 생겼다 뿐, 그가 아이들에게 어떤 위해를 가한 적은 한 번도 없었다. 마을에서는 떼를 쓰거나 우는 아이에게, 풀떼기 온다, 풀떼기, 하곤 했다. 그가 지게를 지고 오거나 소를 몰 때에 아이들은 사나운 개를 피하듯 길가로 비켜서곤 했다. 물론 나도 마찬가지였다. 그렇게 이십 년 넘게 마을에서 머슴살이를 한 풀떼기는 이미 사십대 중반이었다. 그동안 새경을 착실히 모았다면 한 밑천 되었겠지만, 농한기에 어디론가 훌쩍 떠나서 며칠씩 오지 않는 걸로 보아 노름이나 술집에서 모두 날렸을 거라고들 했다.

그는 마을을 뜨지 못한 여덟 가구와 함께 남았다. 그리고 논밭을 나눌 때 자기의 몫을 요구하지 않았다. 어느 집이고 그를 부릴 생각은 없었지만, 그 역시 머슴살이는 끝났다며 집집이 다니며 일을 도와줄 테니 밥이나 달라고 했다. 그리고 그때까지 머슴을 살던 집의 안방을 차지하여 생전 처음으로 집 한 채를 통째로 가지게 되었다. 남아 있는 사람들이 느끼는 불안과 외로움, 평생을 맺은 이웃관계가 한순간에 사라져버린 상실감은 치명적이었다. 남은 사람들은 모두 마을의 토박이였지만 주로 머슴을 살거나 남의 소작을 부치던 마을의 최하층 주민이었다. 어리석지만 심성이 착하고 딸린 식구들과 긴 가난의 기억 때문에 삶에 대한 본능적인 두려움을 가지고 있었다. 지주나 주인집은 그들을 부리는 존재이기도 했지만, 안전하게 지배받고 있다는 평온을 주는 존재이기도 했다. 출생신고를 해주고 장례의 절차를 알며 술상을 차려 놓고 면장을 부를 줄 아는 그들이 있었기에 삶은 훨씬 안전했던 것이다. 그러나 이제 그들 없이 살아야 했다. 그들은 서로에게 의지하고 싶고 희망을 확인하고 싶어서 이미 전기가 끊어져 암흑과도 같은 길을 더듬어 저녁마다 모이곤 하였다. 풀떼기도 그들 틈에 있었고 처음 몇 달간은 그전과 별반 다름이 없었다. 그러나 어느 순간 그의 눈빛이 번뜩이기 시작했다. 그들 중에서 그는 어리석지 않고 심성이 착하지 않으며 딸린 식구가 없어 두려움이 없는 유일한 사람이었으므로 그의 적수가 될 만한 이는 아무도 없었다.

풀떼기는 한 집 한 집 다니며 시비를 걸기 시작했다. 주로 자기 이름을 꼬투리 삼아 싸움을 걸었다. 어느 집이고 들어가면 평소에 하던 대로, 어이, 풀떼기 왔는가, 들어오게, 하기 마련이었다. 그러면 바로 욕설이 튀어나왔다.

"내가 늬 언내냐? 왜 멀쩡한 이름 놔두고 풀떼기여, 풀떼기가? 이 좆도 싸가지 읎는 새끼야."

보던 정 알던 빛 없이 다짜고짜 터지는 상소리에 사람들은 대번에 기가 질렸다.

"늬가 내 상전이여? 내가 늬 머슴이냐고? 말해봐, 이 씨벌놈아. 어디서 남의 집 똥개 부르는 소리여? 아가리를 확 찢어 놀라."

자기보다 나이가 많거나 적거나 상관없었다. 우악스럽고 야멸차게 대드는 품새에 얼이 빠져 대개는, 잘못했네, 다시는 안 그럼세, 하고 말았다. 동갑이 아재처럼 따지고 들던 사람에게는 조선낫을 휘둘렀다. 사람에게 휘두르지는 않았지만, 장항아리를 깨고 마당의 푸성귀를 도리고 마침내는 매여 있는 개를 찍었다. 그 포악스런 서슬에 다들 두 손을 들었다. 그는 그렇게 낫을 들고 설친 집이라도 끼니 때가 되면 서슴없이 방문을 열어 젖혔고 그런 그에게 사람들은 고봉밥을 퍼서 올려야 했다. 수십 년의 머슴 생활을 마감하고 마침내 상전이 된 그는 상전답게 일을 하지 않았다. 이미 행정력도 경찰력도 미치지 않는 치외법권인 마을에서 그는 아무에게나 닭을 잡아라, 개를 잡아라, 명령을 내렸고 마음에 들지 않으면 살고 있는 집의 벽을 도끼로 찍어대었다. 수치와 모멸감 속에서도 사람들은 참고 견뎠다. 클 대로 커서 대처로 나간 자식들은 그렇다 치더라도 읍내에서 밥을 끓여먹으며 학교에 다니는 어린아이들을 생각해야 했다. 똥이 더러워서 피하지 무서워서 피하느냐는 오랜 경구도 위안이 돼주었다.

풀떼기는 이제 자기의 영토가 된 마을을 지켜야겠다는 듯, 포클레인이 들어와 집을 부술 때 함께 온 면서기들과도 낫을 들고 맞섰다. 애초에 아직 사람이 살고 있는 집은 철거하지 않겠다고 했는데도 풀떼기는 제풀에 서슬을 세워 울근불근하였다. 결국 그가 한 것은 남아 있는 집의 벽에 경고문을 쓰기 위해 면서기들이 가져온 붉은 페인트 통을 뒤엎은 게 다였다. 그 일로 지서에서 순경 둘이 나왔지만 산으로 숨은 풀떼기를 잡을 수는 없었다.

그해 참깨를 수확하자 풀떼기는 일을 도와주고 농사를 짓게 해준 대가로 수확의 1할을 요구했다. 농사를 짓게 해준 것이라는 건 바로 면서기들의 페인트 통을 엎은 사건을 두고 말함이었다. 이미 풀떼기의 어떤 요구에도 반항할 수 없게 된 사람들은 순순히 1할을 바쳤다. 어쩌면 풀떼기에게 아무것도 주지 않는 것이 더 부당하다는 생각이 들기도 하는 것이었다. 더구나 1할은 정말 헐한 소작료였다. 아직 완전히 그에게 복종하기를 거부하던 동갑이 아재마저도 그를 불러 닭을 잡고 술을 낸 다음에야 겨우 참깨 한 가마로 넘어갈 수 있었다.

결정적인 파국은 이듬해, 그러니까 내가 갔던 그해 이른 봄에 시작되었다. 남아도는 땅이 많다는 소식과 전 해에 한몫 잡았다는 소문이 함께 퍼지며 읍내에 사는 외지인들이 몰려들었다. 하나같이 도시빈민인 그들은 수몰예정지역으로 와서 임시거처를 만들고 농사지을 채비를 하였다. 이미 자리를 잡고 있던 사람들과 충돌이 있었지만, 그들을 막을 힘은 없었다.

"여기가 당신들 땅이오? 나라에서 다 보상해준 땅이니, 나라가 임자지. 나라 땅을 당신들만 부쳐 먹는다는 법이 어디 있소?"

하는 정도는 양반이었다.

"이 촌놈 새끼들이 작년 한 해 해먹었으면 됐지, 대대손손 손도 안 대고 코를 풀려고 들어? 병신 만들어놓기 전에 썩 꺼져."

도시에서 굴러먹은 왈짜들과 어떡하든 타협을 해서 땅을 나누어야만 했다. 그러나 문정리에는 풀떼기가 있었다.

"내가 있는 한 어떤 놈두 문정리엔 못 들어와."

그렇잖아도 절로 들먹거리는 풀떼기의 낫이 가만있을 리 없었다. 문정리에 들어왔던 패는 막무가내로 휘둘러대는 풀떼기의 낫에 허벅지를 찍히고 등을 찢겨서 혼비백산 도망치고 말았다. 드센 척했을 뿐, 농사를 지으려고 들어왔던 그들도 원래는 흙 파고 씨 뿌리던 농투성이였다. 그때만 해도 풀떼기는 문정리를 지키는 수문장이었다. 그런데 얼마 되지 않아 십여 명의 사람들이 마을로 들어와 또다시 농사준비를 하는 것이었다. 놀란 사람들에게 풀떼기는 아무렇지도 않게 말했다.

"이 사람들도 올해 여기서 참깨 농사 허기루 했으니께 그렇게들 알어. 작년에 짓던 땅에서 절반씩만 내놓고."

풀떼기의 위세를 업은 그들을 막을 길은 없었다. 마을 사람들은 한쪽으로 밀려났다. 자기 땅도 아닌 땅을 마음대로 외지인에게 넘겨주며 소출의 2할을 받기로 했다는 걸 알고 나서도 어찌할 도리가 없었다. 외지인들이 들어오고 풀떼기가 밥을 먹으러 오지 않는 것이 그나마 다행이었다. 풀떼기의 집 근처에 거처를 마련한 외지인들이 그의 끼니를 도맡아서 해주고 있었다. 풀떼기는 자기가 살고 있는 집에 일종의 가게를 차렸는데, 있는 거라곤 소주와 담배, 라면이 전부였다. 짐자전거를 타고 일주일에 한 번씩 읍내에 가서 물건을 해다가 이문을 남기는 것이었다. 어쨌든 그의 집은 마을의 중심이었다. 내가 갔을 때는 마을 사람들과 외지인들의 반목도 어느 정도 사라져서 풀떼기네 가게에서 곧잘 함께 술추렴을 하던 무렵이었다. 나는 당분간 일을 도우며 동갑이 아재네 집에 머물기로 하였지만, 염천이기도 하고 참깨가 여물려면 좀 더 있어야 했으므로 별로 할일이 없었다.

거의 이 년 만에 풀떼기를 처음 본 순간, 어린 시절의 무섬증이 퍼뜩 되살아났다. 헤벌쭉한 웃음과 바보스럽던 예전의 모습이 아니었다. 큰 덩치는 아니지만 살이 붙어서 더욱 땅딸막해진 몸집에 눈에는 사람을 주눅 들게 만드는 매서운 기운이 서려 있었다. 사람이 이렇게 변할 수 있을까 싶을 정도로 변한 그는 나에게 이상스러우리만큼 정답게 굴었다. 나를 어릴 때부터 귀여워했다며 자기는 별로 하는 일이 없으니 매일 놀러오라고도 했다.

처음 끼어든 술자리는 기이한 느낌을 주었다. 술을 거의 마시지 않는 풀떼기는 술자리에서만큼은 가장 점잖은 축에 속했다. 그들은 열여덟의 고등학생인 나에게 서슴없이 술을 권했고 자기들끼리도 위아래가 없었다. 그것은 마을 사람들이나 외지인이나 마찬가지였다. 나이가 지긋한 노인에게도 욕이 섞인 반말을 예사로 하고 듣는 이도 기분 나쁜 눈치가 아니었다. 술기운이 돌고 음담이 이어지자 젊은 사내 하나가 그 자리에서 바지를 내리고 자위행위를 하기도 했다. 잠시 와아, 하고 웃음이 터졌을 뿐 누구 하나 신경 쓰는 사람도 없었다. 취한 사람은 아무데나 시체처럼 쓰러졌다 아침이면 일어나는 술자리가 사람을 바꿔가며 거의 매일이었다. 예전 마을에선 상상도 할 수 없는 일이었다. 예의나 염치, 체면 따위가 완전히 사라진 상태였다. 나는 그 원시적인 열기와 술은 얼마든지 마시라는 풀떼기의 호의에 이끌려 날마다 풀떼기의 집을 찾았다. 그는 이틀에 한 번 꼴로 지네를 넣어 삶은 닭을 먹었다. 그는 육식광이었다. 그는 자기를 따라 태장골에 가서 지네를 잡으면 꽤 큰돈이 될 거라고 했지만 나는 지네를 잡을 자신이 없었다.

어느 날 외지인 서넛과 물고기를 잡으러 갔던 풀떼기는 대신 큰 개만 한 송아지 한 마리를 둘러메고 왔다. 그는 내게 양주백이를 불러오라고 했다.

"저기 앞개울에 매논 게 자네 소지? 우리가 괴기 잡다가 보니께 소새끼가 뻐드렁거리구 나오더니, 고만 픽 쓰러지대. 그래 가보니께 벌써 요 모양이 됐드라구. 안됐지만 어떡혀? 이왕 이렇게 된 거 동네잔치나 허지.”

양주백이는 술판에도 거의 나오지 않는 사람이었다. 눈에 핏발을 세우고 한참을 들여다보더니

“삶아먹든 지져먹든 맘대로들 허슈.”

하고는 돌아서 가버렸다.

“이따가 와. 고깃근이나 발라놓을 테니께. 마누라 몸보신 좀 시켜.”

그날 내가 간 이후 최고의 술판이 벌어졌다. 푹 삶아놓은 송아지 고기는 최고의 안주였다. 거의 마시지 않던 풀떼기도 꽤 취한 듯했다. 소리를 지르고 노래를 부르고 주먹질을 하는 광란의 밤이었다. 그 와중에 어느 외지인이 누군가에게 풀떼기를 칭송하는 소리가 꿈결처럼 들려왔다.

“형님 솜씨가 기가 막히더구만. 담배갑만 한 돌로 한 번 탁 치니까, 그대로 뻗어버리는 거여. 송아지두 소잖어? 낳자마자 뛰어다니는 게 그놈인데 한 방에 딱 보내버리더라구. 기찬 솜씨여.”

며칠 후 나는 지네를 잡으러가는 풀떼기를 따라나섰다. 앞서 가는 그에게서 왠지 오싹한 기운이 느껴졌지만, 돈이 된다는 말에 다른 것을 생각할 여유가 없었다. 나는 그야말로 땡전 한 푼 없는 알거지였다.

삼십 분 정도 걸었을까, 길가의 나무 그늘에서 군용 수통의 물을 마시던 그의 눈이 가느다랗게 변했다. 뱀처럼 가는 눈에서 싸

늘한 기운이 흘러나왔다.

"흐음, 좋은 구경 시켜주게 생겼네."

그가 다가가는 앞에 깨밭을 매는 아낙이 있었다. 인기척을 느낀 아낙이 뒤를 돌아보는 순간, 그가 허리춤의 낫을 빼들었다. 한 손으로 여자가 들고 있던 호미를 빼앗아 던지고는 우악스럽게 팔을 잡아끌었다.

"곱게 따라와. 여기는 땡볕이니께, 저리로 가자고."

여자는 비명을 질렀지만 그는 아랑곳하지 않고 내가 서 있는 나무 그늘로 여자를 끌고 왔다. 그녀는 양주백의 아낙이었다. 나는 갑작스럽게 벌어진 광경에 놀라 도망을 치려했지만 겨우 대여섯 걸음을 옮겼을 뿐, 오금이 들어붙기라도 한 것처럼 발걸음이 떨어지지 않았다.

"왜 소리는 지르구 지랄이여? 첨두 아닌데."

"명주 아부지 올 거유, 진짜유. 진짜 올 거유."

그녀는 연신 몸부림을 치다가 마주친 내게 애원의 눈빛을 보냈다. 나는 꼼짝할 수 없었다. 그녀의 아랫도리가 벗겨지고 그의 손이 곧바로 두 다리 사이를 깊숙이 파고들었다. 그녀는 체념한 듯 눈을 감은 채 이를 악물고 있었다. 나는 뙤약볕 아래 장승처럼 서서 그 겁간을 지켜보았다. 땀이 비 오듯이 흐르고 눈앞이 하얗게 변해갔다. 나는 정신없이 뛰기 시작했다. 잔뜩 부풀어 오른 성기에서 무언가 물큰물큰 쏟아지고 있었다. 사정이었다.

다음날 풀떼기는 아무렇지도 않은 얼굴로 찾아와 또 지네를 잡으러 가자고 했다. 어제의 충격에 정신을 차릴 수 없을 지경이었지만, 나는 다시 그를 따라나섰다.

"남자 여자 흘레붙는 거 첨 봤냐? 그럼 안즉 조가비 맛도 한 번 못 본겨?"

가는 길에 그는 유쾌하다는 듯이 웃어댔다. 나는 그가 내가 모르는 어른의 세계에 살고 있는 평범한 사람인지 악의 세계에 살고 있는 악령인지 분간이 가지 않았다. 어느 쪽이든 이제 이곳을 떠야겠다고 생각했다. 갈 곳은 없었지만, 이십여 일을 체류한 마을은 이미 고향인 문정리가 아닌 타향이었으므로 또 다른 타향으로 떠나야 한다는 절박한 심정이 되어 있었다.

태장골은 높지 않은 산이지만 능선을 따라가다 보면 갑자기 숲이 끝나면서 풀포기 하나 없는 바위산이 나타난다. 오랜 풍화로 바위가 잘게 부서진 곳이 많았는데 그런 데가 지네의 가장 알맞은 서식처였다. 하지만 붙잡거나 걸리는 데가 없어서 한번 미끄러지면 산 아래까지 굴러 떨어지게 되고 그러면 죽거나 병신이 되기 십상이었다. 그래서 사람들은 돈이 된다는 걸 알면서도 지네잡기를 꺼렸고 지네는 점점 늘어나 전문 꾼들이 오기도 했다. 막 숲이 끝나고 바위산이 나타날 즈음이었다.

"풀떼기 이 새끼, 배때기를 갈라 죽일 새끼!"

골짜기를 울리는 외침소리는 바로 등 뒤였다. 나는 본능적으로

옆으로 비켜서며 주저앉았다. 양주백이 낫을 치켜들고 풀떼기를
향해 달려들고 있었다. 풀떼기는 재빨리 바위산 쪽으로 달아났
다. 나는 숨을 죽이고 두 남자의 싸움을 지켜보았다. 양주백이 휘
두른 낫을 피한 풀떼기의 손에서 주먹만 한 돌이 날았다. 날아간
돌은 정확히 양주백의 얼굴에 맞았고 그는 비명을 지르며 두 손
으로 얼굴을 감쌌다. 금방 팔꿈치까지 피가 흘러내렸다. 다가선
풀떼기가 그를 넘어뜨리더니 다시 돌을 집어 들었다. 겨냥을 하
는 듯 잠시 허공에서 멈췄던 손이 양주백의 머리를 내리쳤다.

　나는 미친 듯이 산길을 내달렸다. 뒤에서 무언가 소리가 났지
만, 그냥 쏜살같이 달리기만 했다. 오직 쉬지 않고 달려가 느티재
를 넘어야 한다는 생각뿐이었다. 느티재를 넘어 사람이 사는 세
상으로 돌아가야 한다, 돌아가야 한다, 텅 빈 머릿속을 그 말만이
메아리처럼 울리고 있었다.

　그 후의 일을 나는 모른다. 다만 나중에 안 바로는 풀떼기에게
어떠한 전과도 없었다. 아마 실족사로 처리되었을지도 모르겠다.
그때의 풀떼기와 그곳에서는 어떤 일도 가능했을 테니까. 나는 이
년 여를 떠돌다가 큰스님을 만났고 아무 미련 없이 계를 받았다.

　배 노인이 절에 온 지 여덟 달 만에 마침내 일이 터졌다. 왠지
모를 불안감에 휩싸여 경을 읽고 있는데, 보살방 쪽에서 비명이
일었다. 나는 한걸음에 마당을 가로질러 보살방으로 달려갔다.

곧이어 와당탕, 무언가 넘어지는 소리와 고함소리 끝에 앞섶이 흐트러진 보살이 뛰쳐나왔다.

"아이고, 스님, 저 야차 같은 화상이, 글쎄……."

보살은 말을 잇지 못했다. 보살방은 난장판이 되어 있었다. 머리에 피가 흐르는 채 장롱에 깔린 배 노인은 빠져나오려고 버둥대고 있었다. 배 노인의 눈은 사람의 그것이 아니었다. 동자가 사라지고 핏발 선 흰자위만 희번덕거리고 있었다.

"이 보지에다 식칼을 쑤셔 박을 년, 늬가 또 내 다리를 뿌러뜨렸어. 이 쌍년, 당장 이리 못 와? 식칼로 쑤셔 줄겨. 아, 씨팔, 내 다리, 아."

가까스로 몸을 빼내긴 했지만 그는 일어나지 못했다. 완전히 붙지 않았던 다리가 다시 부러진 모양이었다. 그래도 그는 일어나려 애를 쓰며 악을 썼다.

"이 늙은 년한테 내가 당하다니 분해서 못 살겄다. 쑤셔 버리구 말 거여. 이년아 내가 우스운 늙은이루 보이냐? 헛소리루 들려? 내가 칼 박은 년만 몇인지 알어? 가는 데마다 영월, 문경, 화성, 그래, 화성에서 으흐흐흐, 이년아, 아직두 삼삼하다, 삼삼하다구, 으흐흐흐."

그는 머리에서 흘러내린 피를 연신 손으로 움켜 입으로 가져가고 있었다. 얼굴에 피 칠갑을 하고 앉아서 그는 계속 알아듣기 어려운 소리를 중얼대고 있었다. 그랬다, 그는 살인귀였다.

그 밤으로 보살의 거처를 다른 곳으로 옮기고 나는 그와 단둘이 살게 되었다. 부러진 다리에 부목을 대고 누워 있는 그는 아무 일도 없었다는 듯 일체 그날 밤의 일을 꺼내지 않았다. 나는 그의 방으로 날라다주는 밥상의 국에 부자와 아편을 조금씩 넣기 시작했다. 그의 두 눈을 거두기로 한 것이었다. 보름 후에 그는 내 얼굴이 잘 보이지 않는다고 했고 한 달이 지나자 아무것도 볼 수 없게 되었다.

그렇게 또 한 해가 가고 그는 지팡이를 짚고 조금씩 걸을 수 있게 되었다. 나는 여전히 빠지는 그의 미주알을 넣어주었고 이런저런 잡다한 일을 해나갔다. 시력을 잃은 그의 눈은 평온해보였다. 나는 비로소 새로운 공양주를 들였다. 그는 매일 산을 올랐다. 오 분 정도의 거리이고 반듯이 닦인 길이긴 했지만 앞을 보지 못하는 그가 오르기는 쉽지 않은 길이었다. 그가 가는 곳은 멍석만 한 너럭바위였다.

"거기 앉았으면 눈이 트이는 기분이 들어. 멀리 바다도 보이는 거 같고."

맑은 날은 멀리 바다가 손바닥만큼 보이는 곳이었다. 그 외에 그가 하는 일이라곤 방에 누워 텔레비전을 보는, 아니 듣는 것이다였다. 임천댐이 붕괴 위험에 처했다는 뉴스가 나온 사흘 전의 밤까지.

다음날 병원에서 연락이 왔다. 화장장에 도착했을 때 이미 그는

가루가 되어 작은 나무상자에 담겨 있었다. 나는 그의 뼛가루가
든 상자를 부처님 전에 올려놓고 아미타경을 암독하며 오래도록
그의 업성을 빌었다. 거두었던 그의 두 눈도 돌려주었다. 문득 오
래 전에 궁글리기를 그만둔 화두 하나가 떠올랐다.

'눈 먼 새가 눈 먼 벌레를 잡아먹고 눈 먼 뱀의 아가리로 들어
간다.'

큰스님이 내게 내린 화두였다.

목어가 울기 시작했다.

최덕근

행장 行狀

사람이 세상에 나왔다가 제가끔 풍상을 겪고 희로와 애락을 맛
보다 애초에 생긴 곳으로 돌아가는 것을 삶이라고 하고 혹 인생이
라고도 하니, 이는 사람이 사람으로 사는 동안에는 그치지 않을
일이다. 수많은 인총 중에는 그 생애가 먹을 찍어 남길 만한 이도
적지 않으나, 대개는 세보世譜에 남기는 이름 석 자로 이승의 연은
다하고 만다. 이는 산천초목과 검은 바위, 흰 자갈돌이 겪는 풍상

과 별반 다르지 않은 심상한 일평생이 우리네 필부필부匹夫匹婦의 삶이기 때문이니, 애써 비단에 풀을 먹이고 족제비 꼬리털로 행장行狀을 지을 까닭이 없다. 그럼에도 시정의 숱한 갑남을녀들이 혹은 자서전自敍傳이라 하고 혹은 전기傳記라고 이름 붙여, 씩둑꺽둑 깍두기 씹는 소리나 개 풀 뜯는 얘기로 장안의 지가를 올리려 드니, 가히 열전列傳을 남긴 사마司馬 씨의 해악이 이에 이르렀다 하겠다.

사정이 이러함에도 일봉一峰 최덕근의 일생을 필설로 옮기는 까닭은 다만, 글을 아는 자는 그를 모르고 그를 아는 자 중엔 글을 아는 자가 드물기 때문이다. 물론 겨우 한 갑자를 채우고 떠난 그의 범상치 않은 평생이 아니었다면 이 글은 쓰이지 않았을 것이다. 보기 드문 영광과 비참, 비상과 몰락의 삶을 산 그의 행장을 기록하지 않는다면 죽백竹帛에 남길 일이 그 무엇이고 죽백에 남길 일을 남기지 않는다면 글 아는 자의 소용이 무엇인가. 그리하여 배움이 얕고 재주가 적음을 돌아보지 않고 그의 행장을 남긴다.

최덕근의 출생에 관해선 별로 알려진 것이 없다. 동짓달 그믐날이 생일이라는 것이 약간 특이한 점일 뿐, 필시 있었을 상서로운 태몽이나 출생 시의 이변 같은 것은 알려져 있지 않다. 가난한 소작농이었던 그의 아버지는 그가 어머니의 뱃속에서 아홉 달을 채웠을 무렵, 곱돌광산에서 스물아홉의 짧은 생애를 마감하고 말았

다. 농한기에 살림에 보탤 요량으로 다니던 광산에서 낙반사고가
일어난 것이었다. 외아들이자 유복자로 태어난 덕근은 풀떡과 송
기로 연명하면서도 동갑내기들보다 키가 우뚝하고 근골도 야무진
소년으로 자라났다. 어린 나이지만 생각이 깊어 보이는 얼굴과 홀
어머니에 대한 지극한 효성으로 동리의 칭찬을 받는 아이였다. 학
교에서는 반편이라고 놀림을 받았다는 설도 있지만 그것은 훗날
그의 몰락 후에 악의적으로 덧붙인 말임에 틀림없다. 어려움 속에
서도 초등학교를 졸업한 덕근은 본격적으로 농사에 뛰어들었다.
어려서부터 몸에 밴 일인데다가 이미 기골이 어른 못지않아 곧 어
른 몫의 품삯을 받았고 두 식구는 보리밥에 쓴 된장이나마 밥걱정
은 하지 않게 되었다. 여전히 농토라고는 손바닥만 한 텃밭이 다
였지만, 농번기에는 품을 팔고 농한기에는 하루 두 짐씩 나무를
해 팔았다. 그러면서도 마음속에는 웅지를 품고 있었으니, 반드시
동리에서 제일가는 사람이 되겠다는 거였다. 무엇이 제일가는 사
람이고 어떻게 해야 되는지는 스스로도 몰랐지만, 세상에 태어난
이상 남들이 우러러보는 사람이 되겠다는 의지는 차돌처럼 그의
뇌리에 박혀 있었다. 하루도 떠나지 않는 그 생각에 덕근은 늘 약
간 찌푸린 듯한 표정이었다.

　덕근의 행장에서 첫 장을 장식할 사건은 열일곱 되던 해 여름에
일어났다. 당시만 해도 낚시는 알아도 낚시꾼이라는 말은 몰랐고
차는 알아도 승용차라는 건 모르던 시절이었다. 그런데 이 두 가

지가 한꺼번에 동리에 나타났다. 남한강과 가까운 동리에서 한참을 내려가면 강줄기 한 가닥이 들어와 휘돌고 나가는 용수연이라는 커다란 못이 있었다. 병자호란의 치욕을 이기지 못한 한 장수가 이 못에 몸을 던졌고, 그의 애마인 용마가 사흘을 울며 못을 돌다가 주인을 따라 물로 들어갔다는 전설이 있다. 그 용마의 말굽소리를 따라 지금도 물이 소용돌이치며 돌고 있는데 그 깊이가 실한 꾸러미가 다 들어간다고들 했다. 용수연은 아예 물가가 없이 바로 깎아지른 절벽이어서 한 발만 잘못 디뎌도 물 회오리에 휩쓸려 빠져나오지 못하는 죽음의 못이었다. 못가에 자라난 버드나무에는 짚단만 한 가물치들이 올라앉아서 아이들을 노려보고 있기도 했다. 동리 사람들 누구도 접근하지 않는 용수연에 낚시를 드리운 사내는 닷새 후에 못 한가운데로 떠올랐다. 퉁퉁 불은 시체는 물을 따라 빙빙 돌고 있었고 지서에서 순경들이 나왔지만 그들도 무슨 뾰족한 수가 없었다. 서울에서 몇 대의 승용차가 들이닥쳤다. 시체로 떠오른 사내는 지금까지도 회사 이름을 대면 다 알만한 엄청난 부잣집 아들이었다. 구명장비나 잠수부 따위가 있을리 없는 때였다. 아무도 시체를 건지러 들어가려 하지 않았다. 사내의 아버지는 시체를 꺼내오는 사람에게 논 열 마지기 값을 내놓았고 뒷전에 있던 덕근이 나섰다. 칡넝쿨을 길게 끊어 어깨에 감은 덕근은 물로 뛰어들어 몇 차례 소용돌이에 휩싸이나 싶더니 칡넝쿨로 시체를 감아 헤엄쳐 나오기 시작했다. 마침내 시체를 끌고

물 밖으로 나오자, 탄성이 터져 나왔다.

최덕근은 사례로 받은 돈으로 논 여섯 마지기를 샀다. 평생 처음 가져본 자기 논이었다. 그리고는 놀랍게도 열여덟의 나이에 중학교에 진학을 하였다. 과연 웅지를 품은 자의 결단이라 할 만했다. 학교에 다니면서도 농사일과 품일 모두를 야무지게 해낸 덕근은 중학교를 마칠 무렵에는 사백 평짜리 밭을 하나 더 늘렸다. 중학교에서의 행적은 별달리 알려진 것이 없지만, 이후 펼쳐진 그의 이력으로 미루어보건대 그는 늦게 들어간 학교에서 이미 개인을 넘어 국가와 민족의 장래를 걱정하는 깊은 우국충정憂國衷情을 갖게 되었을 것으로 짐작된다. 곧 이은 신체검사에서 평발이라는 이유로 군 면제를 받은 덕근은 아직 때가 오지 않았음을 한탄하며 몇 년 더 이름 없는 농부로 지내게 된다.

최덕근이 긴 칩거 끝에 우거에서 몸을 일으켜 방명芳名을 떨치기 시작한 것은 스물일곱이 되던 해였다. 그의 영광과 비상의 시작이자, 인생의 의미가 된 새마을운동의 시작이었다. 면장이 직접 동민들을 모아놓고 설명한 새마을운동의 의미, 목적, 내용들을 듣자마자, 최덕근은 마침내 오랜 세월 그의 앞을 가렸던 안개가 걷히는 것을 보았다. 이 일이야말로 자신이 그토록 오랫동안 고민하고 기다려왔던 일임을, 도끼날에 참나무장작 쪼개지듯이, 마른하늘에 벼락 치듯이 홀연히 깨우쳤다. 새벽마다 귀청이 떨어져라 울려 퍼지는 새마을노래는 이제야 밝은 주군을 만나 장정에 들어가는 그의 행진곡이었다. 여느 곳과 마찬가지로 당지리—이것이 그의 탯줄을 묻은 동리의 애초의 이름이다. 최덕근의 주장으로 이름이 바뀌기 전까지는—에서도 첫 번째 중점 사업으로 지붕개량사업이 추진되었다. 유지급 되는 동리의 중년이 새마을지도자를 맡고 있었지만, 그런 것은 아무래도 좋았다. 최덕근은 남들과 비할 바 없는 용력과 의지로 지붕개량사업에 뛰어들었다. 날마다 순회하는 주사主事의 독려가 아니라도 최덕근은 가히 용맹하다 할 정도로 맹렬하였다. 급작스런 변모에 놀라 수군대는 소리 따위를 일일이 귀에 담을 겨를도 없었다. 각 도道 별로 가장 먼저 지붕개량사업을 끝내는 마을에 대통령 표창과 함께 시멘트 천 포대가 걸렸던 것이다. 덕근은 전심전력으로 매달렸다. 쉰여덟 가구의 지붕 중에 그가 올라가 보지 않은 집은 하나도 없었다. 평소에도 어딘지 찡그린 듯한 얼굴에는 비장함이 더해져 은은한 노기가 번지고 있었다. 조금이라도 미적거리는 사람들에겐 면장과 주사에게서 들은 말에 그의 달변이 더해져 폭포처럼 꾸지람이 떨어졌다. 수백 년 가난의 굴레를 벗고 잘 살아보자는 대통령 각하의 뜻을 온 국민이 하나로 받들어나가도 모자라는 이 시국에, 로 시작하는 덕근의 사자후는 마침내 지붕개량사업 도 1등이라는 영예를 움켜쥐었다. 그랬다. 우리나라에 박정희 대통령이 있다면 당지리에는 최덕근이 있었다.

그해 가을 대통령의 지방 순시에 당지리가 방문지로 선정되었다. 이미 받은 시멘트로 마을의 앞길과 큰길은 말끔히 포장을 해 놓은 상태였다. 한 시간의 당지리 방문은 대통령의 벼 탈곡 시연과 농민들과의 간담회, 지붕개량사업 표창장 수여식 등이 예정되어 있었다. 감격적인 일이었다. 어마어마한 대통령의 행차와 기자들, 그보다 먼저 수많은 경찰들이 당지리에 이르렀고 논바닥에 쳐 놓은 차일에는 당연히 최덕근의 자리도 마련되어 있었다. 마침내 덕근은 대통령과 조금 어긋나게 마주 앉았다. 미리 주사가 가져다 준 새물내 나는 새마을 모자를 쓰고 각하를 마주하자, 조금 전 쥐뿔도 한 게 없는 새마을지도자가 표창을 받고 각하와 악수를 나누는 것에 뒤틀린 마음이 봄눈 녹듯 사라져버렸다. 나물 무침 두어 가지에 배추김치와 오이소박이 그리고 막걸리가 전부였다. 농민 대표로 나온 십여 명의 주민들에게 대통령은 일일이 막걸리 한 잔씩을 따라주었다. 모두들 고개를 처박고 어이구, 어이구, 아니면 이런 황송할 데가, 따위의 데데한 말 한마디도 제대로 못하는 산골고라리들이었다. 덕근은 마음을 굳게 먹었다. 이미 신명을 다 바치기로 다짐한 주군이었다. 평생 다시 만날 수 없을지도 모르는데 충심의 한마디를 아니할 수 없었다. 막걸리를 받는 손이 와들와들 떨렸다.

"각하를 위해 견마지로犬馬之勞를 다하겠습니다."

마음에 다잡고 있던 말을 하긴 했는데 그대로 나왔는지는 알 수가 없었다. 그때 덕근의 머리 위로 대통령의 목소리가 떨어졌다.

"그래. 자네처럼 젊은 사람들이 우리 농촌을 살려야지. 열심히 하게."

그리고는 한 손을 덕근에게 뻗는 것이 아닌가. 덕근은 얼른 두 손을 옷에 비비고는 각하의 손을 마주 잡았다. 대통령은 덕근이 놀랄 정도로 억세게 아귀에 힘을 주었다가 놓았다. 덕근의 눈에 뿌옇게 이슬이 맺혀왔다.

그렇게 주군과 처음이자 마지막의 만남을 이룬 최덕근은 꼬박 이틀을 자리에 누워 일어나지 못했다. 특별히 아픈 곳이 있는 건 아니었지만 전날의 감동과 감격이 요동치면서 열이 올랐다 내렸다 하는 거였다. 더구나 대통령이 힘주어 쥐어준 오른손은 그 온 기와 약간 미끌거리는 듯한 감촉이 그대로 남아있어 감히 세수를 할 염도 일어나지 않았다.

이틀 만에 자리를 털고 일어난 덕근에게 세상은 이전의 세상이 아니었다. 이미 주군에게서 영을 받은 몸이었다. 첫 번째로 그는 이장 집으로 달려가 마을 회의를 소집하는 방송을 직접 했다. 전혀 그럴 만한 직책이 없었지만 그의 서슬에 나이든 이장도 하자는 대로 따를 수밖에 없었다. 그날 저녁 동리 사람들을 모아놓고 행한 최덕근의 출사의 변은 그 정연함과 사람들을 격동시키는 명문으로 오래도록 세간에 회자되었지만, 누구 하나 기록하여 남긴 자가 없으니 애석할 따름이다. 촌로들의 기억에 따르면 대강 이런 내용이었다.

"우리 마을은 대통령 각하가 표창을 내리고 다녀가신 곳입니다. 그러므로 우리 동민은 다른 마을과는 달라야 한다 이 말씀이올시다. 어떻게 달라야 하는가는 우리 모두 잘 알고 있습니다. 각하께서 말씀하신 것처럼 새마을정신으로 똘똘 뭉치는 것, 하면 된다는 신념으로 무엇보다 소득증대에 힘써서 가장 모범적으로 잘 사는 마을을 만드는 것입니다. 이를 위해서는 첫째 우리 모두가 근면의 정신을 가져야겠습니다. 그래서 저는 우선 우리 마을에서 일체의 노름행위를 금하겠습니다. 농한기라도 할 일이 얼마나 많습니까? 화투를 치거나 내기 윷판을 벌이는 대신에 새끼 꼬기, 가마니나 멍석 짜기, 그러고도 남는 시간에는 새마을정신 교육을 하겠습니다. 노름이야말로 근로의욕을 없애고 집안을 망치는 지름길입니다. 오늘 이후 우리 마을에서 노름을 하는 사람은 그 누구를 막론하고 감옥에 갈 각오를 하십시오. 그리고 젊은 사람들 중에 새마을노래가 나오는데도 일어나지 않고 늦잠을 자는 사람들이 더러 있습니다. 새마을노래를 들으면서 잠을 잔다는 것은 새마을운동을 부정하는 묵과할 수 없는 행위입니다. 차후 또다시 그런 사람이 있으면 그 책임을 엄중하게 묻겠습니다. 둘째로 우리는 자조의 정신으로 무장해야겠습니다. 하늘은 스스로 돕는 자를 돕는다고 했고 미국의 처칠 대통령은 국가가 너를 위해 무엇을 해줄까 기대하지 말고 네가 국가를 위해 무엇을 할까 고민하라는 위대한 명언을 남겼습니다. 이 말 뜻이 무엇이겠습니까? 아무리 각하께서 농촌을 살리려 애를 쓰셔도 우리 스스로 일어나 하지 않으면 안 되는 것입니다. 다음은 협동인데, 올해부터 당장 전 동민을 동원하여 앞개울의 보를 쌓고 봇도랑을 내는 일을 시작할 것입니다. 일 년에 한 달 정도는 부역을 통해 공동노동을 하게 될 것입니다. 한 시간 더 일찍 일어나고 한 시간 더 늦게 들어간다고 마음을 먹으면 못할 일이 없습니다. 그 외에도 하고 싶은 말은 많지만, 당장 급한 두 가지를 의결하고자 합니다. 하나는 각하께서 방문한 기념으로 마을 어귀에 비를 세우는 일입니다. 이것은 아무도 이의가 없지요? 또 하나는 마을 이름을 바꾸는 일입니다. 당지리, 당지리가 뭡니까? 옛날에 큰 무당이 살던 동네라고 붙여진 이름이 당지리 아닙니까? 새마을운동의 주요 과제 중에 하나가 미신타파인 이 마당에 더구나 대통령 각하께서 다녀간 마을 이름이 당지리라는 것은 도저히 참을 수가 없는 일입니다. 저는 마을 이름을 대통령께서 다녀가신 마을이라는 뜻의 대방리大訪里라고 고쳐야 한다고 생각합니다.”

많은 설왕설래가 있고 몇몇 노인들은 자리를 박차고 일어나기도 했지만, 최덕근이 누구인가, 기어이 개명으로 의견을 몰아갔고 다음날 성난 얼굴로 면장을 찾아가 개명에 필요한 모든 행정절차를 책임지겠다는 약속까지 받아내었다. 그리하여 당지리는 사라지고 대방리가 되었던 것이다.

이후 최덕근이 놀라운 열정과 추진력으로 이루어낸 사업은 일

일이 거론하기 어려울 정도이다. 이듬해 마침내 도내 최연소 새마을지도자가 된 덕근은 구름을 얻어 등천하는 이무기의 기세로, 일개 정장井將에서 삼척검을 짚고 일어나 천하를 얻은 한고조의 기개로 새마을운동계의 샛별로 떠올랐다. 공언한대로 마을에선 화투장이 사라졌고 냇물을 막아 보를 쌓고 온 길가에 코스모스를 심는가 하면 통일벼에서 유신벼로 이어지는 다수확 품종 100% 보급은 물론이요, 문맹퇴치운동에 민둥산 녹화사업, 혼분식장려운동, 반공궐기운동, 대통령간접선거청원서명운동까지 참으로 혁혁한 발자취를 남겼으니, 고금에 드문 일이었다. 그것만으로도 이미 과인할 지경인데 그 와중에 마늘농사, 벼농사, 밭떼기장사 등에 놀라운 수완을 발휘하여 논밭을 크게 늘린 것은 참으로 불가사의하다 아니할 수 없다. 혹자는 당시의 막강했던 새마을지도자의 권세를 업고 각종 이권에 개입하여 모리謀利를 취했다고도 하나, 어찌 말하기 좋아하는 사람들의 말을 일일이 정사正史에 기록하랴.

최덕근은 새마을지도자가 된 스물아홉 겨울에 제일부인第一婦人과 건즐巾櫛의 연을 맺으니 그 또한 기이하고 아름다워 첨하지 않을 수 없다.

그의 첫째 부인인 박순득 여인은 당시 꽃다운 스물셋의 나이로 새마을생활개선운동여성단의 맹렬 단원이었다. 그녀를 비롯한 단원들이 주로 하는 일은 몽매한 농촌 부락을 돌며 미신타파나 찐빵 만드는 법, 밀가루 반죽으로 애들 영양과자 만드는 법, 피임법, 이

빨 닦는 법, 하면 된다고 외치는 법 따위를 가르치는 일이었다. 그
녀가 대방리에 처음 왔던 날 작은 키에 동그란 얼굴, 초롱초롱 빛
나는 눈으로 누구보다 열심히 새마을사업을 하는 그녀에게 덕근
은 감탄을 연발했다. 새마을운동에서 여자가 할 수 있는 일이 저
토록 많구나, 히는 새로운 깨달음괴 함께 이 어지야말로 히늘과
새마을운동이 맺어준 평생의 배필이라는 확신이 들었다. 그전에
야 연애는커녕 여자 앞에만 서면 늘 꿀 먹은 벙어리요, 꾸어다 놓
은 보릿자루였지만 이제는 그 무엇에도 자신감이 생긴 덕근이었
다. 홀어머니의 외아들에 가진 것도 없는 처지였지만 그런 것은
이미 사소한 일이었다. 대통령 각하와 악수를 하고 직접 영을 받
든 몸이 아니던가. 그리고 그런 것을 따지는 여자라면 구습을 타
파하자는 새마을생활개선여성운동단으로서 부끄러울 일이었다.
필시 그 여자가 그런 조건 따위를 염두에 두지 않는 새마을여성일
거라는 믿음이 생겼고 그 믿음은 사실이었다. 덕근은 이리저리 연
을 넣어 박순득을 만날 수 있었다. 큰 부자는 아니었지만 밥술깨
나 뜨는 집안의 다섯 딸 중 셋째였다. 놀랍게도 박순득은 이제 갓
몸을 일으킨 최덕근을 알고 있었다. 첫 번째 만남에서 그녀는 덕
근의 얼굴도 알 듯 모를 듯 찍혀 있는 신문 사진 한 장을 가지고
나왔는데, 그것은 다름 아닌 각하와 만났던 그 사진이었다. 덕근
은 왜 그 생각을 못했는지 발등을 찍고 싶은 심정이었다. 신문을
보지 않으니 신문에 사진이 실렸을 것이라는 생각을 못한 거였다.

그러고 보니 자기도 모르는 사이에 사진과 기사를 오려내 간직하고 있는 이 여자가 더욱 자기의 연분이라는 확신이 더해졌다. 더구나 그녀는 이미 어느 정도 덕근에게 존경의 염을 품고 있었다. 세 번째 만남에서 덕근은 청혼 비슷한 것을 했다.

"지금은 비록 어렵지만, 우리 하면 된다라는 신념으로 같이 잘 살아봅시다."

그녀의 대답은 더없이 덕근을 흡족하게 했다.

"우리에겐 근면, 자조, 협동이라는 무기가 있지 않아요? 저는 그 정신이라면 어떤 고난도 다 이겨낼 수 있다고 보아요."

둘의 결혼은 일사천리로 진행되어 그해 동짓달 스무하룻날 박순득은 트럭을 타고 대방리로 와 최덕근의 부인이 되었다.

이제 중언부언이 될 만한 행장은 줄이고 편년編年의 체體를 본받아 최덕근의 일생을 더듬고자 한다. 그것이 혹여 읽는 이의 재미를 줄이고 졸렬함의 의심을 받더라도 이 글을 금석에 새겨 후세에 전하고자 함이 아닌 마당에 세간의 구설을 두려워할 바 무엇이겠는가.

그렇게 수삼 년을 여일하게 새마을사업에 매진하던 최덕근에게 각하의 갑작스런 서거는 실로 청천의 벽력이었다. 덕근은 침식을 잊은 채 사흘 밤낮을 통곡하였다. 울음소리가 들녘 너머까지 울리고 산짐승들의 잠을 깨우니, 우국지사의 충정은 참으로 옷깃을 여미게 하는 바가 있었다. 사흘의 호곡 끝에 덕근은 홀연히 한 자락의 깨달음을 얻었으니, 주군은 갔으되 주군의 뜻은 온전하다는 것이었다. 유현덕이 간 뒤에도 공명은 주군이 이루려던 천하일통의 길을 종신토록 가지 않았던가. 내 여기서 낙담하여 뜻을 내려놓는다면 훗날 어찌 주군의 낯을 대하랴. 덕근은 다시 마음을 다잡았다.

그리고 또 삼 년, 덕근은 군郡새마을협회의 부지부장직에 올랐고, 다시 삼 년이 흐른 86년에는 마침내 지부장에 취임하였다. 도를 통틀어 또다시 최연소 지부장이었다. 명함을 찍으며 최덕근은 스스로 작호하여 일봉이라 하였다. 왜 일봉이란 호를 지었는지는 정확히 알려져 있지 않은데 최덕근이라는 촌스러운 이름이 불만이었을 거라는 견해와 그때 이미 정계진출의 꿈을 품고 정치인이라면 누구나 하나씩은 있는 호를 스스로 지었을 거라는 설로 나뉜다. 어쨌거나 이후 절정기를 지날 때까지 그는 최일봉으로 불리기를 원했고 여전히 덕근이라 부르는 사람에게는 생청스레 대하곤했다. 그러나 이 글에선 일봉이라는 호를 쓰지 않고 그대로 최덕근으로 그의 이름을 삼고자 한다. 그의 영광의 절정도 그 호를 쓰고 나서 왔지만, 그보다 더 참혹한 지경도 함께 왔고 나중에는 일종의 놀림감으로 변해버린 호를 부르기에는 마음이 쓰라리기 때문이다.

최덕근이 군 지부장에 오른 그해 그의 생애에서 지울 수 없는 사건이 생기니, 그가 마흔다섯 해를 살아온 고향을 떠나 시내에 정착하게 된 일이었다. 자의로 떠난 것은 아니었지만, 고향을 떠난 이후 그의 영광과 몰락이 함께 시작되었다는 점에서 중대한 대목이 아닐 수 없다. 대방리를 중심으로 사방 백만여 평이 신설되는 공군 부대의 부지로 편입된 것이었다. 누대를 살아온 고향 마을이었지만, 국가가 하는 일이고 더구나 국방을 책임지는 군부대가 들어온다는데 누구 하나 입을 벙긋할 계제가 아니었다. 덕근만이 겨우 진정서를 내어 대통령이 다녀가신 마을임을 밝히고 군부지로 적당치 않음을 항변하였으나 돌아온 것이라고는 감감무소식이 전부였다. 과연 군대답게 속전속결로 토지보상이 이루어지고 동민들은 뿔뿔이 흩어져갔다. 덕근은 마을에서 가장 많은 보상금을 받았다. 보상금 중의 상당액은 수용지 내의 무연고 묘지에 대한 처리 보상금을 가로챈 것이라는 흉측한 수군거림이 있었지만 눈 하나 깜짝할 덕근이 아니었다. 덕근은 멀리 떠날 마음이 털끝만큼도 없었다. 머지않아 시군이 통합될 거라는 풍문이 있었고 시군이 통합되면 당연히 새마을협회 시지부와 군지부도 통합될 거였다. 새마을운동인지 새마을놀이인지 하는 일 없이 건물만 번듯하게 차고앉은 시지부를 덕근은 늘 못마땅하게 여겨온 바였다. 농촌에서도 각하가 가신 후에는 퍽 위축된 게 사실이지만 도시에서의 새마을운동은 툭하면 관광버스나 대절해서 놀자판 아니면 먹자판인 그야말로 개판이었다. 시군 통합이 되면 그 안에서 통합지부장이 되어 새롭게 시군 차원의 일을 벌이는 것이 최덕근의 새로운 야망이었다.

　최덕근은 보상받은 돈으로 여러 가지 궁리를 하다가 그저 밥은 먹고 살겠다 싶은 목욕탕을 샀다. 주인이 노름빚에 몰려 건물채로 싸게 내놓은 목욕탕이었다. 그런데 운수가 맞아떨어진 것이었을까, 손님들이 이전의 곱절은 되게 밀려들었다. 조화 속이었다. 바뀐 거라곤 다 부서진 '자라목욕탕'이라는 간판을 바꾸면서 내친 김에 점쟁이에게 물어 '거북목욕탕'이라고 상호를 바꾼 게 다였다. 일요일 밤에는 숫제 중학교 다니는 아들까지 세 식구가 둘러앉아 돈을 셀 지경이었다. 월요일마다 은행에 집어넣는 돈이 공무원 몇 달치 월급이었다. 목욕을 하지 않으면 사람대접을 못 받는 세상이 된 것만 같았다. 그렇게 정신없이 들어오는 돈과 직원들 관리와 자질구레한 목욕탕 일을 신경 쓰면서 덕근은 또 삼년을 보냈다. 물론 그 와중에도 덕근은 꾸준히 협회에 나가 조만간 불어닥칠 시군 통합에 대비하였다. 군 지부장 자리를 갖은 수단 끝에 역시 지도자였던 큰처남에게 물려준 것이나, 아무리 바빠도 선거권이 있는 새마을지도자들의 경조사에는 빠지지 않고 참석하여 두둑이 부조를 하는 것도 다 그것을 위한 포석이었다. 반 억지와 적잖은 돈까지 들여 동洞의 새마을지도자 자리를 빼앗다시피 했다. 현역 새마을지도자만이 피선거권이 있기 때문이었다.

　그런데 목욕탕 삼 년 만에 삼 층짜리 건물을 사고 은행장실로 바로 들어가 커피를 마시는 위치가 되자 생각지도 못한 곳에서 넘보지 못할 자리 제의가 들어왔다. 목욕탕에 단골로 드나들던 사십 대 초반의 남자가 알고 보니 여당 국회의원의 지구당 사무국장이었다. 사람 사귀는 데는 타고난 사내와 어찌어찌 하다가 형님 아우님 하게 되어 낮이면 밥 먹고 밤이면 술 먹는 사이가 되었다. 한 번은 술자리에서 큰맘 먹고 백만 원짜리 봉투 하나를 넣어주기도 하였다. 그러던 어느 날 그가 현역 국회의원까지 대동하고 최덕근을 만나러 온 것이었다. 각하 이후에 만나본 가장 높은 사람이라 그저 고개만 주억거리는 덕근에게 의원은 지구당 부위원장을 맡아 달라고, 그것도 간곡히 부탁드린다고 했다. 놀라운 일이 아닐 수 없었다. 여당의 지구당 부위원장이라니. 지금은 사라져버린 당 지리의 찢어지게 가난한 집에서 태어나 스무 살이 되어서야 겨우 중학을 마친 덕근에게 그것은 감히 상상도 하지 못했던 자리였다. 나중에 알고 보니 부위원장이 무려 아홉이나 되었지만 금박을 입힌 명함에 '민주○○당 C지구당 시민사회분과 부위원장 일봉 최덕근'이라는 직함은 덕근을 황홀하게 하였다. 그 명함은 '새마을지도자협회 C군 지부장' 명함과는 비교가 되지 않는 위력을 가진 것이었다. 관공서의 공무원은 말할 것도 없고 초면의 인사에서도 부위원장의 명함은 단번에 상대를 압도하기 일쑤였다. 물론 그 위력을 위해 슬금슬금 천여만 원의 돈이 들긴 했지만 조금도 아까운 생각이 들지 않았다. 지구당사에 출입하면서 덕근은 또 한 번 새로운 세계를 알게 되었다. 정치라는 세계였다.

마침내 덕근이 그토록 기다리던 시군 통합이 이루어지고 새마을지도자협회도 통합을 하게 되었다. 당연히 통합지부장을 선출하는 공고가 나오리라고 예상한 덕근은 선거체제로 들어갔다. 지역 새마을운동사에 그 이름이 우뚝한 자신이 뽑히는 것은 당연한 일이지만, 압도적 지지를 받는 것이 중요했다. 지난 삼 년간 지도부에서 물러나 있던 탓에 덕근은 나름대로 선거 전략을 짜느라 머릿속이 분주했다. 그런데 이상한 소문이 들려왔다. 통합을 의결하는 총회에서 새 지부장을 뽑지 않기로 했다는 황당한 소문이었다. 시군간의 반목을 막기 위해 이번만은 현재의 시군 지부장이 돌아가며 이 년씩 통합지부장을 하기로 대의원들이 합의를 했다는 거였다. 덕근은 대노했다. 누구 마음대로 덕근을 빼놓고 그런 합의를 한단 말인가. 분기가 탱천한 덕근에게 큰처남은 천연덕스레 말했다.

"다들 그렇게 하는 게 좋다고 하니 낸들 어쩌나? 자네가 적임자이기는 허네만, 요 몇 년간 많이 변했어. 까놓고 말해서 예전처럼 새마을운동이라고 할 만한 게 뭐 있나? 그냥 하던 거니께 놀기 삼아 하는 거지."

말이 통할성 싶은 사람들을 모두 쫓아다니며 결정을 뒤엎으려 애를 썼지만 모두 비슷한 대답이었다. 덕근은 절망했다. 아, 이런 자들이 주군의 명을 받드는 새마을지도자란 말인가. 장차 저승에 가서 어찌 주군을 뵌단 말인가. 몸부림을 치며 애통의 눈물을 흘려도 이미 덕근이 어찌해볼 수 있는 일이 아니었다. 새마을운동으로 몸을 일으켜 비바람 눈보라 속을 누비며 치른 수많은 전투에서 처음 당하는 패전이었다.

또 이 년의 세월이 속절없이 갔다. 덕근의 나이 오십이었다. 시설이 좋은 목욕탕이 시내 곳곳에 생기면서 거북목욕탕도 더 이상 돈을 벌어들이지 못했다. 앙앙불락怏怏不樂의 나날을 보내던 덕근에게 생애의 절정이 찾아온 것은 그해 국회의원 선거를 두어 달 앞두고였다. 그동안 모시던 현역 국회의원이 갑작스런 심장마비로 세상을 뜬 것이었다. 위원장이 죽으면 다음은 누구지, 하다가 덕근은 이마를 쳤다. 위원장 다음은 부위원장이고 부위원장은 바로 자신이 아닌가. 국회의원. 그랬다, 지난 이 년간의 수모는 주군이 내게 더 큰 임무를 주기 위한 것이었구나, 크게 깨달은 덕근은 공천신청을 위해 당으로 달려갔다. 다행히 다른 부위원장 중에는 출마의사를 가진 자가 아무도 없었다. 다만 모두들 덕근을 뜨악하게 바라볼 뿐이었다. 여당 이름만 걸면 누가 나와도 당선되는 지역이었다. 최덕근은 이십 년 넘게 간직하여 빛이 바랜 예의 각하와의 사진까지 첨부하여 중앙당에 공천신청을 넣었다. 그러나 공천을 받은 사람은 최덕근이 아니라 C시와는 구정물 튄 인연도 없는 전직 검사였다. 도저히 말이 되지 않는 공천이었다. 지구당의 동지들도 함께 분개했다. 덕근은 출마를 결심했다. 무소속으로 당선되어 다시 입당하겠노라는 그의 선언에 몇몇 동지들이 탈당까지 하며 돕겠다고 나섰다. 최덕근 인생의 절정이었다. '기호 5번 최덕근' 덕근은 선거운동에 모든 것을 쏟아 부었다. 선거사무실엔 점점 더 사람들이 꼬이고 오라는 곳, 만나자는 사람들이 줄을 이었다. 새벽부터 밤까지 정신없이 뛰어다니며 덕근은 당선을 확신했다. 가는 곳마다 터지는 환호와 박수 속에 덕근은 아련히 주군의 얼굴을 떠올리곤 했다. 충신忠臣은 불사이군不事二君이라, 이제 국회에 들어가 새마을운동의 새 바람을 일으킬 일만 남았구나, 덕근은 눈시울이 뜨거웠다.

그러나 하늘의 시새움이 그리도 컸던가. 총 6만여 장의 투표용지 중에 덕근을 선택한 것은 정확히 1,467표였다. 뼛속까지 충격을 받은 덕근은 문 밖 출입을 잊은 채 머리를 쥐어뜯었다. 그 많던 지지자들의 표는 다 어디로 갔단 말인가? 귀신이 곡할 노릇이었다. 가지고 있던 현금과 건물을 선거 한 판에 다 날린 덕근에게는 이제 목욕탕 하나만이 달랑 남았다.

아, 이후 최덕근의 죽음까지는 차마 필설로 옮기기 참혹한 것이었다.

화불단행禍不單行이라 했던가, 선거의 충격이 채 가시기도 전인 석 달 후에 덕근은 이십 년 넘게 살아온 아내와 갓 대학에 입학한 생때 같은 외아들을 한꺼번에 잃고 만다. 모자가 함께 타고 가던 승용차가 덤프트럭과 정면충돌을 한 것이었다. 가까스로 장례를 치른 덕근은 머리가 하얗게 세었다. 허리를 곧추세울 힘도 잃은 듯 구부정해진 그는 불과 쉰의 나이에 누가 보아도 노인이 되어버렸다. 무쇠와도 같던 그의 의지는 그렇게 한순간에 꺾여버렸다. 목욕탕마저 남에게 넘긴 그는 조그만 연립주택을 얻어 밤낮을 잊고 술로 살았다. 이웃과 옛정을 못 잊은 사람들이 가져다주는 곡기로 겨우 연명하며 가끔씩 공원에 나와 넋을 잃고 앉아 있을 뿐, 아주 삶의 끈을 놓아버렸다. 그렇게 한 마리 짐승처럼 웅크려 지낸 세월이 물경 오 년이었다.

그때 그에게 다가온 여인이 있었으니, 덕근의 집에서 얼마 떨어지지 않은 곳에서 순대국밥집을 하던 동갑내기 정연자 여인이었다. 그녀의 평생 역시 불행하였다. 젊어서는 부잣집 후처로 들어갔다가 아들 둘을 낳아주고 쫓겨났으며 나이가 들어서는 만나는 사내마다 망나니였다. 하나같이 식당을 해 모은 돈을 알겨가려는 자들뿐이었다. 오랫동안 순대와 더불어 살아온 탓에 외모는 돼지의 그것과 크게 다르지 않았으나, 천성적으로 인정이 많은 여인이었다. 혹자는 그녀가 홀로 살던 집의 월세를 감당키 어려워 덕근의 연립주택에 눈독을 들였다고도 하나, 종신토록 덕근의 곁을 지켜주었으니 그 또한 믿기 어려운 낭설일 뿐이다.

정 여인이 챙겨주는 세끼 밥을 먹으며 덕근은 깊은 절망과 술의 나락에서 조금씩 빠져나왔다. 마침내 정식으로 부부의 연을 맺고 혼인신고까지 마치니 정 여인은 덕근의 두 번째 부인이 되었다.

그들은 얼마 후에 장삿속이 밝은 정 여인의 뜻대로 시내의 식당을
접고 시내에서 사십 리 정도 상거한 면소재지에 국밥집을 열었다.
골프장이니 공무원 연수원이니 하며 개발 붐이 이는 지역이었다.
새마을운동에 열심일 적에 여러 번 와본 동네라 덕근은 새삼 감회
가 새로웠다. 식당은 생각보다 더 잘 되었다. 덕근은 날마다 시래
기와 돼지머리, 곱창, 똥보를 삶고 선지를 끓이며 또 이 년을 보냈
다. 그러던 어느 겨울날 새벽, 가마솥에 물을 붓던 덕근에게 불현
듯 달갑잖은 손님이 찾아오니 다름 아닌 중풍이었다. 억, 하고 뒤
로 넘어져 병원으로 실려 간 덕근은 목숨은 건졌으나 한쪽 다리와
혀가 마비되었다. 지팡이를 짚어야 겨우 행보를 하고 우물거리듯
내뱉는 말은 정 여인만이 간신히 알아들었다. 실로 하늘의 무심함
이 이와 같았다.

　인정 많던 정 여인도 차츰 그를, 어이구 이 화상아, 라는 해괴한
호칭으로 부르기 시작하더니 더러 쥐어박기까지 했다. 후처로 들
어가 낳아주었던 아들들이 드나들며 덕근을 똥 묻은 개 보듯 하는
것도 기가 찰 노릇이었다. 아들들은 이미 정실이 죽은 집으로 제
어머니를 모시려 하였다. 그나마 다행인 것은 정 여인이 그 집구
석에는 가지 않는다고 펄쩍 뛰는 것이었다. 욕을 하고 쥐어박을지
언정 정 여인이 아니면 덕근은 갈 데 없는 거지 신세였다. 덕근이
한 서린 생애를 마감하던 해, 두고두고 세간의 비웃음을 산 일이
있었으니 정 여인과 더불어 그녀의 전 남편 칠순잔치에 갔던 일이

다. 그날도 식전 댓바람에 들이닥친 아들이 정 여인을 차에 태우
는데 무슨 꿍꿍이속인지 정 여인이 덕근을 잡아끌었다. 가서 보니
떡 벌어지게 차려놓은 칠순잔치였다. 한복을 차려 입은 정 여인이
전 남편과 나란히 앉아 아들 며느리의 절을 받는데 덕근은 비렁뱅
이처럼 마당 한 구석에서 독상을 받았다. 차마 눈뜨고 보지 못할
참상이었다.

환갑을 한 달 앞둔 그해 동짓달, 시난고난하던 고뿔이 갑자기 가
슴을 막더니 덕근은 다시 오지 못할 길을 가고야 말았다. 목숨이
채 떨어지지 전 새벽녘, 뒷산의 절에서 뎅, 뎅 범종이 울었다. 그때
이미 혼수상태이던 덕근이 눈을 번쩍 뜨더니 입술을 달싹였다. 무
슨 유언이라도 하나 싶어 정 여인은 귀를 바싹 가져다 대었다.

"새벽종이 울렸네 새 아침이 밝았네 너도 나도 일어나……."

아아, 슬프고도 슬프다! 그것이 일봉 최덕근의 마지막이었다.
향년享年 육십일 세, 동짓달 스무사흘 날이었다.

행장을 마치매, 한줄기 뜨거운 감회를 억누르기 어렵다. 장부가
세상에 나와 뜻을 세우고 몸을 일으켰으나, 끝내 이루지 못함이
어찌 일봉 최덕근뿐이랴. 용렬한 자라도 때를 얻으면 삼승의 관을
쓰나, 비범한 자라도 천지의 시새움 앞에서는 꺾이고 마는 것이
알지 못할 인간의 운명이다. 탄식한들 무엇하고 원망한들 무슨 소
용이랴. 고금에 드문 용기와 지도력으로 일세를 풍미했으나, 마침

내 꽃다운 이름을 남기지 못하고 후미진 골짜기에 외로이 누운 최
덕근의 주검은 애달프고 애달프다. 누가 있어 봉분의 쑥을 뜯고
기일에 맞추어 한 잔 술을 부어 주리오. 칡넝쿨이 뒤덮고 산짐승
들이 파헤칠 그 무덤가에 아, 진달래 꽃 피고 질진저. 두견새 울음
소리 낭자할진저.

꽃피는 봄날엔

결혼식이라면 광수도 다닐 만큼 다녀본 사람이다. 이제는 거의
다 가버린 친구들이나 일가친척의 결혼식은 말할 것도 없고, 이장
에 복숭아작목반 총무를 겸하고 있다 보니, 면내의 경조사에 거지
반 쫓아 다니지 않을 수 없는 처지였다. 서른 초반엔 그래도 친구
들의 결혼식에 가서 생판 처음 보는 신부 친구들과 어울려 노는
재미도 개암 맛이고, 혹시 그중에 하나가 어딘가 숨어 있던 다른

신발짝일까 싶어 요모조모 뜯어보기도 했다. 사실 대석이란 친구 녀석은 그렇게 만난 신부 친구와 맺어져 벌써 초등학생 둘의 학부모가 되었다. 광수도 은근히 마음이 있어 2차 피로연 자리에서 몇 마디 수작을 건네기도 한 여자였는데, 무슨 철강회사 영업사원이었던 대석이가 꿰어차 버렸다. 수원이요, 안상이요, 이찌고 하디니 냉큼 대석이의 지프 옆에 올라탄 그 여자는 석 달 만에 친구 부인이 되어 대석의 부모가 있는 고향에 와서 결혼식을 올렸다. 그 무렵 박아서 가지고 다니던 '광수농원 대표 박광수' 명함을 건네주며 틀림없이 연락을 하리라고 생각했던 여자가 그렇게 되자 소태 씹은 맛이었지만, 그때만 해도 갓 서른이었으므로 너 아니면 여자가 없냐, 세상에 널린 게 여잔데, 하고 넘길 수 있었다. 그런데 한 해 두 해 나이가 넘어가면서 광수는 자기의 생각이 혹시 잘못된 것일지도 모른다는 불안감이 생겨났다. 그 여자 말고도 여자는 있고 또 세상에 널린 게 여자인 것은 분명했지만, 또 광수 말고도 남자는 있고 세상에 널린 게 남자가 아닐까, 하는 불안감이었다. 농촌으로 시집오려는 여자들이 아무리 없다고 해도, 또 홀시어머니에 장남이라는 약점이 있다고 해도 광수는 억울한 심정이었다. 열 번을 곱씹어 생각해도 도시에서 월급 받으며 사는 사람들보다 빠질 게 없었다. 복숭아밭 이천 평에 논이 오천 평, 쑥쑥 송아지를 낳아주는 소가 오십 마리이고 농협 장기적금 통장에선 이억이 넘는 돈이 날마다 새끼를 치고 있다. 집도 이태 전에 양옥으로 올려 싱크대에선 더운 물이 펑펑 나오고 언젠가 가 본 아파트 모델하우스처럼 욕실과 화장실이 따로 딸린 방도 들였다. 읍내 다니기가 불편하다면 차를 사줄 것이고 극장이 멀다고 하면 60인치짜리 홈시어터를 놓아줄 것이었다. 그런데도 광수에게 오겠다는 여자는 없었다. 굳이 단점 하나를 더 보태자면 남들보다 좀 험상궂어 보이는 얼굴이지만, 중매로 만난 여자들마다 자기들도 무슨 절세미녀도 아닌 터수에 보자마자 뜨악한 표정을 짓는 것은 꼴사나운 일이었다. 마치 광수의 얼굴에, 나는 술을 밥 삼아 먹으며 술이 취하면 먼저 살림을 칩니다, 그다음엔 마누라를 패고 자식들도 팰 겁니다, 라고 씌어 있기라도 한 듯, 만나는 여자들이 광수에게 하는 첫 질문은 대개 술을 좋아하느냐는 것이었다. 그래서 여자들을 만날 때마다 우선 자신은 술을 거의 마시지 않는다고 말하곤 했지만, 여자들은 거의 마시지 않는다는 것이 소주 서너 병은 되리라고 지레짐작하는 것만 같았다. 사실 광수는 술을 마시면, 워낙 검은 얼굴엔 별반 표가 나지 않지만 온몸이 불에 덴 것처럼 달아올라 기껏해야 소주 반 병이 주량이다. 그럭저럭 들어오던 중매도 서른 중반을 넘기고는 뚝 끊겼다. 그때부턴 남의 결혼식에 가는 것이 계중기에 올라가는 소 기분이었다. 할 수만 있다면 뒷발로 버팅기고 싶은데 이리저리 얽힌 사람살이가 코를 꿰어 잡아끄니 아주 안 다닐 수도 없는 노릇이었다. 그래도 예식장 안으로는 들어가지 않았다. 그저 입던 잠바 차림으로 가서 봉투를 주고 혼주와 인사를 하고 나면 서둘러 갈비탕이든 국수든 뚝딱 한 그릇 해치우고 돌아왔다. 예식장 안은 쳐다보기도 싫었다.

그렇지만 오늘은 달랐다. 꽉 찬 마흔까지 광수와 함께 시골에서 총각으로 남아 있던 친구 동만의 결혼식이었다. 광수는 모처럼 넥타이까지 매고 예식상 뒤쪽에 자리를 잡고 앉았다. 따지고 보면 동만의 결혼이야말로 광수를 더욱 서글프게 만드는 것이었고 친구들도 이제 너 하나 남았다며 걱정 반 놀림 반으로 이죽거렸지만, 광수는 빙그레 웃었을 뿐이다. 몇 달 안에 청첩장을 받게 될 거라는 말이 튀어나오려 했지만 지그시 눌러 참았다. 결혼식을 미리 연습하고 하는 것도 아니니까, 예식이나 꼼꼼하게 지켜보자, 하는 게 광수의 생각이었다. 하도 오랜만이라 신랑이 왼쪽에 서는지 오른쪽에 서는지도 아리송하다. 그렇잖아도 늦은 결혼에 하찮은 실수라도 있으면 그 또한 얘깃거리를 말거리로 삼고 말거리를 웃음거리로 만들고 싶어 안달하는 사람들의 입방아에 오르내릴 게 뻔한 노릇이었다.

정말 광수도 자기 결혼하는 데는 못 가보았어도 남의 결혼에는 적잖게 다녀본 사람이었다. 그렇지만 결혼식장에서 오늘처럼 민망스런 광경은 처음이었다. 요즘 사람들이 식장에서 입을 맞추고 만세삼창을 하는가 하면 신부를 등에 업고 팔굽혀펴기 따위를 하는 것을 보기도 하고 듣기도 했지만, 그 정도야 그럴 수도 있다는 게 광수의 생각이었다. 나이 든 시골 사람들에게는 천하의 불상놈이고 후천세가 멀지 않다는 징조이겠지만, 세태가 그런지라 시골 읍내의 결혼식도 할 짓은 다 하고 시킬 것은 다 시키고 나서야 비로소 신랑신부가 행진을 하였다. 뒤에 서 있던 친구들이 폭죽을 터뜨리고 종이가루를 뿌려대는 것으로 예식이 모두 끝나고 일어서는 사람들로 웅성거릴 때였다. 돌연 신부가 성큼성큼 거의 뛰다시피 다시 돌아오더니 막 피로연장 안내를 하던 사회자의 마이크를 빼앗듯이 잡아채는 거였다. 사진을 찍기 위해 앉아 있던 사람들도, 피로연장으로 향하려던 사람들도 이 돌발적인 상황에 놀라 신부를 주시했다.

"여러분, 우선 저와 장동만 씨와의 결혼식에 참석해주신 것에 대해 감사드립니다. 조금 전에 사회자이신 우리 신랑의 친구 이대석 씨가 말씀하신대로 피로연장은 바로 위층이고요, 가시기 전에 제가 한 말씀만 드리려고 이렇게 마이크를 잡았습니다."

해괴한 일이었다. 혹 신랑의 아버지가 하객들에게 인사하는 것은 보았어도 신부가 직접 마이크를 잡고 하례를 하는 것은 듣도 보도 못한 일이었다. 광수는 동만의 얼굴을 쳐다보았다. 그 역시 이게 대체 무슨 일인가 싶은 표정으로 얼이 빠져 있었다. 마이크를 잡은 신부는 흥분이 지나쳐 거의 눈물을 글썽이는 얼굴이었다.

"아시는 분은 아시겠지만, 아버지가 어릴 때 돌아가시고 저희 사 남매를 엄마가 다 키우셨습니다. 그 고생을 어찌 말로 다하겠습니까? 이제 제가 시집가는 마당에 자랑스런 우리 엄마에게 여러분의 박수를 부탁드립니다."

이 황당한 상황에서 무슨 박수가 나온단 말인가. 그나마 광수의 친구들이 서 있는 곳에서 박수가 나왔을 뿐이었다.

"자, 한 번 더 큰 박수 부탁드립니다."

점입가경이었다. 웃음보가 터진 사람들도, 미망하여 얼굴이 벌게진 광수 같은 사람들도 박수를 치지 않으면 절대로 마이크를 놓지 않을 태세인 신부가 두려워 박수를 치지 않을 수 없었다. 광수는 쥐구멍이라도 있으면 들어가고 싶을 지경이었다.

"예, 고맙습니다. 그러면 제가 마지막으로 노래를 하나 부르겠습니다. 같이 불러주세요. 나아실 제 괴에에로움 다아 잊으시고오오……."

한 사람도 따라 부르지 않는 노래를 신부는 끝까지 불러댔다. 눈을 지그시 감고 열창하는 신부 앞에서 사람들은 우르르 나가버릴 수도, 그렇다고 엄숙하게 앉아 노래를 들을 수도 없는 진퇴양난에 빠져 평생 다시 만나기 싫은 시간을 견뎌야 했다. 흥분을 가라앉히지 못해 자신을 사회자로 착각한 신부가 사진촬영을 하겠다고 안내하는 소리를 듣고야 광수는 멍청하게 서 있는 대석에게, 지금 얌전히 서 있을 사람은 그가 아니며 오히려 마이크를 들고서 사회자 행세를 하고 있는 저 신부가 아니겠는가, 일깨워주었다. 어쨌든 결혼식은 끝이 났다.

친구들만의 2차 피로연은 횟집으로 잡았다. 오랜만에 고향에 온 타지의 친구들이 고향의 명물인 민물회를 먹고 싶다고도 했고, 어두컴컴한 맥주집 따위를 빌려 악을 써대며 놀기에는 서먹한 나이이기도 했다. 그리고 신부의 친구라고는 고작 세 명뿐이었고 결혼 여부는 잘 모르겠지만, 주름살의 여부는 짙은 화장 속에서도 잘 드러나는 거의 중년 여성이라고 할 만한 여자들이었다. 대충 신랑이 섭섭하지 않게 술이나 좀 마시고 노래나 서너 곡 부르다 헤어질 심산이었다.

광수는 횟집으로 가는 중에도 조금 전의 민망한 장면이 떠올라 얼굴이 홧홧했다. 오늘 처음 보는 신부라면 덜했을지 모르겠지만, 광수와 신부는 구면이었다. 들어도 갈피를 잡을 수 없는 연줄에 연줄을 이어 동만이 여자를 만난 것은 작년 십일월, 그러니까 사 개월 전이었다. 여자가 산다는 경기도 안산까지 풀 방구리에 쥐 드나들 듯하던 동만은 두 달 만에 여자를 데리고 나타났다. 동만의 부모에게 인사를 하러 온 것이었다. 동만의 부모는 달거나 쓰거나 시거나 떫거나 가릴 처지가 아니었다. 사실 동만은 삼 년 전에 잠깐 결혼을 했었다. 중국까지 가서 선을 보고 돈도 꽤 많이 써서 데리고 온 조선족 여자였는데, 신혼여행 간 경주에서 딱 하룻밤 만에 온데간데없이 사라져버렸다. 결혼이라고 할 수도 없는 거였지만, 호적상으로는 이혼남이었다. 간신히 한 결혼이 수포로 돌아가고 이혼경력까지 붙게 되자 정작 병이 되어 누운 사람은 동만이 아닌 어머니였다. 금쪽같이 키운 막내아들이 장가 한 번 못 가

보고 늙는다고 노상 눈물바람이었다. 그러던 차에 결혼을 하겠다고 떡하니 여자를 데리고 왔으니, 그야말로 잔칫집이었다. 더구나 데리고 온 여자가 밉상이 아닐뿐더러 첫 인사에 어머님, 아버님 하고 살갑게 파고드는 통에 점잖기로 소문난 동만의 아버지조차 벌린 입을 다물 줄 몰랐다. 첫 인사 온 여자가 대뜸 자고 가겠다는 것도 이상하게 여기기는커녕 정녕 내 며느리가 되는가보다 하고 오히려 감격에 겨워했다. 그날 밤에 광수도 이희숙이라는 동만의 부인을 처음 만났다. 열 시가 다 되어 걸려온 동만의 전화를 받고 면 소재지의 호프집으로 가 보니, 둘이 앉아 맥주를 마시고 있었다.

"광수야, 인사해라. 네 형수님 되실 분이다."

광대뼈가 불거지고 하관이 빠른 얼굴인데, 생글생글 웃는 품이 싹싹해 보이는 인상이었다.

"예, 첨 뵙겠습니다. 저는 야 형뻘 되는 박광수라고 헙니다."

"저도 얘기 많이 들었어요. 우리 동만 씨와 제일 친한 친구시라면서요?"

"친구가 아니라 형이라니께유. 제수씨한테는 아주버님이구유."

동만은 빙글빙글 웃으며 광수의 잔에 맥주를 채웠다.

"그런데 아직 결혼을 안 하셨다면서요? 내가 나중에 힘 좀 써야겠네, 호호."

"야 얼굴을 좀 봐라, 장가가겠나. 보쌈을 해다 놓아두 자다가 일어나서 보구 도망갈 얼굴이지."

"어머, 동만 씨는 친구분한테 그게 무슨 말씀이세요? 남자답게
만 생기셨는데. 나중에 제가 마사지 팩 해드릴게요. 몇 번만 받아
보세요. 인물이 확 달라질 테니까요, 호호."

광수는 좀 도가 지나치게 푼수를 떠는 여자라고 생각했다. 예전
같으면 동만에게 잘 생각해서 하라고 충고 한마디쯤 해주었겠지
만, 이제는 그럴 터수도 계제도 아니었다. 쥐포가 질기다고 투덜대
는가 하면 마요네즈를 더 달라고 소리를 치는 여자를 바라보며 광
수는 은정을 생각했다. 아무에게도 말하지 않았지만, 광수도 동만
과 비슷한 무렵에 은정을 만났다. 읍내에서 미장원을 하는 여자였
다. 동만이 데리고 온 여자에 비하면 은정은 얼마나 다소곳하고 여
자다운가. 무엇이 좋은지 서로 잔을 부딪치는 두 사람을 바라보며
광수는 무언지 모를 뿌듯함이 가슴 가득 차오르는 것을 느꼈다.

술자리는 점점 예상과 다르게 흘러가고 있었다. 신부를 포함한
네 명의 여자들이 열한 명의 남자들을 완전히 휘어잡고 있었다.
사이사이에 끼어 앉은 신부의 친구들은 기왕 노는 거 재미있게 놀
자며 연신 남자들의 술잔을 채웠다. 재미없게 놀자는 데는 반대하
는 사람이 있을지 모르겠지만, 재미있게 놀자는데 싫다고 할 수는
없는 노릇이었다. 오랜만에 먹는 송어와 향어 비빔회도 술안주로
그만이었다. 빠르게 비워나가는 소주병과 함께 처음의 서먹한 분
위기가 걷히자, 노래방 기계가 딸린 큰 방은 곧 흥겨움으로 가득
찼다. 신랑 신부의 노래를 듣고 나자, 여자들이 곧바로 춤판으로

몰아갔다. 디스코 메들리가 나오고 남자들을 한 명씩 잡아끌어 판을 벌이는 솜씨가 보통으로 노는 여자들이 아니었다. 술기운과 여자들에 이끌려 남자들도 서서히 발광을 했다. 광수도 강권하는 여자들에 못 이겨 벌써 여러 잔의 소주를 마셨다. 머릿속에서 팔랑개비가 돌아가기 시작했다.

전국 각지와 각종 직업으로 흩어져 있는 친구들은 자기의 지역과 직종에서 얼마나 화끈하게 노는지 보여주기라도 하겠다는 듯이 게거품을 물고 악을 써대며 춤을 추었다. 귀가 떨어져나갈 것 같은 노래 속에 넥타이를 풀어 머리에 동인 놈, 스타킹을 뒤집어 쓴 놈, 바나나를 사타구니에 달고 껄떡거리는 놈들이 뒤엉겨 말 그대로 난장판이었다. 여자들은 물고기처럼 남자들 사이를 미끄러져 다니며 빈 잔을 채우고 건배를 하고 브루스를 추었다. 광수도 몇 번 노래방에 가서 여자들과 놀아본 적이 있지만 이렇게 잘 노는 여자들은 처음이었다. 피로연인지 술집인지 모를 지경이었다.

"총각님, 이리 좀 나오셔."

신부도 술이 취해서 광수를 잡아끌었다. 그리고는 브루스를 추자고 덤비는데 점잖게 손만 잡고 추는 게 아니라 착착 감겨오는 판이었다. 광수는 민망하고 무안하여 자꾸 몸을 빼냈지만, 총각이라는 말을 무슨 산삼이라는 말로 들었는지 여자들이 번갈아 대들어 춤을 추고 비벼대는 통에 정신이 다 아뜩하였다.

"야, 오늘 밤새워 노는 거다. 알았지?"

"그래, 그래. 다 자고 가는 거야. 아무도 가면 안 돼."

"여관 잡어, 여관."

"어차피 신혼여행도 내일 간다니까, 다 같이 내일 뜨자고."

"그럼. 동만이 장가가면 다 가는 건데, 언제 또 이렇게 만나서 노냐?"

"다는 왜 다야? 광수 있잖아, 광수."

"아, 맞다. 광수야 너 빨리 장가가라. 아니, 지금 당장 이 언니들 중에 골라봐."

처음의 심드렁했던 분위기는 간 곳이 없고 모두들 제정신이 아닌 채 씩둑꺽둑 떠들어대고 있었다. 광수는 취하고 싶어도 취하기 전에 몸에서 술을 받지 않는 체질이었다. 좀 과하다 싶으면 머리만 아플 뿐 정신은 더욱 또렷해졌다. 동만은 머리 아픈 걸 참고 자꾸 더 마시면 아픈 게 가시고 술도 늘 거라고 하지만, 술을 먹고 우화등천이라도 한다면 모를까, 그런 미련한 짓을 할 광수가 아니었다. 그래도 이런 자리에 있으면 자신의 체질이 원망스럽기도 했다. 광수는 다시 벌어진 춤판을 슬그머니 빠져나와 주차장 옆의 정자에 벌렁 드러누웠다. 삼월의 찬 기운이 선뜩하게 등을 타고 올라왔지만, 머리 아픈 것은 좀 낫는 느낌이었다. 광수는 휴대폰을 꺼내 2번을 누른다. 두 번째 신호가 다 울리기도 전에 전화를 받는다. 은정이다.

"뭐해? 손님 있어?"

"아니, 오빠는? 오늘 결혼식 있다며?"

"결혼식 끝나고 피로연장 왔다가 전화하는 거여. 근데 차는 좀 몰아봤어? 잘 나가?"

"너무 좋아요. 잘 나가고 말고야."

"그려, 다음주에 미장원 쉬는 날 고속도로 한번 밟자구. 새 차니께 길도 들일 겸."

"그래요. 우리 동해안 가요. 회도 먹고. 그리고 참, 오빠……."

전화가 끊겼다. 아침에 배터리 가는 것을 깜빡했던 것이다.

은정을 처음 만난 것은 어머니를 미장원에 태우고 간 날이었다. 면 소재지에 하나 있던 미장원이 문을 닫는 바람에 읍내까지 모시고 가게 되었는데, 우연히 들어간 미장원이 은정이 친구와 동업으로 하고 있는 '나래미용실'이었다.

어머니를 내려주고 두어 시간을 축협에서 노닥거리다가 가 보니 어머니는 그저 퍼머캡을 쓰고 있었다. 미장원에 앉아 있는 게 쑥스럽긴 했지만 달리 갈 곳도 없고 이십 분 정도면 끝난다는 말에 기다리기로 했다. 미용의자 넷에 두 명의 미용사가 있는 조그만 미장원이었다. 탁자에 널려 있는 여성잡지를 뒤적이고 있는데, 미용사 하나가 자판기 커피를 뽑아왔다.

"커피 한 잔 드세요."

별 특징이 없는 얼굴 탓인지 왠지 낯이 익었다.

"광수야, 그 미용사님도 안즉 결혼을 안 했단다."

다른 미용사에게 머리를 맡기고 있던 어머니가 한마디 했다. 광수는 얼굴이 후끈하며 짜증이 일었다. 그 미용사님도, 라는 말에는 이미 미용사들에게 광수 얘기를 시시콜콜히 했음을 뜻했다. 나도 장가 안 간 아들이 있는데, 로 시작해서 줄줄이 풀어댔을 어머니의 사설은 뻔했다. 여자들이란 하나같이 만나면 남의 집안일까지 미주알고주알 캐내고 들추고 껍질 벗겨 양념을 친 수다 한 냄비를 보글보글 끓여내야 직성이 풀리는 족속이 틀림없다. 그렇지만 커피를 가져다 준 미용사가 결혼을 하지 않았다는 말에 한 번 더 눈길이 가는 것은 광수도 어쩔 수 없었다. 우선 모난 데 없이 둥그스름한 얼굴이 수더분해 보였다. 더러 본 미용사들이 짙은 화장에 울긋불긋 머리를 물들이고 있던 것에 비해 여자는 거의 맨 얼굴에 머리도 군데군데 몇 가닥을 노랗게 물들인 정도였다.

"어머님한테 말씀 많이 들었어요. 복숭아꽃 필 때 놀러가도 돼요?"

광수가 듣기에는 꼭 단골을 만들겠다는 어투로밖에는 들리지 않는데 어머니는 그게 아닌 모양이었다.

"그럼. 와도 되고말고. 그런데 올 때는 혼자 오지 말고 저기 저 미용사님도 같이 데리고 와. 알겠지?"

"어머, 어머님은 은정이만 보이시나봐."

그렇게 애를 써도 되지 않던 것이 되려고 하니까 무슨 조화가 붙은 듯이 술술 풀려나갔다. 그날 밤 광수도 낮에 본 은정이라는 미용사가 눈앞에 아른거려 좀 뒤척이기는 했다. 그러나 다음날 곧

바로 전화가 왔을 때는 어안이 벙벙하였다. 어머니의 머리를 만지던 그 미용사였다. 그녀는 광수에게 전문 뚜쟁이처럼 잘도 주워섬겼다. 자기는 은정이와 팔 년 전에 직장에서 만나 친구가 되었으며 지금은 둘이 동업으로 미장원을 하고 있다고 운을 떼고는, 은정은 서른네 살이며 오래 앓다가 올봄에 돌아가신 아버지를 돌보느라 혼기를 놓쳤다, 어머니는 오래전에 돌아가시고 남동생과 여동생이 하나씩 있는데 둘 다 결혼해서 부산과 의정부에 산다, 가진 것은 없어도 마음 하나는 그만이다, 시집 안 가고 혼자 산다고 하더니 아버지가 돌아가시고는 마음이 많이 약해진 것 같다, 어제 광수 씨 인상을 좋게 보았더라, 내가 주선할 테니 만나보지 않겠느냐, 하는 것이 요지였다. 광수는 자기 인상을 좋게 보았다는 말에 가슴이 다 뭉클할 지경이었다. 기껏 때 빼고 광내서 나간 맞선에서도 뜨악하게 바라보던, 그런 여자들로만 이 세상이 이루어지지는 않았을 거라는 오랜 믿음이 헛되지 않았구나 싶었다. 갑자기 세상이 환해지는 기분이었다. 그저 축협이 가까워서 들어간 미용실에 어떻게 첫눈에 낯익은 여자가 있고, 그 여자가 서른넷의 미혼이고, 평생 처음 광수의 첫인상이 좋다고 하는 여자일 수가 있는지, 광수는 거듭된 이 우연이 꿈만 같았다. 드디어 내 짝을 만났구나 하는 감격에 가슴이 벅차올랐다. 그런데 어젯밤에는 그토록 아른거리던 그녀의 얼굴이 떠오르지 않았다. 희미한 윤곽만 남아 있을 뿐, 눈 코 입 어느 하나 선명하지가 않았다. 약속을 한 이틀이 지나도록 기억을 더듬어 얼굴을 떠올려보려고 갖은 애를 써보았지만, 헛수고였다. 마침내 길었던 이틀이 가고 약속 장소에 나온 그녀를 보는 순간, 광수는 또 한번 감격하고 말았다. 정장에 화장을 하고 나온 그녀는 광수가 애타게 떠올리던 모든 얼굴보다 더 눈이 부셨다. 생각보다 통통한 몸집에 얼굴이었지만, 그것 역시 광수가 좋아하는 스타일이었다. 수더분하게만 느꼈던 첫인상과는 달리 은정은 명랑하기까지 했다. 서른네 살의 나이답지 않게 은정은 두 번째 만남에서 호칭을 광수 씨에서 오빠로 바꿨다. 남동생뿐인 광수에게 오빠, 오빠 하고 부르는 소리는 마치 간지럼을 태우는 것 같이 광수를 감질 나는 행복에 젖게 했다.

광수와 은정은 거의 매일 만났다. 어머니도 은정의 동업자인 금옥과 자주 전화를 해서 돌아가는 사정을 잘 알고 있는 눈치였다. 광수가 미적거리고 있으면, 야야, 미장원 문 닫을 시간 안 됐냐, 라고 등을 떠밀곤 했다. 은정은 살고 있는 원룸에서 버스를 타고 다녔는데, 광수는 미장원이 닫는 아홉 시에 맞추어 매일 은정을 태우러 갔다. 더러는 바로 집 앞에 내려주고 돌아오기도 했지만, 대개는 통닭집이나 커피숍에서 한두 시간을 함께 보냈다. 광수가 500cc 반 잔을 마시는 동안 은정은 통닭을 먹으며 한 잔을 다 홀짝홀짝 마셨다. 그런 은정을 바라보며 광수는 갖가지 상상을 하며 즐거워했다. 은정과 결혼을 하여 한 이불 속에서 잠들었다 깨고, 은정이 차린 밥상을 마주하고, 은정을 닮은 딸을 낳아 애기 옷을

사러 다니고, 하는 상상을 하면 저도 모르게 입 안 가득 신 침이
고이는 것이었다.

그렇게 꿈만 같은 서너 달이 지났다. 이제 더 이상 끌 이유도 필
요도 없었다. 어떻게 은정이 좋아할 만한 청혼을 할까, 그것만이
작은 고민이었다. 어차피 처음부터 결혼을 염두에 둔 만남이었고
이심전심으로 결혼은 기정사실이었지만, 대뜸 날짜나 잡자고 할
수는 없는 노릇이었다. 남들이 보기엔 늦고도 늦은 한 쌍이겠지만
광수와 은정의 입장에서는 이제 막 결혼의 문턱에 들어서는 가슴
설레는 처녀총각인 것이다. 광수의 고민은 의외로 쉽게 풀렸다.
광수는 그때까지 칠 년째 끌고 다니는 일 톤 트럭에 은정을 태우
고 다녔는데 이놈이 말썽을 부렸다. 일주일 전이었다. 은정의 집
에 도착하여 안전벨트가 빠지지 않았다. 슈퍼에서 가위를 빌려다
자르고서야 은정은 차에서 내릴 수 있었다.

"에이, 승용차를 한 대 사든지 해야지."

광수의 말이 떨어지기 무섭게 은정이 받았다.

"정말, 오빠. 나도 차 사려고 했는데. 계속 운전하다가 작년 가
을에 폐차시켰거든. 차 없으니까 너무 불편해."

"운전했었어? 몰랐네."

"나 이래 봬두 그린라이센스야. 경차를 몰고 다녔는데 작년에
사고가 났어. 옆에서 받았는데 그 차는 아무렇지도 않고 내 차만
다 찌그러진 거야. 그래서 다시는 경차를 안 사려고 했는데, 돈이

없어서 중고차나 알아보려고.”

그때 퍼뜩 광수의 머리를 스치는 생각이 있었다.

“은정아, 사실은 나도 맨날 트럭으로 태우고 다니는 거 미안했었어. 그래서 차를 사려고 했는데 말야, 그래서 말인데, 우리 차 같이 사자.”

“그럴까? 우리 결혼하면 어차피 차 있어야 하니까.”

영 나와 주지 않던 결혼이라는 말이 은정의 입에서 나오자 광수는 눈앞이 환해지는 기분이었다.

“은정아, 나와 결혼하는 거지? 그래 나 이제 너 없으면 못 산다.”

광수는 은정을 와락 껴안았다. 그날 처음으로 광수는 은정의 원룸에 들어갔다. 단출한 살림이었다.

“큰 차 사고 싶다고 했지? 어떤 차 살까?”

“글쎄, 쏘나타 정도 샀으면 좋겠지만 너무 비쌀 걸.”

광수의 입가에 절로 미소가 배어나왔다.

“쏘나타는 큰 차 아니여. 딴 거 생각해 봐.”

“쏘나타면 크지. 식구도 어머님까지 셋뿐인데.”

광수는 점점 은정이 귀여워 견딜 수가 없었다. 쏘나타 정도로 만족하는 배포나 어머니까지 생각하는 속내까지, 자로 재고 저울로 달아서 맞추어도 이렇게 딱 제게 맞는 짝은 없지 싶었다.

“그랜저 빼자, 그랜저. 모레 쉬는 날 가자고. 내 친구 중에 현대차 세일즈 하는 애 있거든. 중선이라고. 은정이는 차 색깔이나 생각해 놔.”

“정말? 와, 그랜저 뺀다고? 차 색깔은 벌써 생각해놓았지. 크림색, 크림색 어때? 나는 여자들이 크림색 큰 차 몰고 다니는 거 보면 정말 우아해 보이더라.”

은정은 펄쩍 뛰며 광수의 품에 안겼다. 광수는 은정의 입술을 찾았다. 혀끝에 은정의 가지런한 이가 느껴졌다. 한참을 그렇게 입술을 부비고 있는데 갑자기 길고 부드러운 혀가 광수의 입 안으로 들어왔다. 그리고는 능숙하게 혀 밑을 쓸다가 다시 혀를 감아올렸다. 한번 들어온 혀는 오래도록 머물며 입 안 곳곳을 천천히, 때로는 빠르게 돌아다녔다. 생전 처음 해보는 깊은 키스에 광수는 얼이 거지반 나가버렸다. 시간이 그대로 멈추어버렸으면 싶었다. 광수의 한 손이 은정의 엉덩이를 쓸었다.

“오늘은 여기까지만. 오빠, 힘들어두 참어. 알았지?”

몸을 뺀 은정이 혀를 낼름 내보였다. 아, 어쩌다 이 여자를 이제야 만났단 말인가, 차라리 탄식이 나왔다.

“오빠, 내가 삼백은 보탤게.”

문을 나서는 광수의 등에 대고 은정이 소리쳤다.

광수는 곧바로 초등학교 동창인 중선에게 전화를 했다. 아는 사람이 그랜저를 사려고 한다는 말에 녀석은 반색을 했다. 누구냐고, 당장이라도 찾아가겠다는 것을, 살 사람은 외사촌이고 모레쯤 함께 찾아가겠노라고 둘러대었다. 아무래도 결혼도 하기 전에 차를 사주었다는 소문이 돌게 되면 남의 내장까지 걱정하는 사람들이 많은 마을에서 쓸개가 빠진 놈이라거나 간을 빼주었다는 말을 듣기가 십상일 터였다. 중선은 친한 친구의 외사촌이니까, 최대한 싸게 해서 삼천팔백에 맞춰주겠다고 했다. 인터넷으로 검색을 해보니 광수의 친한 친구일 리가 없는 수많은 딜러들이 제시해 놓은 가격도 엇비슷했다.

이틀 후 농협에서 사천만 원을 빼어 은정과 함께 대리점을 찾았다. 은정이 할부가 아니라 현찰로 사겠다고 하자 중선은 입을 함박같이 벌리고 사모님을 연발했다.

"그럼요, 크림색이 우아하지요. 사모님한테 정말 잘 어울리실 겁니다. 그런데 블랙은 내일이라도 바로 되지만 크림은 삼사 일 걸립니다. 괜찮으시겠습니까, 사모님? 아, 예. 그럼요. 등록은 제가 다 알아서 해드릴 거구요. 우선 사모님 주민등록증 좀 복사하겠습니다. 예, 고맙습니다."

광수는 속으로 웃음을 참느라고 애를 써야 했다. 그러면서 일은 힘들어도 뱃속 편한 건 내가 제일이구나, 하는 느꺼운 마음이 들었다. 게다가 은정이라니. 광수는 세상을 다 얻은 기분이었다.

"자, 오빠. 이백 남은 거하고 내가 보태는 거 삼백이야."

갈비집에 앉자마자 은정은 핸드백을 열었다.

"보태긴 뭘 보태? 우리끼리. 그리고 그 이백도 은정이 옷이라도 해 입어. 생각해보니까, 그동안 내가 너무 해준 게 없어."

은정은 금방 눈물이라도 떨어뜨릴 것 같은 눈이 된다.

"오빠, 고마워. 결혼해서 내가 잘할게."

나흘 후에, 그러니까 어제 차가 나왔다. 광수는 마침 작목반 회의 때문에 읍내에 나갈 수가 없어서 은정 혼자 차를 찾았다. 오랜만의 운전이라 걱정했지만, 은정은 밝은 목소리로 잘 도착했음을 알려왔다.

광수는 정자에서 몸을 일으켰다. 밖에까지 울리도록 들려오던 노랫소리가 잦아들은 걸로 보아서 이제 파장인 모양이었다. 그때였다. 흰색 지프 하나가 쏜살같이 주차장 안으로 들어와 정자 앞에 서더니, 중선이 내렸다.

"야, 광수야. 아직 애들 안 갔지? 일찍 빠져나오려고 했는데 오늘따라 일이 늦어져서 이제야 왔다."

"나도 네가 왜 안 보이나 했는데. 너넨 주5일 안 하나?"

"주5일이 어딨냐? 고객 시간에 맞춰서 밤이고 낮이고 없는 게 이 직업이다."

"참, 어제 내 사촌누이 차 나왔다며? 나도 가 보려고 했는데 일이 있어 못 갔다."

"나왔으면 내가 밥이라도 샀을 텐데. 고맙다, 광수야. 다른 친척들도 나한테 좀 소개시켜 줘라. 내 단단히 한 턱 낼게. 들어가자. 아참, 그런데 그 사모님은 부티가 쫙 흐르는데, 남편은 영 후줄근

하더라. 돈 많아도 돈 많은 티를 안 내는 건지, 원.”

광수는 깜짝 놀랐다. 이게 대체 무슨 소린가.

“무슨 소리야? 내 사촌누이는 결혼도 안했는데.”

“그래? 그럼 남편이 아닌가? 하여튼 어떤 남자랑 같이 왔었어.”

가슴이 두방망이질 쳤다. 설마, 설마 하는 마음에 설마가 사람 잡는다는 말이 겹치고, 그럴 리가 없다는 도리질에 그럴 리가 없으면 세상의 숱한 사기는 다 무어냐는 의심이 머리를 쳤다. 전화기를 꺼내는 손이 부들부들 떨렸다. 휴대폰은 먹통이었다. 그때서야 아까 통화 중에 배터리가 나간 사실이 생각났다. 식당 안으로 들어가 전화기를 들었다. 그러나 단축번호로만 걸던 은정의 번호도 미장원의 번호도 도무지 생각나지 않았다. 속이 바작바작 탔다. 광수는 어머니에게 전화를 했다. 다행히 어머니는 은정의 번호를 적어놓고 있었다. 신호가 간다.

“여보세요?”

평상시와 다름없는 은정의 목소리에 우선 마음이 조금 가라앉는다.

“응. 나야. 아직 미장원이지?”

“오빠, 왜 휴대폰 꺼놨어? 어휴, 진작 좀 전화하지. 부산에서 남동생이 올라왔거든. 어제 왔는데, 내가 차 때문에 흥분을 했나 봐. 깜빡 잊고 오빠한테 말을 안했어. 그래서 아까 얘기하려는데 전화가 끊어지잖아. 동생이 오빠를 보고 싶다는데 지금 당장 올 수 있어? 오늘 밤차로 내려가야 한대. 어서 와. 알았지?”

그럼 그렇지. 은정이가 그럴 리가 없지. 광수는 한꺼번에 풀린 긴장과 안도감에 털썩 의자에 몸을 던졌다. 친구들이 있는 방 안에선 다시 남녀의 목소리가 뒤엉킨 노래가 터져 나오고 있었다.

“자알 가세요 잘 가아세요 이인사아마안 했었네에에…….”

광수는 벌떡 일어나 밖으로 뛰쳐나왔다. 마침 택시 한 대가 달려오고 있었다. 광수는 두 손을 번쩍 들었다. 만세를 부르는 자세 같기도 했다.

바하무드라는 이름의 물고기

휴대폰을 꺼 버렸다. 쉬지 않고 울려대는 전화, 대뜸 욕설이 먼저 튀어나오는 사람은 말할 것도 없고 점잖게 상담하는 전화에도 불신의 기색이 역력하다. 내 판단이 잘못된 것이었을까, VIP회원 스물다섯 명 중에 벌써 열하나가 떨어져 나갔다. 전화국과 주식 정보 사이트와 내가 나누어 먹는 ARS서비스의 수입도 어느 정도 되지만, 그래도 안정된 수입원은 한 달에 33만 원씩 내는 이들

VIP회원들이다. 수입도 수입이지만, 회원의 수가 곧 그 사람의 실력인 사설 애널리스트의 세계에서 이처럼 급격히 회원이 줄어든다는 것은 곧 한물갔다는 평가로 이어지게 되는 것이다. 애가 타고 진땀이 솟는 판이지만 당장 무슨 수가 있는 것도 아니었다.

국제유가와 미국의 금리인상에 대해 줄곧 낙관적인 전망을 해온 내게 지난 한 달간의 주가폭락은 믿기지 않을 지경이었다. 단기간에 고점 대비 250포인트의 폭락은 모든 추세선을 붕괴시켰다. 내가 회원들에게 지지선이라고 안심시켰던 지수대가 차례로 무너지면서 나는 비난과 욕설과 환불 요구에 시달려야 했다. 이익을 보았을 때 보내던 찬사의 말들은 순식간에 저주의 언어로 변해버렸다. 오 년 동안의 이 생활에서 당한 가장 참담한 사태였다.

그래도 오늘 저녁 일곱 시 전에는 마감시황을 올려야 한다. 전망의 수정은 없다, 그러면 망하는 거니까. 장기 상승 추세 중의 깊은 조정일 뿐이라고, 메이저 세력들의 마지막 투매 유도라고, 더욱 저평가 우량주에 주목해야 한다고 확신이 없는 채로 확신에 가득 찬 시황을 써야 한다. 그러고 나서는 이틀간의 자유, 휴대폰을 꺼 놓아도 그리 비난받지 않을 주말, 충주호의 문골낚시터에 전화를 건다. 목소리만 듣고도 예, 사장님 좌대 비워놓게유, 한다. 밤새 낚싯대를 펴고 있어봐야 붕어 한두 마리가 고작인 그 낚시터에 나는 오 년째 단골이다. 밤에 보는 주위의 산 풍경이 좋아서다.

오후 다섯 시에 도착한 낚시터에는 낯익은 차가 몇 대 서 있다.

나와 비슷한 또래의 주인은 씩 웃으며 머리를 꾸벅한다. 커피 드시구 들어가셔유. 그의 어색한 손님 접대는 그가 얼마나 친절한가를 말해준다. 낚시터가 문을 닫는 겨울이면 그는 나를 위해 야생노루를 잡는다. 전화를 받고 바로 고속도로를 달리기 시작하면 아직 따끈한 노루 피가 기다리고 그는 연한 부위를 저며 육회를 무친다. 그는 나에게 특별히 친절하다. 그냥 맴이 딴 사람보다 끌리는 거 같어유, 언젠가 지나가는 말로 이유를 묻는 내게 그가 얼굴을 붉히며 한 대답이다. 나는 친절한 그에게 돈을 주고 그는 그때마다 황송해한다.

작은 매점을 겸한 사무실에서 커피를 마시는데, 텔레비전에서 뉴스가 흘러나왔다. 6.15공동선언 기념 통일대축전이 폐막되었다는 소식이었는데, 별 생각 없이 보고 있던 내 눈앞에 갑자기 놀라운 장면이 펼쳐졌다. 아니, 장면이 아니라, 사람, 그러니까, 그 사람, 그 여자, 오명희가 나타난 것이었다. 틀림없는 그 얼굴에 조선중앙방송 오명희라는 선명한 자막과 함께였다. 그리고 잊을 수 없는 그 목소리로 남쪽 기자의 마이크에 대고, 통일의 길에 서로 심장에 남을 사람이 되어야겠습니다, 라고 말하고 있었다. 그것은 출국인사였다. 입국인사였다면, 나는 그녀를 만나러 당장 북측 방문단을 찾아갔을까. 물론 달려갔을 것이다, 아니 가지 않았을 것이다, 아니 모르겠다. 16년, 아, 16년이 아닌가.

그해 시월 초승에 여덟 명의 젊은이가 파리의 뤽상부르 공원에 있었다. 그 중 넷은 사물이라 불리는 우리의 전통악기 하나씩을, 두 사람은 전단 따위를, 한 사람은 손마이크를 잡았고 나는 그들의 선두에서 엄청난 크기의 걸개그림을 대나무에 꿰어 들고 있었다. 겉보기에도 결연한 우리 대오는 그 엄청난 음량의 사물 소리에 힘입어 단숨에 공원에 있던 수많은 사람들의 이목을 끌었다. 바람이 꽤 불었으므로 걸개그림을 들고 행진한다는 게 보통 힘든 일이 아니었지만, 그해 시월에 예정된 남북 유엔 동시가입을 반대한다는 것이 우리 공연의 목적이었으므로 어떤 비장한 열기가 우리를 이끌고 있었다. 가로 2미터 세로 3미터의 걸개그림에는 붉은 머리띠를 두른 한 젊은이가 주먹을 하늘로 뻗은 채 무언가 외치는 모습이 그려져 있고, 그가 소리치는 내용이 바로 이것이라는 듯, 위쪽에는 'Korea is one'이, 아래쪽에는 'U.S. Troops out of Korea'가 붉은 글씨로 씌어 있었다. 당시에 크게 유행했던 '조선은 하나다', '미국은 한국에서 나가라' 라는 구호를 영어로 쓴 것인데 프랑스의 공연에 영어 구호를 적어간 것은 프랑스인들도 그 정도의 영어는 알아들으리라고 생각해서였는지 아니면 우리가 불어를 몰라서였는지 이제 기억에 없다.

어쨌든 우리가 공연장으로 삼은 그 공원은 반경이 10여 킬로미터에 이르는 커다란 규모였는데, 그때에 프랑스 공산당이 공원 전체를 세내어 5박 6일 일정으로 축제를 여는 중이었다. 정확히는 프랑스 공산당 기관지인 '르 휴메니떼'가 주최하는 '르 휴메니떼 축제'였고 세계 70여 국가가 참여하는 유럽에서도 손꼽히는 대규모 행사였다. 참여한 국가들은 모두 축제의 성격에 맞게 국가 이름보다는 신문의 이름을 부스에 걸어놓고 있었는데, 두말할 나위 없이 프랑스 공산당과 친교를 맺고 있는 사회주의, 공산주의 계열이었다. 그때나 지금이나 그런 쪽 신문이라곤 '이스크라'나 '적기'를 아는 게 고작이라서 대체 어느 나라의 누가 참가하고 있는지는 나중에 팜플렛을 보고야 대충 알게 되었다. 행사장에는 70여 개의 부스가 타원형으로 늘어서 있었다. 각 부스 앞에서는 그 나라의 전통음식을 굽고 튀기고 부치며 호객을 하고 가운데의 넓은 공간에서는 아무나 나가서 노래를 부르거나 연주를 하거나 춤을 추기도 하는 말 그대로 난장판의 축제였다. 그 부스들은 미리 참가 신청을 하여 배정받은 것이었는데, 국가가 아닌 반정부단체—필리핀의 NDF나 앙골라민족해방전선, 남미 어느 국가에서 온 민중의 벗 등등—도 꽤 여럿이었다. 국가 차원에서 참가한 부스들의 흥겹고 자유스러운 분위기에 비해 그런 반체제 단체들의 부스는 아무래도 좀 궁기가 끼어 있고 그렇게 보아서 그런지 사람들도 혁명전사의 분위기가 풍겼다. 우리는 사전에 참가 신청을 하지 않은 처지였으므로 부스가 있을 리 없었는데, 그때는 다만 수만 명의 사람들에게 우리의 주장을 알리고 꽹과리를 칠 수 있다는 사실만이 눈이 뒤집어지도록 좋을 뿐이었다. 사실 프랑스에 오기 전, 독일과 벨기에, 룩셈부르크 등지를 다니며 문화선전활동을 했지만 백여 명의 청중도 만나기가 어려웠던 터였다. 우리의 주장과 문화 공연을 많은 유럽인에게 보여주는 것이 중대한 목적이었으므로 우리는 약간 조바심을 내고 있었다. 아니, 약간이 아니라 그 목적을 달성하지 못한다면 코리아는 영원히 들이 되고 미군도 대를 이어가며 뭉기적댈 것이라는 끔찍한 상상에 시달리고 있었다. 그런 차에 우리의 걸개그림과 꽹과리 소리에 열광적으로 박수와 카메라플래시를 터뜨리는 수만 명의 청중을 만났으니, 그 감격은 이루 말할 수가 없었다. 경비를 아끼느라고 한꺼번에 수백 명이 자는 유스호스텔을 찾아다니고 길거리에서 김치 없는 라면과 빵으로 지낸 열흘간의 고난이 한꺼번에 보상받는구나 싶었다. 아마도 그 감격이 그 큰 걸개그림을 들고 맞바람에 뒤로 자빠지는 대신 앞으로 나가게 만들었을 것이다. 물론 태어나서 그토록 많은 땀을 흘린 적도 드물었지만 말이다. 그렇게 쉬지 않고 사물을 치며 공원을 도는 우리들에게 보여준 청중들의 반응은 놀라울 정도였다. 함께 구호를 외치고 춤을 추며 행진에 동참한 외국인 형제들이 수백 명이었다. 나중에 들은 이야기지만, 그들은 본색이 본색인지라 한국의 학생운동에 지대한 관심을 가지고 있었으며 실제로 이번 축제의 초청장을 보내려고 했다는 거였다. 그런데 딱히 아는 주소도 없고 코리아에서 오려면 배를 타야 하는 줄 알았다느니 하는 진담인지 농담인지 알 수 없는 소리를 하기도 했다.

하여튼 수많은 청중들의 열광적인 환영 속에 앞으로만 전진하던 우리 앞에 문득, 눈부시게 아름다운 천사가 나타났다. 나는 극도의 흥분상태에서 땀을 너무 많이 흘려 돌연사의 징조가 나타나는 줄 알았다. 나를 데려가는 일 말고 파리 한복판에 한국인의 얼굴을 가진 천사가 무슨 별다른 볼 일이 있단 말인가. 눈에 들어간 땀을 닦고 다시 보니 천사라고 생각했던 그녀는 하얀 블라우스에 자주색 바지를 입은 땅 위의 존재이기는 했다. 천사로 착각하게 했던 얼굴은 잘 보이지 않았는데, 그것은 그녀가 천사이기보다는 계속 얼굴에 카메라를 대고 있었기 때문이었다.

나는 걸음을 멈추었다. 깃대가 멈추면 사물놀이패들은 그냥 제자리에서 치면 되니까, 그리고 그들도 나의 악전고투를 익히 알고 있었으므로 나는 깃대를 땅에 내려놓고 숨을 돌렸다. 이렇게 급히 미군을 내보내려 하다가는 내 정신이 먼저 나갈 판이었다. 나는 다시 눈을 씀벅거리며 그녀를 바라보았다. 겨우 4~5미터 거리나 될까, 중국인이나 일본인도 더러 천사가 있을 테지만, 그녀는 분명 코리안이었다. 그리고 놀랍게도 그녀의 얼굴은 흘러내린 눈물로 온통 젖어 있었다.

평생에 몇 번 보지 못할 어여쁜 얼굴이었다. 아름답다고 하기엔 아직 어린 티가 남아 있는 듯했지만, 돌아보면 돌이 된다고 해도 보고 싶은 경이로운 얼굴이었다. 얼마나 그렇게 마주보고 있었을까. 꽹과리 소리도 걸개그림이 펄럭이는 소리도 들려오지 않았다.

나는 그렇게 돌이 되었고 그녀는 돌아섰다. 그녀의 팔랑거리는 갈래머리가 어느 부스로 들어갔다. 꽤 큰 규모의 그 부스에는 붉은 글씨로 '로동신문'이라고 씌어 있었다.

부스 앞에는 네댓 명의 중년 남녀가 박수를 치고 있었다. 모두들 흐르는 눈물을 닦지도 않은 채 손바닥이 깨지라고 박수를 치고 있었다. 끔찍한 광경이었다. 목울대가 아프도록 울렁거리더니 토하듯 울음이 쏟아졌다. 걸개그림이 쓰러지고 나도 무릎을 꺾었다. 감격과 서러움과 분노가 뒤섞여 꺽꺽 소리만 나왔다. 꽹과리 소리가 멈추었다. 순식간에 조용해진 광장에서 한 떼의 코리안들이 마주보며 눈물만 흘리고 있었다. 우리를 둘러싼 인파들도 숨을 죽였다. 참혹함, 그저 참혹한 마음에 가슴을 쥐어뜯고 싶을 뿐이었다. 코리아 이스 원, 누군가 선창을 했다. 곧 수천의 목소리가 '코리아 이스 원'을 끝도 없이 외쳐댔다. 상쇠가 다가와 깃대를 세웠고 나는 깃대를 가슴에 안고 발걸음을 떼기 시작했다. 꽹과리와 북과 장구와 징이 깨져라, 찢어져라 울어대었다.

그날 저녁 우리는 프랑스 공산당이 주최하는 야외 파티에 초대되었다. 환영사를 마친 프랑스 공산당 당수는 놀랍게도 우리에게 다가와 일일이 악수를 나누었다. 불쑥 찾아든 불청객인 우리가 삼백여 명의 엄선된 초대객에 끼게 된 것은 물론 인상 깊었던 우리의 공연 때문이었다. 주최측은 사우스코리아의 대표가 이번 축제에 처음으로 참여한 것에 대해 찬사와 감사를 거듭 표했지만, 사우스코리아의 대표는커녕 무슨 단체의 대표도 아니었던 우리로서는 좀 난감한 기분이었다. 난감함은 이중의 난감함이었는데, 우리 중의 누구도 불어를 하지 못한다는 것이 그 하나요, 르 휴메니떼 축제 중의 야외 파티는 겉보기와는 달리 엄청난 긴장이 흐르고 있었는데, 그 내용을 전혀 짐작하지 못한다는 게 다른 하나였다. 나중에 들은 바로는 각 국가나 반정부 조직의 대표들이 함께하는 그 파티에서 중대한 상호 문제, 예를 들면 무기의 지원이나 거래 등의 이야기가 오간다는 것이었다. 그런 무시무시한 일은 밀실에서나 하는 줄 알았는데 말이다. 우리는 근사하게 차려진 프랑스 요리를 한 접시씩도 제대로 못 비웠는데 워낙 입맛에 맞지 않기도 했지만, 그때까지 내리 열흘 이상 라면과 빵만 먹다보니 도무지 생각나는 거라곤 김치에 된장국밖에는 없어서였다. 영 괴로운 그 자리를 우리는 일곱 시쯤 빠져나왔다. 낮의 열기에 고무된 우리는 파리 공연을 하루 더 연장하기로 결정하고 사물과 걸개그림, 자료 따위를 필리핀 NDF 부스로 옮겼다. 총상으로 팔 하나를 잘라냈다는 NDF의 노리는 자신을 프랑스지부 국제협력부장이라고 소개했다. 나는 잘 몰랐지만, 여러 사람과 조직을 이어서 닿게 된 이 노리라는 사람이 우리의 유럽 공연 일정을 잡아주고 가는 곳마다 NDF의 협력을 얻게 해준 사람이라고 했다. 노리는 한손으로 능숙하게 숯불에 닭을 구우며 쉼 없이 농담을 해댔는데 쉬운 영어라 그런대로 알아듣고 웃을 수 있었다. 배가 불쑥 나온 통통한 체격에 마냥 좋기만 할 것 같은 삼십대의 노리는 정글에서 십 년 넘게 게릴라 활동을 한 과거를 가지고 있었다.

쌓인 피로와 생생히 남아 있는 낮의 감동으로 인해 우리는 조금 묘한 흥분 상태가 되었던 듯하다. 더구나 세계의 좌파들은 다 모인 것 같은 축제장에 와 있다는 사실이 비현실적인 감정에 휩싸이게 했다. 잠시 후 우리는 우리를 비디오로 찍고 있던 한 사내와 맞닥뜨렸는데, 그는 사실 유럽 순회 내내 보이지 않게 따라다니던 기관원이었다. 나무 뒤에 숨어서 찍고 있다가 오줌을 누고 돌아오던 우리 일행 중 한 명과 서로 피할 수 없이 마주친 것이었다.

"형, 이리 와봐. 이 씨발놈 이거, 저번에 유스호스텔에서 만났던 새끼지?"

우리는 우르르 몰려갔다. 틀림없었다. 룩셈부르크의 허름한 유스호스텔에서 만났던 사내, 우리 방을 엿듣다가 들켜서는 한국사람 소리가 들려서 기웃거렸을 뿐이라고 둘러대던 그 자였다.

"야, 이 새끼야. 너 안기부 직원이지? 젊은 새끼가 왜 이렇게 더럽게 사냐?"

"이 민족반역자 새끼야. 넌 나중에 사형이야, 사형."

"나중도 필요 없고 지금 죽여 버려."

"저기 숲으로 끌고 가서 죽여 버려."

"죽여, 죽여."

죽이기는커녕 누구도 그의 뺨 한 대, 멱살 한 번 잡지 않았다. 유럽으로 떠나기 전, 안기부 요원을 만났을 때의 대처 요령 따위를 다 학습해 놓고도 왜 그랬는지 지금도 알 수가 없다. 낯선 공원의 처음 보는 나무들의 그림자와 막 떠오르던 흐린 별들과 우리의 스물둘, 셋, 넷의 나이가 그랬을까. 어쩌면 열흘 정도 김치와 된장 고추장을 먹지 않으면 누구나 그렇게 되는 것일까. 알 수 없는 일이다. 그는 둘러선 우리를 힐끗 쳐다보고는 무슨 말을 할 듯하다가 냅다 돌아서 뛰기 시작했다.

"저 새끼 잡어, 잡어."

우리는 서로에게 잡으라고 소리쳤지만, 정작 스스로는 잡으러 뛰어가지 않았다. 그리고 홍 선생이 왔다. 택시 운전을 한다는 그는 혁명전사라기보다는 칠판 글씨를 잘 쓰는 국어선생님 같았다. 남의 나라 부스에서 밤을 새우게 할 순 없다며 그는 자신이 살고 있는 아파트로 가자고 했다. 괜찮다고 하면서도 우리는 쌀밥과 김치라는 선생의 유혹에 이미 넘어가 있었다. 다만 한 사람은 남아서 짐을 지켜야 했다. 나는 기꺼이 자원하였다. 본래 이번 문화선전대에서 공식적인 내 역할은 짐꾼이었다.

동료들이 떠나자 나는 곧 북한, 아니 '로동신문'의 부스로 향했다. 국가보안법에 회합의 죄가 있다는 걸 알긴 했지만, 파리의 푸르고 맑은 공원에서도 끊임없이 국가보안법을 의식해야 한다는 건 참을 수 없는 일이었다. 91년이었고 남북이 유엔에 분리 가입하려는 중이었고 내 삶이 이미 돌이킬 수 없는 지점을 돌았다는 자포자기의 감정도 용기를 더해 주었다. 그리고 그녀, 낮에 본 그 모습이 아직도 공원 안에 머물고 있다면 꼭 한 번 다시 보고 싶었다.

보름께인지 둥근 달이 떠올랐다. 저녁 야외 파티 때 마신 몇 잔의 포도주 기운이 뒤늦게 퍼지고 있었다. 가는 도중에 있는 쿠바의 부스는 유난히 흥겨웠다. 통돼지가 숯불 위에서 돌아가고 많은 사람들이 무엇이 그리 좋은지 웃고 떠들며 춤을 추는 모습에 저절로 발길을 세우게 되었다. 처음 들어 보는 라틴 음악은 어딘지 애수가 서려 있어서 이국의 정취를 더했다. 그들은 멈추어 선 내게 악수를 청하고 맥주를 권하며 연신 환영의 말을 건넸다. 카스트로와 게바라의 대형 사진이 양쪽으로 걸린 부스 밖에서 그들은 내게 '코리아 스튜던트 무브먼트 넘버원' 이니 '위 아 프렌드, 리얼리 리얼리 프렌드' 하는 짧은 영어를 건네며 즐거워했다. 나도 따라서 '아이 러브 체 게바라' '쿠바 리버레이션 이스 넘버원' 어쩌고 했다. 피차 영어가 안 되니 오히려 더 즐거웠다. 그때였다.

"거 오늘 낮에 가열한 시위를 벌인 남조선 동무 맞지요?"

얼굴 가득 웃음을 머금은 중년 남자였다. 그리고 그 옆에는 바로 그녀가 서 있었다.

"필리핀 부스에 있다고들 해서 찾아가는 길입니다. 조국통일의 길에 떨쳐나선 남조선의 젊은 동무들, 얼마나 고생이 많으십니까?"

그의 손에는 술병이 하나 들려 있고 그녀는 음식인 듯 보이는 작은 보따리를 두 손에 받쳐 들고 있었다. 가슴에 이는 격한 고동을 참으며 나는 동료들은 모두 다른 숙소로 옮기고 혼자 남아 있다고 했다. 그는 꽤나 실망한 표정이더니

"그럼 우리 북조선 부스로 가지요. 여기까지 와서 남의 나라 곁방살이하면 좋겠소?"

했다. 나는 그들을 따라 로동신문의 부스로 갔다. 부스는 쿠바처럼 대규모였지만, 사람은 그들을 포함해 넷이 전부였다. 밤이라 그런지 외국인들이 찾지도 않고 음식을 해 팔지도 않으며 음악도 없는 덩그런 부스였다. 그래도 여섯 명이 앉을 수 있는 식탁이 십여 개나 되었다.

보따리를 풀고 식탁에 음식을 차리는 그녀를 나는 흘끔흘끔 바라보았다. 낮에 입었던 옷 그대로였지만, 전등불 아래라서 그런지 소녀는 아니고 고등학생이나 대학생으로 보이는 숙녀였다.

"명희야, 잔도 좀 가져오너라. 젊은 동무랑 한잔 해야지."

"아버진 운전하셔야 하는데 술 드시려 합니까?"

오랜만에 들어보는 젊은 아가씨의 목소리였기 때문일까, 아님 스물넷의 푸르른 나이가 되새겨 들은 소리였을까, 특유의 고저가 분명한 말이 마치 조약돌밭 위를 흐르는 시냇물이었다. 고막을 울리지 않고 미끄러져 들어와 내 입 안에 고일 것 같은 목소리였다.

우선 김치에 먼저 젓가락이 갔다. 늘 더부룩하던 속이 내려가는 느낌이었다. 고기와 양파를 다져 넣은 전과 푸른빛이 도는 정체불

명의 떡도 입맛에 맞았다. 그리고 그가 따라준 것은 백두산에서 딴 들쭉으로 담갔다는 들쭉술이었다. 첫 맛은 향이 순했지만, 식도를 타고 내려갈 때는 독한 기운에 화들짝 놀랄 정도였다.

"벌써 여러 날째 이리 다니면 아무리 젊어도 육신에 축이 갈 게요. 든든히 먹고 다녀야지요."

순간 섬뜩한 기분이 들었다. 북한의 프랑스 주재원이 분명한 그가 어떻게 여러 날째 유럽을 순회하고 있는 것을 알았을까. 하긴 남북한 모두 유럽에 정보망이 있을 테니 공개적으로 일정을 알리고 돌아다니는 우리의 모습이 포착되지 않을 수 없었다. 나는 두 잔째의 들쭉술을 비웠다. 그는 내게 어느 대학에 다니느냐, 무슨 공부를 하느냐, 하는 것을 묻다가 가야 할 곳이 있다며 자리에서 일어났다. 그녀, 오명희에게는 잠시 후에 어찌어찌하라고 일러주었는데, 나는 당장 그녀가 아버지와 떠나지 않는 것이 좋을 뿐이었다.

"집에 안 가십니까?"

무언가 대화를 이어 가야 한다는 게 고작 그런 말이 나왔다.

"잠시 후에 여기서 밤을 지샐 분이 오면 갈 겁니다."

옆 식탁에 앉았던 두 명의 중년 부인은 부스에 딸려 있는 임시 주방으로 가고 나는 그녀와 둘이 남았다.

"낮에 바람이 세어서 어찌나 마음을 졸였는지 모릅니다."

석 잔째의 들쭉술을 들다 말고 나는 이 여자를 평생 잊지 못할 것임을, 살아가는 내내 꿈길을 밟아 내게 올 여자임을 뼈아프게 알았다. 이 순간에 지구가 자전을 멈추고 달빛 내리는 파리의 공원에 그녀와 나만 남은 채 온 세상이 다 사라져 준다면, 함께 백치가 되어 태어난 곳도 자란 곳도 모르고 이곳 파리에서 청소부가 되거나 노숙자가 되어 같이 살 수 있다면, 불가능한 상상이 살풋 고개를 숙인 그녀를 더욱 눈부시게 했다.

"명희 씬 몇 살입니까? 남조선에선 이렇게 물으면 실례입니다만."

"어찌 남조선에서만 실례겠습니까? 여성의 나이를 물으시려면 응당 먼저 나이를 대셔야지요."

"예, 정말 그렇군요. 저는 스물네 살이고 이름은 강명식이라고 합니다."

"저는 열아홉이구요. 이름은 오명희라고 합니다. 밝을 명에 빛날 희."

"그럼 아직 고등학생이십니까?"

"올해 파리대학에 입학했습니다."

그녀는 오 년째 파리에서 살고 있다고 했다. 곧 조국으로 돌아갈 것이라고 말하는 그녀의 얼굴엔 일말의 파리 생활에 대한 미련도 없는 듯했다.

"저는 조국에 돌아가 학업을 마치면 기자가 되려 합니다. 참, 오늘 제가 찍은 사진 중에 하나가 '로동신문'에 실리게 될 겝니다. 강 선생 얼굴도 나오겠지요. 기수였으니까요."

들쭉술의 독한 기운 때문이었을까. 기다리고 있을 고문과 감옥이 떠올린 자포자기의 심정이었을까, 아니다. 꿈이 아니라 생시의 하루하루를 이 여자와 살고 싶다는 욕망이 불길처럼 일어난 것은 순전히 그녀, 오명희의 눈부심 때문이었다.

"나는 조국에 돌아가면 감옥에 갈 겁니다. '로동신문'에 나온 사진 때문에 더 가혹한 고문을 당하겠지요. 아, 적국의 외교관과 회합도 했군요."

억눌린 열정은 엉뚱한 통로를 만들어 터져 나오고 있었다. 왜 그런 어처구니없는 말들을 그녀에게 쏟아냈는지, 이루어지지 않을 운명에 대한 항의였을까. 그러나 한번 샛길로 빠진 말은 제멋대로 흘러나왔다.

"감옥에 갔다 오면 몸은 망가지고 취직도 안 될 테니 어쩌면 노숙자 신세가 될지도 모르지요. 아시죠, 남조선 사회? 돈 없으면 지옥이라는 거. 부모 형제도 다 나를 피하고 알콜중독자가 되어서 마흔도 못 넘기고 아무데나 쓰러져 죽어버리겠지요."

도대체 황당한 일이었다. 나는 그 싱싱하던 나이에 결코 그런 삶을 상상한 적이 없었다. 감옥에 대한 두려움은 컸지만, 그것이 내 삶에서 결정적인 변수라고는 여기지 않았으며, 더구나 취직이나 돈이라니, 그때는 얼마나 당당하게 그런 것들을 경멸했던가.

"임수경 언니가 간 길을 강 선생도 가시게 되는 겁니까?"

그녀는 거의 눈물을 매단 채였다. 떨어지면 그대로 굴러가버릴 것 같은 그 맑은 눈물이 퍼뜩 정신을 차리게 했다.

"미안합니다. 그런 말을 하려던 게 아니었는데. 명희 씨. 꼭 드리고 싶은 게 있습니다. 저와 함께 잠시 필리핀 부스로 가 주시겠어요?"

나는 당황한 채로 나오는 대로 지껄였다. 주고 싶은 거라니, 그런 것이 있을 턱이 없었다. 그녀는 아직 눈물이 어룽이는 눈으로 잠시 바라보더니, 일어섰다.

"인차 돌아와야 합니다. 곧 차가 올 것입니다."

사방이 불빛인데도 하늘에는 보름달이 선명하게 떠올라 있었다. 광장에는 여전히 흥에 겨운 사람들이 물결처럼 흘러다녔다. 한 무더기의 춤판을 빠져나오느라 그녀의 어깨를 살짝 감싸서 당기자, 그녀는 흠칫 놀라는 듯했지만, 뿌리치지는 않았다.

"명희 동무, 우리 뛰어갑시다."

나는 그녀의 손을 잡고 가볍게 뛰기 시작했다. 손을 빼려는 힘이 느껴졌지만 놓지 않았다. 손목의 매끄러운 감촉이 서럽도록 황홀하였다.

노리는 무언가를 읽고 있다가, 우리를 향해 손을 흔들어 주고는 다시 고개를 묻었다. 나는 푸른색 한반도 지도에 붉은색으로 '조선은 하나다' 라고 새겨진 개량 우리 옷 한 벌을 꺼내 그녀에게 주었다. 그거 말고는 도무지 줄 게 없었다.

"참 곱습니다. 이런 귀한 선물을 받게 될 줄은 몰랐습니다."

그녀는 정말로 내가 그것을 주기 위해 데리고 온 줄 아는 모양이었다. 곧 가 봐야 한다는 말과는 달리 그녀는 야외 식탁에 앉아서 이리저리 옷을 돌려보며 좋아하고 있었다. 어느새 풀어진 갈래머리가 그녀를 성숙한 아름다움으로 감쌌다. 가슴이 아파 견디기가 힘들었다. 헛된 메아리로 남을지라도 이 쓰라림을 그녀에게 고백하고 싶었다.

"명희 씨, 사람은 어떻게 한 사람을 좋아하고 사랑하게 되는 걸까요?"

느닷없는 내 질문에 그녀는 그 검고 빛나는 눈으로 한참 나를 바라보았다.

"사람은 단 한 번을 만나도 심장에 남는 사람이 있는 거 아니겠어요?"

그랬다. 내 귀에 그녀의 말은 한 치의 의심도 없이 고백으로 들렸다. 나는 덥썩 그녀의 두 손을 그러쥐었다.

"그래요, 통일의 그날에 꼭 다시 만나요. 명희 씨는 이제 제 심장에 새겨진 사람입니다."

그녀를 바래다주기 위해 왔던 길을 되돌아가는 동안, 우리는 손을 잡은 채 되도록 천천히 걸었다. 하고픈 말이 가슴에 가득 찼는데 아무 말도 나와 주지 않았다. 어느새 로동신문 부스가 보였다. 이제 기약 없는 헤어짐이었다. 걸음을 멈추었다.

"명희씨. 이제, 우리는, 아아, 우리는……."

그녀가 계속 하라는 듯 나를 올려보며 고개를 끄덕였다. 검은 눈 속에 고인 눈물이 마악 넘치려 하고 있었다. 나는 결국 마지막 인사를 맺지도 못하고 돌아서서 미친 듯이 달리기 시작했다. 눈물이 쏟아졌다. 분하고 서러운 마음이 폭발하듯 눈물이 되어 흘러내렸다. 여전히 흥겨운 파리의 공원, 더욱 높이 솟은 보름달이 숲의 나무들에게 그림자를 드리우던 시월의 밤이었다.

우리는 이후 영국과 아일랜드를 거쳐 미국으로 갔다. 백악관 앞에서 사흘간 단식농성을 한 다음 유엔총회가 열리는 뉴욕으로 향했다. 유엔 본부 앞 광장에는 현지 한인회 등이 주최하는 남북동시 가입 축하 공연과 남북 분리가입을 반대하는 일부 동포들의 시위가 함께 벌어지고 있었다. 마침내 인공기와 태극기가 동시에 올라가는 순간, 우리는 절규하듯 '조국은 하나다' 라고 울부짖으며 서로를 부둥켜안았다. 지난 한 달간의 문화선전대 활동을 마감하는 마지막 눈물이었다. 게양되는 두 개의 국기는 내 젊음과 열정을 마감하는 조기弔旗였다. 독일이 통일되고 소련이 무너지면서 조금씩 닳아져가던 생애의 어떤 끈이 툭, 끊어져 내리는 순간이었다. 그날 밤 나는 동료들에게 간단한 메모 한 장을 남긴 채 뉴욕에 살고 있는 이모의 집을 찾아갔다.

붕어는 입질이 없다. 밑밥을 좀 더 던져줄까 하다가 그만둔다. 세 대 중에 두 대에는 자주 미끼를 갈아줄 필요가 없는 지렁이를 단다. 흙 속에 살던 지렁이는 깊은 물속으로 들어가 갑자기 낚시에 꿰어버린 자신의 운명에 몸부림을 칠 것이고 그 몸부림은 졸고 있던 붕어의 눈을 빛나게 할 것이다. 그러나 붕어 역시 지렁이를 무는 순간 물 밖의 운명이 된다.

낚시터의 사내가 날라 온 저녁과 함께 비운 한 병의 소주 때문일까, 나는 문득 이제 낚시를 그만두어야겠다고 생각한다. 여태껏 온라인과 전화로만 만났던 회원들과 정팅도 하고 공개 시황 강연회 같은 데도 부지런히 다니자. 언젠가는 나의 분석과 전망대로 코스피가 움직이고 그러면 다시 회원들이 몰려올 것이다. 백 번째 회원 가입을 축하합니다, 이런 메일을 띄울 날까지 낚시도 그만이다. 어금니 사이에 신 침이 고인다. 뉴욕에서 정식으로 MBA과정을 밟은 내가 허접한 다른 애널리스트들에게 밀린다는 것은 있을 수 없는 일이다.

케미라이트가 조금씩 물속으로 가라앉는다. 물이 불어나는 것일까, 아니면 좌대가 어디론가 흘러가는 것일까. 산 그림자가 물결에 일그러지고 다른 좌대들이 자꾸만 멀어져간다. 오래 전에 배운 노래가 천천히 내 입에서 흘러나온다.

　　　신이 천사의 등에 대지를 만드셨네

　　　천사가 딛고 선 곳은 루비산이고

　　　루비산은 사천 개의 눈이 달린 황소 위에 있네

　　　황소를 받치고 있는 것은 물고기 바하무트

바하무트 아래엔 연못, 연못 아래는

아, 인간의 눈으로 볼 수가 없네

＊바하무트 : 이슬람 신화에 등장하는 거대한 물고기로, 이 세상을 받치고 있
다고 함.

세
노
인

우선 어떻게 내가 이 글을 쓰게 되었는지 밝히는 것이 도리라고 생각한다. 왜냐하면 이 글은 원래 영문으로 된 문서이며, 번역이라는 것을 한 번도 해본 적이 없는 내가 순전히 아마추어적 호기심으로 번역한 사실을 감추어선 안 될 것 같기 때문이다. 더구나 영문학에 대해 전혀 문외한인 나로서는 이 원본 텍스트가 대체 소설인지, 에세이인지, 아니면 비망록인지 구분조차 할 능력이 없음도 고백해야겠다. 먼저 이 영문 문서를 내가 가지게 된 경위부터 얘기하겠다.

지금부터 육 년 전, 나는 여행자의 신분으로 뉴욕에 머물고 있었다. 그 전에도 여러 차례 방문한 적이 있었기 때문에 관광이 목적은 아니었고, 빈둥거리는 아들의 꼴을 보기 싫어하는 아버지의 성화에 못이긴 억지 외유였다고나 할까. 명색은 뉴욕에서 할 만한 비즈니스를 물색하는 것이었다. 아버지는 자수성가한 사람답게 자식에게조차 인색하였다. 천만 불쯤 내주어도 표가 날 재산이 아니건만, 아버지는 내게 백만 불 내에서 뉴욕에서 사업을 시작하라며 무조건 등을 떠밀었다. 와서 보니 정말 천만 불 정도만 있으면 살 만할 곳이었다. 절반쯤 떼어서 번듯한 건물 하나를 사 놓고 조용한 외곽에 백만 불 정도의 소박한 집 한 채를 장만한 다음, 나머지를 은행에 넣어두면 이런저런 신경 쓸 것 없이 BMW와 벤츠를 번갈아 몰고 다니며 골프장과 헬스클럽을 순례하는 일에 전념하기 충분했다. 뉴저지 쪽에 집을 마련한다면 내가 가장 사랑하는 도시인 애틀랜틱시티를 수시로 왕래하기에도 좋았다.

갓 결혼한 아내도 뉴욕이 몹시 마음에 드는 눈치였다. 그러나 아버지가 정해 놓은 액수는 어떤 설득도 먹히지 않는 요지부동이었고 백만 불이란 액수는 무엇을 하든지 간에 몸으로 뛰어야 함을 의미했다. 뉴욕에는 외삼촌과 이모들 넷이 살고 있었다. 그 연고로 우리 집에서 뉴욕은 거의 부산보다도 가까운 이웃 도시였고 가족 중의 누군가는 항상 뉴욕에 머물고 있었다. 외삼촌과 이모들은 모두 먹고사는 데 지장이 없고 교외에 널찍한 집을 소유한 정도의 생활은 하고 있었지만, 하고 있는 일은 종업원 서너 명을 거느린 소규모 소매상이나 도매상, 기껏해야 주유소 정도였다. 아침부터 저녁까지 가게에 나가 일을 하지 않으면 제대로 돌아가지 않는 영세 사업체들이었다. 그 정도의 사업을 시작하기에 적당한 액수가 백만 불이었다. 아내도 그렇게 살고 싶지는 않지만, 시댁과의 잡다한 인연을 멀리할 수 있다는 유혹 때문에 선뜻 마음을 정하지 못하였다. 그럭저럭 한 달여가 지났을 무렵이었다.

외사촌, 그러니까 외삼촌의 큰아들은 나보다 두 살이 더 많은 서른하나였는데 그때까지 결혼을 하지 않고 뉴욕에서 경찰 생활을 하고 있었다. 어렸을 때부터 꿈이 경찰이었다는 그는 결국 소박하나마 아메리칸 드림을 이룬 셈이었다. 나와 가장 가까울 만한 나이였지만 여섯 살 때 미국으로 온 그는 거의 한국말을 하지 못했기 때문에 자주 만나게 되지는 않았다. 하지만 볼 때마다 큰 덩치에 도무지 나이답지 않은 순진무구한 웃음을 띠고 있어서 말만 통한다면 참 좋겠다는 생각이 들곤 했다. 그런 그가 매일 혼자 양주 한 병을 비우는 알코올 의존증이 있다는 사실을 들었을 때는 이상한 느낌이 들었다. 혼자 마시는 술이라, 그것도 미국이란 나라에서, 자기가 가장 하고 싶었던 일을 하면서, 그렇게 해맑은 웃음을 웃는 사람이, 나로서는 이해하기 힘든 일이었다. 그런 그가 갑자기 죽은 것이었다. 내가 그 계보를 알 수 없는 어느 갱 조직과의 총격전에서 그는 머리에 총을 맞고 절명하였다. 외아들을 잃은 충격과 슬픔에도 가게는 돌아가야 했고 유일한 유휴 노동력이었던 나와 내 아내는 한동안 외삼촌의 가게에 출퇴근을 하게 되었다.

주로 여자들의 미용에 관계되는 제품을 소매하는 외삼촌의 가게는 '뷰티 서플라이' 라고 했는데, 그 종류가 가히 어마어마했다. 그날그날의 매상을 전해주기 위해 매일 외삼촌의 집을 드나들게 된 우리는 어쩔 수 없이 외삼촌 집에서 저녁을 먹거나, 상심한 두 분 내외를 위해 함께 술을 마시는 날이 많았다. 혼자 살던 외사촌의 아파트에 찾아가 짐을 정리하는 일도 나의 몫이었다. 짐을 챙긴다기보다는 쓰레기를 치우러 오는 사람들에게 아파트 문을 열어주는 정도였다. 외삼촌의 말대로 그곳에서 스튜디오라고 부르는 원룸은 옷가지와 술병, 몇 개의 전기제품 등 모두 쓰레기로 나갈 것들 외에는 눈에 띄는 것이 없었다. 구형 컴퓨터가 한 대 있었지만 그것도 쓰레기의 수준을 벗어나는 것은 아니었다. 다만 탄탄해 보이는 조그만 철제 캐비닛은 무언가 중요한 것을 담고 있다는 듯이 자물쇠가 채워져 있었다.

캐비닛 안에서, 손으로 직접 쓴 두 권의 두툼한 노트와 컴퓨터로 출력한 이삼십 장의 A4용지가 나왔다. 그 밖에도 낙서 같은 것이 휘갈겨 씌어진 몇 장의 종이와 우편물이 있었지만, 그런 것들은 그냥 쓰레기봉투 속에 넣었다. 단정히 철이 된 A4용지의 문서는 겉표지에 〈Amazing Seniors〉라는 제목을 달고 있었다. '놀라운 노인들' 쯤으로 번역될 그 문서는 일종의 사건 기록이었는데, 얼핏 보아도 경찰이 업무상 작성하는 조서나 일지의 형태는 아니고, 소설의 형식을 띤 글이었다. 그리고 사촌이 내용에서 밝히고 있듯이 많은 부분이 심성보라는 노인이 작성한 두 권의 노트 내용을 발췌, 정리한 것이었다. 노트는 한눈에 보아도 노인이 쓴 글임을 알아볼 수 있을 정도로 글씨체가 심하게 떨려 있어서 나로서는 읽는 것 자체가 불가능했다. 워낙 짧은 영어 실력이라 제대로 읽어볼 염도 내지 못하고 그 노트와 문서는 어느 구석에 처박히게 되었다.

나는 뉴욕에서 사 년을 살다가 재작년에 귀국하였다. 백만 불의 사업자금은 생활비와 학비의 명목으로 고스란히 사라졌고, 애틀랜틱시티의 룰렛판과 블랙잭 딜러와의 승부에 바쳐진 액수도 상당하였다. 아버지의 엄명으로 귀국하긴 했지만, 사업이나 직장생활에는 도저히 적응할 수 없었다. 오히려 아내가 아버지 회사의 비서실에 나가게 되었고 나는 예의 빈둥거리는 생활을 계속하였다. 그리고 도저히 이해할 수 없는 경로로 귀국 보따리에 딸려온 이 문서와 노트가 사 년 만에 눈에 띄었고 순수한 호기심으로 사전을 찾아가며 번역을 시작하였다. 이야기는 사촌이 죽기 오 년 전, 그러니까 1995년도에서 시작하고 있었다.

한국계로 보이는 세 노인의 사체가 발견되었다는 신고는 곧바로 내게 전달되었다. 한 발의 총성을 들은 이웃 주민의 신고로 현장에 도착한 경찰은 놀랍게도 세 구의 시체와 마주쳤고 한국계라는 이유로 역시 한국계 경찰인 내게 급전이 날아온 것이었다. 작은 단층집이었고 회색 카펫이 깔린 거실에 독극물을 마신 흔적이 역력한 두 남자 노인의 시체가 누워 있었다. 그리고 또 한 명의 노인은 침대에 반듯이 누운 채 죽어 있었다. 머리 쪽의 벽에는 15스퀘어피트(1스퀘어피트는 사방 30센티미터다 : 역주) 정도의 넓이로 핏자국이 퍼져 있고 침대에도 피가 흘러 있었지만, 54구경 엽총을 입속에 넣고 발사한 흔적으로는 그리 많은 출혈이 아니었다. 워낙 나이 들고 왜소한 체격 때문인 것 같았다.

바로 신원이 확인된 사람은 집주인이자, 침대에서 총으로 자살한 심성보 노인이었다. 그는 전직 노스유니언대학의 역사학 교수였으며 평생 동안 독신으로 살아온 인물이었다. 유족은 아무도 없고 1905년생으로 90세였다. 1950년대, 반공산주의 법에 의해 체포되어 두 차례에 걸쳐 이 년가량 복역한 적이 있으며, 80년대 초반까지 FBI의 요주의 인물 명단에 올라 있었다.

세 사람 모두 자살이라고 판명되었다. 아질산염에 청산가리를 섞은 독극물로 자살한 두 노인은 각기 노트 반 장 분량의 한국어로 쓰여진 짧은 유서를 남겼다. 심성보 노인은 대학 노트 두 권의 육필 원고를 남겼는데, 그의 유서 겸 세 노인이 자살에 이르는 과정이 자세하게 적혀 있어서 이 글을 쓰는 직접적인 동기가 되었다. 그 노트가 아니었다면 나는 평생 처음으로 이런 긴 글을 쓸 생각을 하진 않았을 것이며, 내가 떠나온 코리아라는 나라에 대하여 숙고의 기회를 갖게 되지도 않았을 것이다.

사건 직후 나는 독극물로 자살한 두 노인의 신원 확인을 위한 조사에 착수했는데, 그들이 신분을 알려주는 운전면허증이나 소셜 시큐리티 카드(우리나라의 주민등록증 비슷한 것으로 은행 계좌를 열거나 각종 복지 등의 수혜를 받을 때 사용된다 : 역주) 등을 가지고 있지 않았고, 영문으로 번역된 유서에서도 자식의 이름만 나와 있을 뿐, 직장이나 연락처 따위가 없어서, 알아보기 힘든 심성보 노인의 노트를 거의 대부분 읽고 나서야 그 두 노인의 유족을 찾을 수 있었다.

한 사람은 심성보 노인의 집에서 차로 삼십 분 가량 떨어진 플러싱(한국인 밀집 지역이며 한국 음식점이나 식료품 가게가 모여 있다 : 역주)의 노인아파트에 주소를 둔 박태성이라는 이름을 가진 이로 82세였고 아들과 딸 하나씩을 두고 있었다. 그들은 모두 다른 주에 살고 있었는데 아버지의 자살 소식에 크게 놀라고 상심했으며 가장 빠른 교통수단을 통해 각자의 가족을 대동하고 나타났다. 그들에게 남긴 박태성의 유언은 간단하였다. 자녀와 손자들의 이름을 일일이 호명하며 자신은 아직 정신이 온전할 때 자신의 의지로 목숨을 끊으려 한다는 것과 한국의 경기도 장호원이라는 곳에 있는 자신 명의의 산을 한국의 대학에 기증한다는 것, 자신의 시신을 화장하여 바다에 뿌려 달라는 것이었다.

또 한 사람은 다른 두 사람에 비하여 아직 노인이라고 할 수도 없는 62세의 김유라는 이였고 죽기 한 달 전부터 심성보 노인의 집에서 함께 살고 있었다. 두 아들이 모두 뉴욕에 살고 있었으며 첫째아들은 개인 사무실을 개업한 변호사였고 둘째는 맨해튼의 꽤 큰 회계 법인에 소속된 회계사였다. 그들 역시 즉각 달려왔지만, 아버지를 잃은 비통함 같은 것은 보이지 않았다. 역시 짧은 유언에서 김유 노인은 마지막 남은 두 벗과 함께 먼저 간 벗들에게로 간다고 했다. 그리고 자신은 원예학 분야에서 몇 가지 세계 최초의 사실을 규명했으며 그 내용을 일본어로 정리해 놓았으니, 일본에서 출간하라고 아들들에게 당부하였다. 유서의 마지막은 한자로 쓴 '조국통일 만세' 였다.

의문의 여지가 없는 사건이었으므로 유족들이 시신을 인수하는 것으로 사건은 종결되었다. 유족이 없는 심성보 노인만이 무연고 시체를 처리하는 시립 병원으로 옮겨졌고, 시립 묘지에 묻히는 그의 마지막을 나는 참관하였다. 어떻게 알았는지 칠팔 명의 백인 노인들이 장례식에 참석하였고 나중에 노트를 읽고 나서야, 그들이 누구였는지 대강 짐작할 수 있었다. 노스유니언대학에 남아 있는 기록에는 그의 이름이 마이클 심으로 되어 있었지만, 나는 그의 비명에 심성보라는 한국 이름을 넣도록 했다. 그의 마지막 기록에서 그가 원했기 때문이었다.

이후 나는 틈나는 대로 심성보 노인의 노트를 정독했으며, 어느 순간, 알아보기 힘든 그의 원고를 다시 컴퓨터에 옮기기 시작했다.(이 대목에서 나는 버려버린 구형 컴퓨터에 노트의 내용이 고스란히 다시 정리되었을 거라는 생각이 들었지만, 이미 너무 늦은 때였다 : 역자) 그 내용을 다 읽고 나자, 내게 어떤 의무감 같은 것이 생겨났다. 그 세 노인은 상당한 지식인들인데다 어쩌면 한국의 중요한 역사적 인물일지도 모른다는 생각이 들었기 때문이다. 노트의 내용은 너무 길고 일목요연하게 정리된 것이 아니었으므로 나는 그것을 간략히 요약하여 세 부를 인쇄하였다. 한 부는 내가 가지고 있고 두 부는 각기 남한의 영사관과 북한의 유엔 대표부로 보냈다. 세 사람 중 한 사람의 고향이 북한이었기 때문에 그렇게 하는 것이 온당하다고 느꼈다. 그들의 삶이 범상하지 않은 것은 알 수 있었지만, 나로서는 그들의 행적이 어떤 의미를 가지고 있는지 전혀 판단할 능력이 없기 때문에 남북의 정부에 자료를 제공하는 것으로 내 의무감을 벗을 수밖에 없었다. 다음이 내가 요약하여 보낸 내용이다.

심성보 노인은 1905년 평안북도 함흥에서 땅을 많이 가진 지주의 4남 5녀 중 셋째 아들로 태어났다. 아버지는 심우상, 어머니는 이윤아였다. 위의 두 형은 모두 한학을 공부했으나, 그는 신학문을 하였고 학업에 몹시 뛰어난 소질을 보여 일대의 수재로 소문이 났다. 그는 열일곱의 나이에 당시 한국을 지배하고 있던 일본의 수도 동경으로 유학을 간다. 동경대학에서 철학과 역사학을 공부하던 중, 미국인 선교사 페터슨을 만나고 그에게서 미국이란 나라에 대한 강렬한 인상과 동경을 품게 된다. 그는 갈등 끝에 페터슨의 주선으로 일본을 떠나 하와이로 가게 되고 그곳에서 학업을 계속하던 중, 1925년 호놀룰루 범태평양위원회의 한국 대표로 참석한 필립 제이슨(한국명 : 서재필)을 만났다. 이후 서재필의 비서가 된그는 서재필이 있는 펜실베이니아로 옮겨와 대학에 적을 두고 미주 지역 독립운동의 구심점이었던 대한인국민회에 가입하여 독립운동을 펼친다. 펜실베이니아 주립대학교의 역사학과 학생으로그는 열렬한 반일 독립운동가이면서 사상적으로는 사회주의 이념에 경도되기 시작한다. 책으로 접해 알고 있던 마르크스주의와 이미 혁명에 성공한 러시아를 보면서 그는 독립운동 역시 사회주의자들이 주도적으로 지도해야 한다는 주장을 펼친다. 이로 인해 서재필과 갈등이 생기고 대한인국민회의 지도부에서도 소외되지만,사회주의자로서의 신념은 더욱 확고해져 갔다. 한편으로는 국민회 내부에서 민족주의 세력과 대립하면서 사회주의자들을 키워내는 동시에 미국 공산당에 가입하여 활동하였다. 그러나 국민회 내에서 이승만 계열과의 대립이 극심해지면서 그는 정체를 알 수 없는 자들로부터 집단 린치를 당하게 되고 겨우 목숨은 건졌지만,뇌손상으로 인해 한쪽 눈을 실명하고 만다.

이후 일본이 항복할 때까지 그는 미국 공산당에서의 활동에만 전념하는데, 얼마 안 가 철학박사 학위를 취득하고 머레이대학의 교수로 부임한다. 그의 나이 서른하나, 1936년이었다. 이론과 실천 모두에서 인정받은 심성보는 해방되기 한 해 전에는 공산당 내의 중앙위원 겸 펜실베이니아 총책이라는 상당한 위치에 오른다.

2차 대전이 끝나고 한국이 해방되자, 그는 귀국길에 오른다. 그에게는 이미 따로 조국이라는 것이 없었으므로 완전한 귀국은 아니었고 새로이 건설될 한국 사회가 사회주의화할 수 있도록 조선 사회주의자들을 도우라는 미국 공산당의 방침에 따른 것이었다. 조금 이해하기 어려운 일이지만, 심성보는 미 군정청의 고문 자격으로 들어왔는데 이미 미국의 시민권자인데다 영어와 한국어를 동시에 구사하는 사람이 절대적으로 부족한 당시를 반영하는 것 같다. 수십 년 만에 찾은 고향에서 그는 가족들과 상봉했고 북한의 최고 권력자로 부상한 김일성과의 만남도 가졌다. 미 군정청의 고문 신분임에도 김일성은 거리낌 없이 그를 동지로 인정했고 북한에 남아주기를 원했다. 그러나 그는 서울로 돌아왔고 남한의 사회주의자들과 접촉을 가지며 남한에서도 북과 마찬가지로 사회주의 정부를 세울 것에 대하여 논의하고 조직을 만들어 나가는 일을 도왔다. 해방 직후 미군정과의 사이를 우호적으로 유지하려는 남한 사회주의자들의 입장과 남한 사정에 어두운 미 군정 당국 사이에서 그는 여러 가지 역할을 하였다. 훗날 북한에서 벌어진 남로당 재판에서 주요 남로당 관계자의 혐의가 미국의 첩자라는 것이었고 그 증거로 자신과의 접촉 사실이 적시되었을 때, 그는 몹시 분개하였다.

남한에서의 활동은 삼 년을 넘기지 못하였다. 워싱턴에서 남한의 사회주의 세력을 완전히 뿌리 뽑으라는 지령이 미군정에 하달되면서 심성보는 갈등에 빠졌다. 미군정의 방침이 그렇다면 남한의 사회주의 세력은 절대 버티지 못하리라는 것이 그의 판단이었다. 엄청난 희생을 치른 후에 소련이 영향력을 행사하는 북한이 결국 사회주의 혁명 역량을 가진 유일한 세력으로 될 것이 뻔했다. 북으로 갈 것이냐, 다시 미국으로 돌아갈 것이냐의 갈림길에서 그는 미국을 택한다.

미국으로 돌아온 그는 공산당의 활동에 복귀하는 한편 당원이 사주로 있던 '월드데일리'라는 신문사에 기자로 입사한다. 그는 기자로서 중국 혁명을 함께했던 에드가 스노의 활동에 감명을 받았고 세계의 사회주의운동 기지들을 돌아보는 데 좀 더 유리한 조건을 만들기 위해 기자의 길을 택했노라고 술회했다. 기자로서 아시아의 중국, 인도, 베트남 등지를 방문하고 남미의 여러 나라를 취재했던 심성보는 매카시 선풍의 검거 대상이 되어 1954년 체포되어 육 개월의 실형을 살고 나온다. 그러나 석방된 지 일 년여 만에 그의 일생에서 잊을 수 없는 일이 남미에서 일어난다.

1956년, 그란마호에 몸을 실은 카스트로와 게바라를 위시한 쿠바의 혁명 전사들이 시에라 마에스트라를 출발하여 아바나를 향해 진격을 시작한 것이었다. 이미 쉰이 넘은 나이였지만, 심성보의 혁명에 대한 열정은 다시 한 번 뜨겁게 타올랐다. 이름을 바꾸고 중국인 기자로 위장한 그는 쿠바로 들어가는 데 성공한다. 그는 카스트로와 게바라, 그 외에도 많은 혁명가들을 인터뷰하여 전 세계 진보 언론에 타전하는 한편, 그 자신이 게릴라로서 일 년 넘게 혁명군에 속해 싸운다. 그의 노트의 상당 부분이 이때의 경험에 할애되어 있는데 흥미진진하긴 하지만, 장황할 듯하여 생략한다. 그러다가 다리에 총상을 입은 채 체포된 그는 미국으로 추방되었고 또다시 일 년 육 개월 동안 감옥에 갇힌다.

보이지 않는 한쪽 눈과 절름발이가 된 다리, 극도로 악화된 건강은 그를 혁명의 길에서 다시 학자의 길로 이끈다. 이후 심성보는 일체의 공적인 활동을 접고 이미 돌이킬 수 없을 정도로 파괴되어버린 공산당에서도 탈당한다. 뉴욕으로 거처를 옮긴 그는 노스유니언대학의 역사학 교수로 임용되어 그곳에서 퇴임 때까지 머물고 이후 80세까지 명예교수로 일주일에 한두 차례 출강을 한다. 그는 뉴욕의 동포사회와는 일체의 접촉도 없이 살았고 식생활도 완벽한 미국인으로 김치나 고추장 따위의 한국 음식을 한 번도 구입한 적이 없었다. 적어도 그와 죽음의 길을 함께 간 두 노인을 만나기 전까지는. 교수로 있을 당시 몇 권의 역사학 관련 서적을 출간했다고 하는데, 나는 그의 집에서 그의 이름으로 된 저서를 발견하지 못하였다.

박태성은 1913년 충청도 제천에서 2남 2녀 중 장남으로 태어났다. 집이 가난했던 그는 정규 교육을 받지 못했고 농사지을 땅이 없어서 노동자가 되었다. 그는 기계를 다루는 데 뛰어난 감각을 가지고 있어서 일제하의 여러 공장들을 전전하면서 점차 숙련공이 되어 갔다. 그는 1930년대 중반부터 원산의 제철소에서 일을 하게 되었고 그곳에서 일제에 반대하는 여러 운동가들을 만난다. 머리가 총명하고 일제하 노동자들의 현실을 누구보다 잘 알고 있던 박태성은 곧 뛰어난 노동운동가로 거듭나는데 원산 지역 노동운동의 지도자인 이주하를 만나면서 사회주의자가 되고 이후 평생 동안 그 신념을 버리지 않는다. 그는 해방 전까지 여러 차례 감옥에 수감되었으며, 그 와중에 일경의 고문에 의해 아내가 사망하고 다섯 살 된 아들이 행방불명되는 아픔을 겪기도 했다. 해방을 두 해 앞두고는 중국으로 건너가 무장투쟁의 방도를 모색했으나, 여의치 못하여 중국인 지주의 농장에 일꾼으로 몸을 숨겼다가 해방을 맞이하였다.

해방이 되자마자 귀국한 그는 원산의 인민위원회에서 부위원장을 맡아 활동하는 한편 일제가 남기고 간 여러 공장들이 원활하게 재가동되는 데 많은 역할을 하였다. 전쟁 시기에도 기술자로서 군수물자의 제조 책임을 맡았던 그는 1954년에 일생일대의 과오를 저지르고 만다. 그가 기술소조위원장으로 있던 한 비료공장에서 그의 실수로 말미암은 폭발사고가 일어나 노동자 여덟 명이 사망한 것이었다. 그간의 공로를 인정받아 큰 처벌은 면했지만, 당원 자격을 박탈당했고 협동농장에서 일하며 근신하라는 명을 받았다. 그는 누구보다 열심히 일하고 반성했으며 일 년 후, 자발적으로 남파공작원을 자원하였다. 남한 출신자들의 남파가 많이 이루어지던 때였다.

그에게 주어진 기본 임무는 두 가지였다. 기술자라는 이점을 살려 남한의 공장에 취직하여 산업 정보를 수집하는 일과 노동자들을 조직하는 것이었다. 그런데 남파의 형식이 위장귀순이었다. 북한에서의 폭발사고로 숙청되었다가 고향으로 돌아오고자 귀순했다는 식의 이야기가 만들어지고 임진강을 건너 어떤 경로로 탈출에 성공했는지의 내용을 완전히 숙지하고 나서 박태성은 길안내를 맡은 두 명의 북한군과 더불어 휴전선을 넘었다. 남한 병사들의 초소에 다다른 그는 귀순 의사를 밝혔고 이후 두 달 넘게 혹독한 취조를 받아야 했다. 수없이 많은 구타와 고문의 날을 보내고 나서야 박태성은 순수한 의용 귀순자로 인정받았다. 그는 고향으로 가서 가족을 만났고 가지고 있는 기술을 밑천으로 쉽게 충주 비료공장에 취직도 할 수 있었다. 이제 은밀하게 다가올 선을 기다리면 되었다. 귀순의 형식을 띤 남파였기에 아무런 장비도 소지할 수 없었고, 그러므로 일단 선이 닿지 않고는 아무 것도 할 수 없는 상태였다. 또한 어떤 사업이라도 단독의 판단으로 실행하는 것은 공작원으로서 기본자세를 저버리는 것이기도 했다.

그런데 일 년이 지나도록 아무런 접선이 없었다. 부모의 성화와 여전히 의심을 거두지 않는 당국의 눈을 의식하여 결혼까지 하였다. 벌써 세 번째 결혼이었다. 이미 마흔이 넘은 나이였지만, 좋은 직장이 있었기에 스물넷의 앳된 아내를 얻었고 뜻하잖게 그녀는 이름다울 뿐 아니라 지극히 헌신적이었다. 남편이 북한의 스파이인 줄을 꿈에도 모르는 그녀와의 신접살림은 북한에 두고 온 두 번째 부인과 아들 생각을 잊게 할 정도로 달콤하였다. 곧바로 아기가 생기더니 연년생으로 아들과 딸을 낳았다. 그래도 선은 오지 않았다. 무언가 착오가 생긴 것이 분명했다. 접선책이 연이어 체포되거나, 대남사업부에서 무언가 혼선이 생기지 않았다면 있을 수 없는 일이었다.

십 년의 세월이 흘렀다. 박태성은 여전히 선을 기다리는 비료공장의 기술부장이었다. 또다시 십 년이 흘렀을 때, 박태성은 무슨 이유인지는 모르지만 자기가 선을 잃은 공작원임을 인정해야 했다. 이십 년을 약속된 자리에서 움직이지 않고 기다린 세월이 억울하진 않았다. 아무 일도 못했지만, 자신은 공작원으로서의 임무에 충실하였다. 우선 선을 기다리는 것, 그것이 박태성에게 맡겨진 첫 번째 임무였고 지난 이십 년간 그 임무는 엄격하게 지켜졌다.

남파된 지 이십 년 만에 박태성은 퇴직을 하였고 그해 서울대에 입학한 아들과 함께 온 식구가 서울로 옮겼다. 박태성의 나이 63세였다. 그 나이에 박태성은 이발 기술을 배웠고 곧바로 이발관을

열었다. 그는 진작부터 이발관이 접선을 위한 좋은 장소라고 생각
하고 있었다. 언젠가는 올 것이다, 내가 어디에 있든지 간에 조국
은 다시 나를 부를 것이다. 그는 금강이발관이라고 간판을 걸었
다. 금강은 그의 암호명이었다. 정확히는 금강 23호.

　또 몇 년의 시간이 갔다. 두 아이는 수재였다. 물리학을 공부하
는 아들도 분자생물학을 전공하는 딸도 더 이상 국내에 머물 수
없을 정도였다. 둘은 학교의 강력한 권유와 추천으로 나란히 미국
유학길에 올랐다. 1981년이었고 박태성은 아내와 단둘이 남아 여
전히 금강이발관을 하고 있었다. 타고난 솜씨 덕분인지 손님들은
끊이지 않았고 기대하지도 않은 돈도 벌었지만, 그가 기다리는 선
은 여전히 오지 않았다. 아내는 노후에 살 만한 곳을 알아본다더
니 장호원 인근에 사천 평 가량의 야산을 사기도 했다. 미국에서
공부를 계속한 아이들은 미국의 중요한 연구소에서 일을 하게 되
었고 동료 연구자와의 결혼까지 거의 똑같은 길을 갔다. 일 년에
한두 차례 서울을 다녀가던 아이들은 박태성 부부를 미국으로 데
려가고자 했다. 손자를 본 아내는 처음으로 강력하게 남편을 설득
하였다. 어쩔 수 없었다. 박태성은 아내를 너무도 사랑했고 이제
선이 온다고 해도 과연 무슨 일을 할 수 있을까 싶은 일흔셋의 노
인이었다. 한국에서 올림픽의 열기가 아직 남아 있던 1988년 가
을, 집과 이발관을 처분한 돈을 대학교의 장학금으로 내놓고 부부
는 뉴욕행 비행기에 오른다. 평생 처음 손에서 일을 놓은 박태성

의 미국 생활은 손자들의 재롱과 아내와의 산책, 하루도 거르지 않는 독서가 일과였다.

그러던 어느 날, 미국에 온 지 사 년 만에 아직 젊다고 할 아내가 그의 곁을 떠난다. 속이 메스껍다며 며칠 밥을 먹지 못하다 쓰러진 아내가 병원에 입원했을 때는 이미 암세포가 그녀의 모든 장기에 퍼져 있었다. 얼굴이 노랗게 뜨고 쉬지 않고 복수가 차오르던 아내는 병원에 입원한 지 두 달 만에 의식불명인 채로 숨을 거두었다.

박태성의 상심과 슬픔이 어느 정도였을지 상상은 가지만, 심성보 노인의 노트에 그려진 것은 여기까지가 다였다. 세 노인이 만나는 사연과 죽음에 이르는 과정에서 약간의 정보가 더해지긴 하지만, 어떻게 해서 자식들과 떨어져 말년을 노인아파트에서 외롭게 보냈는지는 알 수가 없다.

김유는 1933년생이고 경북 대구에서 태어났다. 경기고등학교와 서울대학교 등 한국의 최고 명문 엘리트 코스를 졸업한 그는 촉망받는 사회학 교수였으며, 사관학교의 사회학 교관으로 병역을 대신하기도 했다. 그러나 그는 이십대 후반부터 비밀리에 명맥을 이어가던 남한의 사회주의자들과 교류하며 자생적인 사회주의자가 되었고 구성원끼리도 서로 알지 못하게 구성된 통일혁명당이라는 정당의 조직원이 되었다. 그가 어떤 경로로 지하당의 멤버가 되고 그곳에서 어떤 활동을 했는지는 심 노인의 노트에 나와 있지 않아서 알 수 없지만, 그의 유서 마지막이 '조국통일 만세'라는 구호였음을 볼 때 그의 평생의 신념이 무엇이었는지는 짐작할 수 있다. 그는 대학교수로 있던 1967년, 이 년을 예정으로 프린스턴대학으로 유학을 온다. 아내와 네 살, 두 살 된 두 아들과 함께였다. 그것이 영원히 한국을 떠나게 되는 길이라는 것을 짐작조차 못한 채.

1968년 8월 24일 남한의 중앙정보부는 '통일혁명당 간첩단 사건'을 발표하고 그 조직원들이 일망타진되었음을 공표한다. 큰 충격에 빠진 그에게 절대 귀국하지 말라는 전갈이 온다. 그는 핵심 조직원으로 분류되어 잡히면 사형이 확실하다는 것이었다. 견결한 사회주의자라기보다는 심약한 학자에 가까웠던 그는 학업도 중단하고 깊은 실의에 빠진다. 모든 송금이 끊겼기 때문에 학업을 계속하는 것도 불가능했다. 당장 어린 두 아들과 살아갈 길이 막막하였다. 생계를 해결하는 데 있어서 그는 완전한 무능력자였다. 그를 대신해 돈을 벌겠다고 나선 아내의 주장으로 그들은 뉴욕으로 오게 되었다. 생활력이 강한 아내는 닥치는 대로 일을 하며 아이들을 보살폈고 남편에게는 때를 기다리며 공부를 하라고 했다. 그도 한때는 식당이나 주유소 따위에서 잡일을 하기도 했지만, 1971년 그와 절친하게 교류했던 여덟 명의 동지들이 전격적으로 사형되자, 이후 죽을 때까지 그를 따라다닌 일종의 정신병적 증상이 나타나기 시작한다. 술이나 담배를 입에 대지 않는 그는 그의 본업인 학자적 열정으로 이전과는 전혀 다른 혼자만의 공부에 빠져들었다. 광적으로 일본어에 매달려 일 년 만에 완벽한 일본어 실력을 갖춘 그는 엉뚱하게도 일어로 된 원예학 관계 서적에 미친 듯이 매달렸다. 수십 권의 원예학 서적들을 읽고 또 읽으며 스스로도 원예학에 대해 일본어로 된 논문 비슷한 것을 써댔다. 나무와 풀들의 그림이 섞인 알 수 없는 기호와 수식이 가득한 그의 글들은 대부분 방청소를 할 때 쓰레기로 버려졌고 그 역시 자기의 글에 대해 특별한 애착은 없는 것 같았다.

창문도 없는 방에서 밤낮을 잊은 채 책 속에 파묻힌 그는 서서히 그 자신이 누구인지조차 잊어갔다. 가끔씩 온전한 정신이 돌아올 때면 거실로 나와 물끄러미 아내가 하는 일을 바라보며 한참을 앉아 있기도 했다. 그의 아내는 의류 공장에서 일감을 하청 받아 그것을 각자의 집에서 일하는 여러 사람들에게 나누어주고 자신도 직접 하는 일종의 중간 업자였는데, 수입이 괜찮은 편이어서 그의 무능력에도 불구하고 아들들을 모두 대학까지 가르칠 수 있었다. 때로는 공원으로 산책을 가기도 하고 이제는 먼지만 쌓여가는 옛날 전공책들을 펼쳐보기도 했지만, 역시 그의 주된 학문적 관심은 원예학이었다. 아내에게도 두 아들에게도 그는 있으나마나한 그림자 같은 존재가 되어갔다. 정기적으로 배달되어 오는 통일혁명당의 간행물 『청맥』이 원예학 이외에 그가 정독하는 유일한 책이었다. 발행처가 유고슬라비아로 되어 있는 그 잡지가 오면 공원에 나가 온종일 벤치에 앉아 책을 읽었다.

김유가 심성보의 집으로 온 것은 그의 아내가 죽은 지 두 달 후였다. 그의 아내는 집 주차장에서 사고로 죽었다. 일주일에 한 번씩 일감을 가져오고 완성된 제품은 가져가는 의류 회사의 트럭과 담벼락 사이에 낀 그녀는 병원에 당도하기도 전에 숨이 끊어졌다. 고음으로 음악을 틀고 있던 운전사의 과실이었다. 이미 분가해 있던 두 아들은 혼자 남은 그를 방치했다. 아내를 잃은 충격에다 제대로 먹지도 못한 그는 더욱 심한 착란 상태에 빠졌으며 박태성에 의해 심성보 노인의 집으로 옮겨지게 된다.

이 놀라운 노인들은 대체 어떻게 서로 만나게 되었을까, 노트를 읽어나가며 내내 궁금한 점이었다. 노트에 나와 있는 대로 이 세 노인이 만나게 된 경위를 간략히 설명하면 이렇다. 먼저 박태성이 상처한 지 얼마 안 된 1992년 경, 공원을 산책하다가 책을 읽고 있는 김유와 만난다. 그 책이 자신이 잘 알던 잡지이고 이미 오래 전에 폐간되었으리라고 생각했던 박태성은 놀라움과 함께 김유와 대화를 나누게 된다. 이후 몇 차례 더 공원에서 만난 김유는 이미 심각한 대인기피증이 있었지만, 박태성의 온화한 성품과 다감한 대화에 이끌려 조금씩 마음을 연다. 김유가 가진 상처를 알게 된 박태성은 그를 깊이 동정하여 거의 매일 그의 집과 자신의 집을 오가며 이야기를 나누게 되었고 이내 둘 사이에는 동지적 우정이

싹텄다. 마침내 그에게 자신이 선을 잃은 북한의 스파이임을 밝히게 되었고, 이는 김유를 적잖게 흥분시켰다. 이후 그는 박태성을 큰형처럼 따르게 되었지만, 아무 의미 없는 원예학에 대한 집착에서 아주 놓여나지는 못하였다. 어쨌든 그들은 두 블록밖에 떨어지지 않은 같은 동네에서 살고 있었으므로 자연스럽게 만났지만, 심성보와의 만남은 상당한 우연이 겹쳐 있어서 마치 꾸며낸 이야기 같았다.

심성보가 여간해서 찾지 않는 플러싱에 발걸음을 하게 된 것은 오래 전 펜실베이니아 공산당 시절, 둘도 없이 가깝게 지내던 윌리엄 하버의 연락을 받은 날이었다. 그도 여든 줄에 든 노인이었지만, 여전히 명맥만 간신히 이어오는 미국 공산당의 당원이었다. 심성보는 이때 이미 자살을 결심하고 있었다. 더 이상 사는 것이 힘에 겨웠다. 하나 남은 눈마저 점차 시력을 잃어가고 있었고 노년에 밀려드는 외로움 또한 견디기 어려웠다. 매월 나오는 연금으로 양로원으로 갈 수도 있었지만, 심성보는 스스로 목숨을 끊기로 하고 마지막을 준비 중이었다. 오래 전부터 가지고 있던 엽총을 분해하여 깨끗이 기름칠까지 해놓고 그는 잠시 고민에 빠졌다. 많지 않은 유산이나마 어딘가에 기증을 해야 하는데 좀처럼 딱 짚이는 곳이 없었다. 집과 이만 불 정도의 현금, 그리고 낡은 올스모빌 자동차였다. 그러는 중에 윌리엄 하버로부터 몇십 년 만에 연락이 왔고 전화를 끊자마자, 심성보는 미국 공산당에 재산을 기부하기

로 결심하였다. 그리고 그 길로 하버가 있다는 플러싱의 한 교회
로 차를 몰았다. 그의 시력으로는 상당한 위험이 있는 길이었지
만, 죽기 전에 옛 동지를 한 번 만나고 싶은 마음이 그를 떠밀었
다. 그리고 다녀오는 길로 즉시 자살을 결행하기로 결정했다. 그
러나 피셔 스트릿과 오스만 드라이브 코너에 있다는 교회는 쉽게
찾아지지 않았다. 거의 한 시간이나 플러싱 일대를 돌던 그는 정
신이 혼미해짐을 느끼고 일단 차를 세우고 걸어서 찾아보기로 했
다. 작은 공원 옆에서 내린 그는 벤치에 앉아 있는 한 노인에게 오
스만 드라이브가 어디 있는지 아느냐고 물었다. 그 노인은 심성보
를 잠시 바라보더니, 나는 영어를 모르오, 라고 하는 것이었다. 그
것은 오랫동안 들어보지 못한 한국말이었다. 어떤 아찔함 같은 어
지럼증이 몰려와 심성보는 쓰러지듯 벤치에 주저앉았다. 노인은
놀라서 그의 어깨를 잡아주었다.

"나도 한국 사람이오."

제대로 정신이 돌아오기까지 한참 동안 두 사람은 이야기를 나
누었다. 죽음을 불과 몇 시간 앞두고 있어서였을까, 노인의 한국
말은 아련하게 어린 시절의 산과 들을 떠올리고 부모님의 음성을
다시 듣는 듯했다. 노인은 끝내 심성보를 부축하며 함께 길을 찾
겠노라고 일어섰다. 찾고 보니 교회는 공원 바로 옆이었다. 공원
의 나무에 가려 표지판이 보이지 않았던 것이었다. 미국 공산당원
의 모임이라는 말에 노인은 자신도 함께 가기를 청했다.

짐작했던 대로 공산당 뉴욕지구당 퀸즈지부의 모임은 십여 명의 노인들이 다녔다. 커피를 타고 샌드위치를 나르는 가장 젊은 당원도 육십은 되어 보였다. 백발이 된 윌리엄 하버와 감격적인 포옹을 나누고 간단한 인사말 끝에 얼마 되지 않는 재산이나마 뉴욕지구당에 기부하겠다고 하자, 열렬한 박수가 터졌다. 그들과 일일이 악수와 포옹을 하고 나올 때까지 노인은 가지 않고 기다렸다. 영어를 한마디도 알아듣지 못하면서도 내내 얼굴 가득 미소를 잃지 않고 있었다. 교회를 나오자 다시 어지럼증이 밀어닥쳤다. 역시 지나치게 무리한 탓이었다. 거의 혼자 서 있지도 못하는 심성보를 노인이 자신의 아파트로 이끌었다. 이렇게 해서 심성보는 우연히 만난 박태성의 집에서 하룻밤을 보내고 이를 계기로 그날 밤 세상을 하직하고자 했던 심성보는 일 년여를 더 살아 있게 된다.

그들은 그날 많은 이야기를 나눈 것으로 보인다. 심성보는 그간 억눌려 왔던 한국어가 터지기라도 한 듯, 그리고 누군가에게 유언을 남길 수 있음을 기뻐했는지 그의 파란만장한 생애를 이야기했고 유심히 이야기를 늘은 박태성도 생애의 비밀이었던 북한의 스파이임을 처음 만난 심성보에게 고백하였다. 다음날 한결 몸이 나아진 심성보의 차로 둘은 나란히 심성보의 집으로 왔고, 자살 계획을 눈치 챈 박태성은 이후 거의 매일 기차로 오가며 만류하였다. 심성보도 뜻밖의 동지가 생기고 즐거운 말벗을 얻게 되자 외로움이 사라졌고 잠시 자살을 유보하게 되었다. 박태성은 김치나

고추장, 된장, 마늘 등 한국 음식의 재료를 사다가 냉장고를 채워 놓고 직접 음식을 만들어 심성보의 오래된 입맛을 일깨웠다. 그는 가끔씩 김유를 대동하고 오기도 했다. 세 노인은 주로 예전에 한국에 살 때의 이야기를 하며 시간을 보냈지만, 가끔씩 사상이나 시국에 대한 토론을 몇 시간씩 하기도 했다. 그렇게 여러 달의 시간이 흘러갔다.

아내를 사고로 잃고 나서 정신이 더욱 혼미해진 김유가 심성보의 집으로 왔다. 노트에는 정확하게 언제인지 나와 있지 않지만, 김유가 역시 혼자 살고 있던 박태성의 집으로 가지 않고 심성보의 집으로 온 것은 이미 이 무렵 세 사람이 동반 자살에 합의했기 때문인 것 같다. 노트에 따르면 심성보가 남몰래 자살 계획을 다시 세우고 있을 때, 김유가 먼저 죽고 싶다는 의사를 피력했고 세 사람이 오랜 논의 끝에 함께 죽기로 했다는 것이다. 한 달 후에 거동이 불편한 심성보의 집에서 결행하기로 하고 미리 김유가 옮겨온 것이었다. 박태성이 선뜻 자살에 동참한 것은 이해하기 어려웠지만, 유서에서 아직 정신이 온전할 때 스스로의 의지로 이 세상을 떠나겠다고 밝힌 것으로 보아 치매나 노망 등을 두려워하는 어떤 심리가 작용한 것인지도 모르겠다. 어쨌든 자살을 결심한 세 노인은 비교적 평온하게 한 달을 보낸 것 같다. 마지막 열흘간은 박태성도 함께 지내며 가까운 바닷가에도 가고 일식집에서 음식을 배달시켜 먹기도 한다. 두 사람이 마신 독극물에 대해선 공작원 교육 시절 제조법을 배운 적이 있는 박태성이 만들었다고만 씌어 있을 뿐, 어떤 경로로 입수하게 되었는지는 밝히지 않았다. 그 한 달 동안에 심성보는 이 노트를 작성했다. 손을 떨었던 듯 심하게 일그러진 글씨들은 알아보기 어려운 상태이고 특히 마지막, 두 잔의 독극물과 장전한 엽총을 앞에 두고 세 노인이 서로 인사하는 장면은 도저히 알아보기 힘들어 그들이 정확히 어떤 말로 이승에서 마지막 인사를 나누었는지 알 수가 없다.

나는 남한이나 북한 어느 쪽이든 이 노트를 요구한다면 복사하여 보내줄 용의가 있다.

이 내용을 보내고 난 후에 나는 뉴욕 경찰국의 감찰실로부터 호출 명령을 받았다. 놀랍게도 그들은 내가 북한 대표부에 보낸 한 부를 고스란히 복사해서 가지고 있었다. 나는 순수하게 이들이 남과 북의 현대사에서 어떤 의미를 가지는 인물들일지도 모른다는 생각으로 자료 제공 차원에서 보낸 것뿐이라고 해명하였다. 나는 문책을 받지는 않았지만, 개인적인 차원이라도 북한 대표부와 연락할 때는 상부에 보고하여 허락을 받으라는 구두 경고를 들어야 했다.

어느 쪽에서도 연락은 오지 않았다. 내 생각과는 달리 그 노인들은 그다지 확인할 가치가 없는 존재들이었는지도 모르겠다. 그들을 위해 내가 더 할 일은 없었다. 그러나 노트를 다 읽은 나는,

그것이 무엇인지는 모르겠지만, 이전에는 한 번도 느껴보지 못한 무언가가 가슴 속에 무지근하게 얹혀 있음을 알았다. 무엇일까? 노트와 나의 발췌본은 캐비닛으로 들어갔고 나는 곰곰이 생각하기 시작했다.

　여러 날에 걸쳐서 번역한 글이 고작 이런 내용이었다. 처음에만 해도 꽤 재미있는 내용인 줄 알고 역주까지 붙여가며 공을 들였는데, 가면 갈수록 거의 정신병자 수준인 세 명의 늙은이가 한꺼번에 자살했다는 것 외에 무슨 의미가 있는 글인 줄 모르게 되었다. 더구나 보아하니 세 늙은이 다 빨갱이가 분명하지 않은가. 번역을 위해 할 수 없이 인터넷을 뒤져 안 사실이지만, 나로서는 처음 듣는 쿠바혁명이니, 통일혁명당이니 하는 것이 다 빨갱이들이 한 짓이었다. 더구나 한 늙은이는 직접 북한에서 남파된 간첩이었다. 아마 나의 사촌은 어린 나이에 미국으로 갔기 때문에 이런 사실이 어떤 의미인지 잘 몰랐을 것이다. 그렇지 않고서야 어떻게 이따위 늙은이들의 이야기를 남북한에 보내고 쓰레기 같은 노트를 신주 모시듯 캐비닛 안에 보관했느냐 말이다. 살아 있다면 당장 국제 전화를 걸어 이런 진실을 깨우쳐주고 싶은 심정이었다.
　나는 고약한 기분을 달랠 길 없어 진 마담에게 전화를 걸었다. 마담은 반색을 하며 아직 이른 시간이지만, 당장 나와서 문을 열겠다고 호들갑을 떨었다. 야리야리한 애들 둘이 새로 들어왔다는

말에 가벼운 흥분이 일어났다. 나는 나가는 길에 어느 늙은이가

썼다는 노트 두 권을 쓰레기통에 던져버렸다.

혜원거사 慧原居士

창종기 創宗記

출분

은공리로 가는 버스는 하루에 두 대뿐이었다. 오전 아홉 시에 한 번, 그리고 오후 세 시였다. 부달이 D시에 도착한 것이 정오께 였으니, 꼼짝없이 세 시간을 추위에 떨며 기다려야 했다. 택시를 타려고도 했지만, 삼만 원을 달라는 기사의 말에 두 번 생각할 것도 없이 돌아서고 말았다. 주머니 속의 십만 원 가량이 전 재산인 터수에 그년이 있을지 없을지도 모르는 은공리 가는 길에 삼만 원 씩이나 깔아버릴 수는 없었다. 물론 부달은 이번이 마지막 행선지 라고 마음속으로 작정을 하고 있긴 했다. 더 이상 찾아볼 곳도 없 으려니와, 이제는 어디라도 몸을 붙여야 할 다급한 신세였다. 출소 할 때 가지고 나온 돈과 여기저기서 추렴한 게 삼백만 원 남짓했는 데, 불과 한 달을 넘기지 못하고 손아귀의 모래처럼 솔솔 빠져나가 더니, 이제는 말 그대로 비렁뱅이와 다름없는 신세였다.

D시에 도착할 때부터 조금씩 흩날리던 눈발이 제법 소담스러워 지고 있었다. 부달은 허기도 면하고 기다리는 시간도 죽일 겸 눈 에 보이는 대로 시내버스 종점 근처의 허름한 순대국밥집으로 들 어갔다. 두터운 입술이 튀어나온 중년의 아낙과 마치 비틀어 짠 걸레처럼 주름살이 얼굴을 뒤덮은 노인이 마주 앉아 대파를 다듬 고 있다가 동시에 부달을 향해 고개를 돌렸다. 대체 무슨 볼일이 있어 문을 밀치고 들어왔느냐는 표정이었다. 일순, 앙금이 일어난 것처럼 전과자 특유의 불쾌한 기분이 몰려왔지만, 부달은 곧 그것 이 D시의 누구나 가지고 있는 고유의 표정이란 것을 기억해냈다. 여러 번의 경험에 의하면, D시의 식당 주인들은 들어오는 손님을 일단 의심의 눈초리로 바라본다. 그리고는 그들 간의 협약에 의한 것이 분명한 지극한 불친절을 처음부터 끝까지 유지한다. D시의 식당에서 밥을 먹고 나갈 때 '고맙습니다' 혹은 '안녕히 계십시

오'라고 인사를 하면 식당 주인은 대개 '알았어요'라는 냉랭한 한 마디를 하는 것이 보통이었다. 미결감에서 재판을 받으러 나갈 때 문지방(이라고 해봐야 문에 맞추어 그어놓은 금에 불과하지만)을 밟으면 큰 일이 나는 것처럼, D시에서는 함부로 베풀어선 안 되는 악행이 친절인 것 같았다.

그것은 이곳이 고향인 금옥이 년도 마찬가지였다. 생긴 것도 그냥 봐줄 만하고 속살도 섞어보니 참배 맛인데, 말 뼈다귀를 고아 먹었는지 뻣뻣하기가 짝이 없었다. 잠자리에서 더러 끼루룩거리는 것 말고는, 도대체 여자다운 구석을 찾아볼 수가 없었다. 말수가 적으면 애교라도 있든가, 애교가 없으면 배시시 웃기라도 잘해야 데리고 사는 맛이 날 터인데 계집이 반찬 없이 먹는 맨밥 같으니 답답함이 쌓여 주먹질이 되곤 하였다. 그럴 때면 부어터진 얼굴로 훌쩍거리는 꼴이 그나마 여자다운 모습이었다. 사는 동안에는 그랬지만, 막상 다시 감옥에 가게 되자 이 년 넘게 산 정리가 그게 아니었다. 무엇보다 월세 삼십만 원의 열세 평짜리 아파트에 제대로 자리 잡고 아침저녁으로 따뜻한 밥을 먹어본 것이 평생 처음이었다. 두부를 넓적넓적 썰어서 기름에 부친 다음, 갖은 양념을 하여 다시 쪄내는 두부찜은 부달이 가장 좋아하여 거르지 않고 밥상에 올라오는 반찬이었다. 황태를 찢어 들기름에 볶다가 맛이 든 김치를 넣고 청양고추 하나를 썰어 콩나물과 함께 끓여내는 얼큰한 콩나물해장국도 아침상에 자주 올랐다. 모두 금옥을 만나 처

음으로 먹어본 음식이었다. 딸깍, 하고 수갑이 채워지는 순간 떠
오른 것은 우습게도 밥상이었다. 김이 오르는 흰 쌀밥에 콩나물국
과 두부찜, 멸치볶음과 시큼한 총각김치, 그리고 수저 두 벌이 마
주 놓인 작은 밥상. 정체를 알 수 없는 그리움 같은 것이 뭉클, 하
며 부달의 가슴을 눌러왔다. 그리고 두 번 다시는 감옥에 가지 않
겠노라는 짜증 비슷한 결의가 저도 모르게 솟구쳤다. 감옥에는 벌
써 여덟 번째 행차였지만, 이번만은 진저리가 나도록 싫었다.

　사기죄로 일 년 육 개월을 선고받고 감옥에 있는 동안, 금옥은
두 주일에 한 번 정도 면회를 왔다. 올 적마다 적으나마 영치금도
넣어주고 오히려 함께 살 때보다 더 종알거리며 이런저런 소식을
전했다. 캐셔 경험을 살려 무슨 대형 스포츠용품 매장에 취직을
했으며 월급은 구십만 원이고, 거기서 사귄 여직원의 권유로 교회
엘 다니기 시작했는데 알고 보니 목사가 제 고향인 D시의 고등학
교를 나왔다느니 하는 얘기들을 면회시간이 짧게 늘어놓곤 하였
다. 화장을 해서 그런지 집에만 있을 때와는 달리 윤기가 돌고, 그
렇잖아도 밉상이 아닌 얼굴은 미인이라는 딱지를 붙이고 다녀도
과히 시비 걸 사람이 없을 듯하였다. 부달은 적잖은 불안감이 들
었지만, 한편으론 구십만 원이라는 그녀의 월급이 든든하게 느껴
졌다. 굶어죽을 지경이 아니면 다시는 죄를 짓지 않겠다는 부달의
결심에 그 돈은 일종의 버팀목이 되어줄 것이었다. 부달은 면회
때마다 그녀에게 용서를 빌고 개과천선하겠다는 맹세를 두었다.

그런데 일 년이 지나며 드물어지기 시작한 면회는 출소를 세 달 남기고는 아예 소식조차 끊기고 말았다. 갖가지 추측과 상상으로 자고 지샌 그 석 달 동안, 부달이 꿈꾸었던 바깥 세상의 집은 서서히 서까래가 내려앉고 지붕이 뚫리더니, 이내 담조차 무너지고 말았다.

"순대두 느까유?"

국밥을 시킨 부달에게 두터운 입술이 물었다. 부달은 순대국밥에 순대를 넣느냐고 물어보는 것이 몹시 괴이했지만, 외지인답게 순순히 그러쇼, 하고 대답하였다.

점심 무렵이었지만, 손님은 아무도 없었다. 막상 돼지 내장에 시커먼 순대가 섞인 국밥 한 그릇이 나오자 밥보다 먼저 술이 고팠다. 손톱여물을 썰어야 할 형편이었지만 입에서는 소주 한 병, 소리가 먼저 흘러 나왔다.

부달은 소주 한 잔을 털어 넣고 창밖을 바라보았다. 한겨울이라지만 내내 푹한 날이 계속되더니, 이제야 제 꼬락서니를 찾으려는 모양이었다. 오랜만에 보는 푸짐한 눈이었다. 일 년 반 동안 큰집에 있으면서 제대로 눈 구경을 한 적이 없었다. 아니, 눈이 퍼붓는 날이 있기는 했지만, 그날은 젠장, 온종일 운동장에 쌓인 눈을 치워야 했다. 다시는 가지 않을 것이다, 젠장.

젠장, 이라는 말을 두어 번 속엣말로 하고 나자, 부달은 자꾸만 젠장이라는 말이 나왔다. 소주 한 병을 채 비우지도 않은 채였다.

"보소, 아지메요. 은공리가 어덴지 아능교?"

소주 몇 잔에 하나마나한 소리가 나왔다. 벌써 은공리 가는 차표를 끊어놓은 마당에 무슨 수작 같지도 않은 수작이었다. 게다가 아주 잊어버리기로 한 고향 사투리가 거침없이 터져 나오다니, 부달은 짜증이 일어 두어 잔 되게 남은 소주병을 들어 나발을 붙었다. 한참을 아무 말 없이 대파를 다듬던 주름 걸레가 가까스로 입을 열었다.

"게야, 저 아재가 멀 물어보는 개벼."

"어무이, 은공이가 머여? 난 모르닝께, 기냥 몰러."

젠장, 저런 것들도 삼시 세끼 밥을 먹고 사는 세상이라면 젠장, 너무나도 억울하였다. 부달은 저도 모르게 목소리가 커졌다.

"저게, 우낙산인지, 워낵산인지 그 꼴타구니에 있다카더만, 들어보도 몬행교? 제엔장, 소주나 하나 더 주바라."

따로 나온 깍두기 한 접시를 뚝배기에 들어붓는 부달에게 입술이 다가와 소주 한 병을 내려놓았다.

"원악산 말유? 거 가는 뻐스는 스이시가 막차유."

부달은 다시 소주 한 잔을 목젖에 닿도록 깊이 털어 넣었다. 금옥이 년을 처음 만난 게 바로 사 년 전 이맘때 평생 처음 와 본 D시에서였다. 크리스마스를 얼마 앞두고 전무에게서 작업에 착수할 곳이 있다는 전갈이 왔다. 부달의 본업은 아니었지만, 마무리 작업에 바지로 들어가 주고 몫을 챙기는 것은 꽤 짭짤한 수입이 되곤 하였다. 그것은 길어야 일주일 정도면 판이 나는 것이었고, 대충 바람 잡는 것 이외에는 별로 할 일도 없는 것이어서 동업자들 사이에는 인기가 좋은 일종의 아르바이트 같은 것이었다. 딱히 사기라고도 할 수 없고 위험 부담도 거의 없는 일로 흔히 '후려먹기' 라고 불리는 사업이었다. 그것은 보통 5인 1조가 되어 육 개월에서 일 년 정도 기간 동안, 규모에 따라 오억에서 십억 정도를 후리는 사기 행각이었다. 도심을 좀 벗어난 외곽의 주택가나 아파트촌이 적지인데, 유통업자를 가장하여 대형 마켓을 여는 것이었다. 변호사까지 동원되어 완벽한 준비를 하기 때문에 적당한 장소만 있다면 일은 일사천리로 진행된다. 경품 행사를 벌리고 각종 세일을 하며 정상적인 영업을 하다가 적당한 때에 현찰을 챙겨 유령처럼 사라지는 것이었다. 마켓에 물건을 대는 도매업자와 신협이나 새마을금고 따위, 그동안 일을 한 종업원 등이 피해자로 남게 되는데, 부달과 몇몇 동업자의 역할은 최대의 돈을 빼내는 막바지 일주일 정도의 기간에 성업 중인 마켓을 인수할 또 다른 유통업자의 역할을 해내는 것이었다. 그 사이에 그간 쌀을 납품하던 농협에는 미끼 상품으로 쓴다며 수천 포대의 쌀을 한꺼번에 주문하고, 도매상의 영업사원을 구워삶아 물품대금 지급을 늦춘다. 월말을 앞둔 종업원들에겐 두 달째 밀린 월급에 보너스를 얹어 주겠다는 각서를 써 주고, 부달 역시 완전한 고용 승계와 월급 10% 인상을 약속한다. 짜낼 수 있는 한 방울까지 모두 짜낸 다음, 순식간에 바람처럼 사라지는 것으로 비즈니스는 완성된다.

D시에서 일주일을 여관에 머물며 부달은 맡은 역할을 정확히 해주었고 그 대가로 오백을 받았다. 처음 가다를 짤 때 오백을 받기로 하긴 했지만, 빳빳한 만 원짜리로 군말 없이 돈을 내주는 것으로 보아 제대로 걸린 모양이었다. D시 건은 무난하고도 깨끗하게 끝났으나, 부달에게는 혹이 하나 붙었다. 대여섯 명의 캐셔 중에 곱상한 깔치가 있어 객고나 풀자고 후린 것이 바로 금옥이었다. 마켓을 인수할 사장의 역할이었으니, 여관까지 데리고 오기는 손 안에 든 떡이었다. 하룻밤 지내고나서 배추 밑동 자르듯 끝내는 게 오다가다 만난 여자들과의 기본 방침이었으나, 금옥은 좀 다르게 다가왔다. 숫처녀는 아니었지만, 눈부시도록 깨끗한 속살을 가지고 있었고 스물일곱의 나이가 의심스럽게 어린애 같은 구석이 있었다. 나중에 알고 보니 말 뼈다귀 같은 성격 때문이었지만, 처음에는 그것이 순진함으로 보였다. 어딘지 꺼림칙하고 발랑까진 여자들만 보아왔던 부달에게 그녀는 처음으로 살림을 차려볼까, 하는 생각을 일으킨 여자였다. 서른다섯 살이 되도록 한 번도 들지 않은 생각이었다. 스무 살 때 서너 달 동거한 것을 시작으로 한두 달씩 지낸 여자가 없는 것은 아니었지만, 가정을 이루고 싶다는 느낌은 처음이었다. 그리하여 부달은 일주일 내내 그녀를 끼고 있다가 동업자들의 만류를 뿌리치고 서울로 데리고 온 것이었다.

뚝배기가 넘치도록 담은 국밥에 소주 두 병을 비우자, 온몸이 노곤해지는 게 아무 곳이든 눕고만 싶었다. 출소할 때 마중 나온 누이의 집에서 이틀을 자고난 후, 줄곧 년의 행방을 찾아 헤맨 날들이었다. 년이 스포츠용품 매장에서 만나 함께 교회에 다니게 되었다는 직원은 여자가 아니라 남자였다. 년놈의 행방은 묘연했다. 조그만 단서 하나에도 불원천리하고 전국을 헤매었지만, 솟았는지 꺼졌는지 도대체 꼬리를 잡을 수 없었다. 잡아서 어떻게 하겠다는 계획은 딱히 없었다. 배신감에 치를 떤 날도 있었지만, 년놈을 잡는다 해도 회를 뜬다거나, 산적꽂이, 혹은 생매장을 하겠다는 생각 따윈 품지 않았다. 그것은 부달의 장기도 아닐뿐더러 나머지 인생 전체를 그 지긋지긋한 감옥에서 보내거나, 넥타이를 거꾸로 매게 될 수 있으므로, 년놈이 회칼을 들고 덤비지 않는 이상 그들을 먼저 황천길로 보내고 싶은 생각은 추호도 없었다. 만나게 되면 한번 구슬려 볼 마음은 있었다. 몸과 마음이 떠난 여자에게 먹힐 턱이 없겠지만, 그래도 연속극에서 하는 대로, 한 번은 용서해주마, 어쩌고는 해야 할 것 같았다. 그리고 년보다 두 살이나 어리다는 놈이 눈을 까뒤집고 거품을 물지만 않는다면, 예전처럼 밥상을 차리라고 한 다음, 천천히 밥 한 그릇을 비우고 싶었다. 그것으로 어쩌다 맨발에 똥 밟은 셈 치자고, 허허롭게 잊어버리자고 부달은 몇 번이나 스스로에게 다짐을 둔 터였다. 전국을 싸돌아다닌 것도 꼭 년놈을 찾기 위해서만은 아니었다. 가는 곳마다 부달이 은밀히 탐문한 것은 몸을 의탁할 만한 절이었다. 그것도 늙은 중 한둘이 있거나 신수점이나 사주를 보는 보살이 꾸려가는 명색만 절인 곳이어야 했다. 거기다가 종단이니 문중이니 하는 끈으로 묶이지 않은 절을 찾다보니 생각처럼 쉽지가 않았다. 이번 감옥생활에서 부달은 귀인을 만났다. 그리고 그 귀인은 부달에게 많은 가르침을 주었다. 그에게 가르침을 받으며 부달은 나름대로 사계詐界의 묘妙를 깨우쳤노라고 자부하던 자신을 통렬하게 반성하였다. 그리고 그 세계의 넓고도 깊음에 한탄하였고 이내 감복하였다.

눈발은 한결 성글어졌지만, 버스는 굼벵이처럼 느릿느릿 나아갔다. 터미널을 출발한 버스가 시내를 한 바퀴 돌아 외곽으로 빠질 즈음에야, 고태골이 멀지 않아 보이는 노인 하나가 차에 올랐다.

"언공이 가는 뻐쓰 맞어?"

삭정이 같은 몸피치고는 목소리가 카랑카랑했다. 차가운 유리창에 머리를 기대고 잠을 청하던 부달은 감았던 눈을 번쩍 떴다. 그리고는 노인의 바로 뒷자리로 옮겨 앉아, 얼굴을 노인 쪽으로 바투 내밀었다.

"어르신, 은공리 사십니까?"

작업도 아니지만 본능처럼 곧바로 작업용 표준어가 나와 주었다. 흠칫 뒤돌아보는 노인의 얼굴이 무언가 크게 놀란 듯했다. 잠시 부달과 눈을 맞대던 노인의 염소수염이 부들부들 떨렸다. 부달은 취중에도 어리둥절하였다.

"무에? 씹이나 까? 이런, 이런 인간 말종을 보았나? 내가 팔순을 넘기두룩 이런 봉변은 츰이다, 이눔아. 느미가 너럴 똥구멍으루 싸질렀어두 이럴 법은 윲다, 이눔아."

노인이 휘두르는 지팡이를 손으로 잡고 부달은 연신 그게 아니고요, 를 연발했다. 그러나 한번 분에 들린 노인은 무슨 날짐승마냥 꿱꿱, 떽떽거리며 두 손을 휘저어 부달을 할퀴려 들었다. 기사가 버스를 갓길에 세우고 노인이 알아듣게 한참을 얘기했지만, 가는귀가 먹은 데다가 분기가 탱천한 노인의 지팡이는 연신 허공을 갈랐다. 혹시 금옥이 년이 은공리에 오지 않았는지 물어보려던 것이 뜻하지 않은 봉변으로 돌아온 것이었다. 부달은 내심 년이 은공리에 없다면 버스에서 내릴 요량을 하고 있었다. 금옥이년의 고향이라고는 해도 가까운 피붙이는 고작 노망난 외삼촌이 하나 있다는 마을에 발길을 하진 않았을 것이었다. 헛걸음도 헛걸음이지만, 기껏해야 게딱지 같은 집 몇 채가 전부일 산골 마을에서 하룻밤을 지낼 일이 막막하였다. 어지간히 무던한 버스기사가 달래고 어른 끝에 노인은 자리에 앉았다. 하지만 여전히 의심스러운 눈초리로 부달을 째려보는 노인에게 다시 말을 붙일 수는 없었다. 게다가 노인의 입에서도 썩은 술지게미 냄새가 진동을 하고 있었다.

은공리 못 미처 노인이 내리고 종점에서 버스가 돌아가자 부달은 홀로 산속에 남겨졌다. 조그만 이정표 하나가 은공리 가는 길을 가리키고 있을 뿐, 주위에는 집 한 채 보이지 않았다. 다시 눈발이 굵어지고 있었다. 부달은 배낭에서 소주를 꺼내 한 모금씩 마시며 승용차 한 대가 겨우 지나갈 만한 비포장 길을 따라 걷기 시작했다. 보통 때는 한 시간이 채 걸리지 않는 거리라는데, 눈길인 데다 노인 사건으로 거의 두 시간이 걸린지라 짧은 겨울 해는 이미 서산을 넘었고, 조금씩 어둠이 내리고 있었다. 길 왼쪽으론 높이를 가늠하기 어렵게 바싹 다가선 산이 있고 오른쪽으론 그리 넓지 않은 계곡이 눈에 덮여 있었다. 계곡 너머에도 역시 바위에 소나무가 성근 산이라 마치 두 개의 거대한 병풍 사이를 지나가는 기분이었다. 오 분쯤 걸었을까? 시시각각 진해지는 어둠에 부달의 발걸음이 더욱 빨라질 때, 왼쪽 길가에 문득 키 정도 높이의 이 정표가 나타났다. 나무로 세운 굵은 작대기에 역시 나무로 된 가로 판자에 붉은색으로 무언가 글씨가 씌어졌는데, 칠이 벗겨져서 바싹 눈을 가져다 대고서야 글씨를 알아볼 수 있었다. '혜선사'라는 붉은 글씨 옆으로 화살표가 있고 아래에는 '대한불교 혜선종'이라고 써 있었다. 일순간 부달의 머릿속에 번개처럼 몇 개의 생각들이 지나갔다. 먹이의 움직임을 포착한 표범의 그것처럼 거의 본능에 가까운 상상력이 빠르게 작동하기 시작했다. 부달이 만나본 바, 그것은 타고난 사기꾼들의 공통점이었다. 작고 희미한 실마리를 잡아 이리저리 틀고 꿰며 실타래를 통째로 끌어오는 것은 일단 상상력에서 시작하는 것이다. 물론 귀인에 의하면 그것이 또한 꼬리를 남기고, 몰매를 맞고, 감옥까지 가게 되는 시작이기도 했지만 말이다.

부달은 관자놀이를 두어 번 꾹꾹 누르고 나서 화살표가 가리키는 쪽으로 목을 뽑았다. 그리 멀지 않은 곳에 절로 짐작되는 건물이 보이긴 했지만, 어둠이 내린 데다 온통 눈 천지라 제대로 가늠이 되지 않았다. 바쁠 일은 없지, 부달은 일부러 커다랗게 혼잣소리를 냈다. 그것은 스스로에게 작업의 시작을 알리는 다짐 같은 것이었다. 오 분 정도를 더 걷자 희미한 불빛 하나씩을 매단 채 엎드린 인가가 하나 둘 나타났다. 은공리였다.

은공리는 십여 가구의 후미지기 이를 데 없는 산촌 마을임에도 마을회관은 뜻밖으로 번듯하였다. 은근히 잠자리를 걱정했지만, 불이 켜진 마을회관으로 들어가자 모든 것이 순조롭게 풀려나갔다. 제일 젊은 사람도 족히 육십은 넘어 보이는 안노인들 다섯 정도 구워삶는 것은 말 그대로 손바닥 뒤집기였다. 부달은 어느 정도 생각해둔 바가 있었으므로 파계한 후 이리저리 떠도는 젊은 수좌의 역을 하기로 했다.

"아니, 그럼 두 달 전만 해두 시님이셨던 거유? 아이고, 이런 무참할 데가 있나."

침통한 부달의 몇 마디에 노인들은 대번에 부달을 스님 대하듯 하였다. 한쪽에선 이미 치운 저녁상을 다시 보느라 분주하였다.

"아닙니다. 그러지 마십시오. 부처님께 큰 죄를 짓고도 그저 산중을 떠도는 미욱한 중생일 뿐입니다. 산기슭에 쓰러져 짐승들의 먹이나 되면 그뿐인 것을. 저도 모르게 불빛에 이끌려 이곳으로 들어왔습니다. 참으로 죄가 많습니다.”

“하이고야, 이리 젊고 잘나신 시님이 우얀 번뇌가 그리 많으시다요?”

“우리 겉은 무지랭이들이 어찌 그 속을 알겠는가? 근데, 시님 얼굴이 아주 빨갛게 얼어버렸네. 보일라 좀 더 올려 봐.”

부달은 속으로 뜨끔하였다. 술 냄새도 적잖이 풍기고 있을 터였다.

“그리 춥지 않습니다. 천한 몸뚱아리가 떠돌다보니 고기든 곡차든 가리지 않고 얻어먹습니다. 오늘도 우연히 만난 처사님에게 곡차 대접을 과하게 받았습니다. 모두 악업이지요. 나무관세음보살.”

나오는 대로 지껄이는데도 제법 스님 티가 나오는지 촌로들은 나무관세음에서 함께 합장을 하며 고개를 주억거렸다. 못이기는 척 받은 저녁밥상을 달게 비운 부달은 지나가는 말처럼 물었다.

“오면서 보니까 저 아래 절이 하나 있던데, 스님이 몇 분이나 계신가요?”

“아, 보살집 말씸이신가부네. 이름만 절이지 시님은 읇어유. 절두 읇구유.”

“절이 없다니요? 길에서 잘 보지는 못했지만, 무슨 건물이 있던데요? 그리고 보살집이라니요?”

“그 집은 절이 아니구유, 혜선보살이 재작년엔가 지은 집이여유. 가서 보면 보시겠지만서두 원래는 거기 무당들이 치성을 디리던 굴이 하나 있구만유. 옛날에는 밤낮으루 초를 태우구 푸닥거리가 연일이었는데 낭중에는 고만 길도 읊는 칡덤불 골태기가 되었지유. 그러던 것이 몇 해 전부터 무당 하나가 다시 드나들더니, 부처님 어무니를 받었대나, 할무니를 받었대나 하믄서 거기를 가꾸더구만유. 그기 혜선보살인데 용하다는 소문이 나서 먼데 사람들꺼지 찾아오구, 새루 집을 짓구 그러더니, 고만 지난 갈녘에 풍에 넘어갔어유. 반신불수에 헷바닥까지 굳었으니 아주 오지게 맞은 거지유. 밥하는 벙어리 보살이 하나 같이 살었었는데, 어느 날 보니께 둘 다 온데 간데 읊이 사라지구 읊대유. 그 뒤루는 그저 임자 읊는 빈 집이래유."

부달은 마음속으로 쾌재를 불렀다. 원래는 날이 밝는 대로 절을 찾아가 사정을 본 다음 괜찮다 싶으면 적당히 구라를 쳐서 일단 눌러 앉으려는 것이 부달의 계획이었다. 우선 이 겨울을 넘기면서 감옥에서 배운 새로운 기법을 조금씩 써 볼 요량이었다. 귀인에게 확신에 찬 가르침을 받기는 했지만, 부달로서는 이쪽 방면으론 처음이라 아직 자신이 없었다. 진짜 스님이 버티고 있는 절이라면 자신이 익힌 정도의 말발로는 도저히 접근이 어려웠다. 귀인께서도 부달의 그릇을 보고 반드시 정신이 오락가락하는 노승이나 보살이 주승으로 있는 작은 암자를 찾으라 하지 않았던가. 그런데 갑자기 무주공산이 눈앞에 나타난 것이었다. 자로 재고 되로 맞추어도 이보다 더 꼭 맞을 수는 없었다. 하필이면 금옥이년의 고향 마을에서 귀인과의 인연이 이렇게 꽃이 피는가 싶어 숙연한 마음까지 드는 것이었다. 한편으론 홀로 밥을 끓여먹으며 겨울을 난다는 것이 아득하긴 했지만, 어쩐지 오늘 밤 자신 앞에 앉아 있는 노파들이 모두 자원하여 공양주가 되어줄 것 같은 생각이 들기도 하였다. 아니, 그렇게 만드는 것이 바로 부달 반평생의 본업이었으니 반드시 그렇게 될 것이었다. 내친 김에 부달은 하나 더 쐐기를 박기로 했다.

"보살님, 안색에 자식 그늘이 가득하군요. 너무 마음을 상하지 마십시오. 머지않아 다 잘 풀릴 것입니다."

노인들끼리의 대화에서 얼핏 자식이 많다는 소리를 들은 한 노파에게 넘겨짚은 얘기였다. 자식이 많다보면 그 중에 속 썩이는 자식이 한둘 있을 것이었다. 아니나 다를까 노파는 무릎을 세우고 부달에게 합장 먼저 했다.

"어찌 그리 꼭 짚어 아시는규? 우리 시님이 신통력이 있는 개뷰. 으째야 헐까유, 시님. 내 죽기 전에 우리 막내 소식이나 알았으믄 눈을 감겄시유."

"잘 있습니다. 지금은 미혹에 빠지고 남에게 매어 있지만, 머잖아 돌아옵니다. 가만 있자, 나이가 마흔에 에에……."

부달이 눈을 감고 손가락을 꼽는 시늉을 하자 노파가 먼저

"서이유. 새 슬 나믄 너이 되유. 하이고, 보도 않고 묻도 않고 나

이두 알어내시네. 하이고 이를 어쩌? 승태야, 이눔아. 아이고 승태야. 시님, 우리 승태가 증말 잘 있는 거지유?"

하며 댓바람에 눈물까지 찍어낸다. 막내면 그쯤 되겠다싶어 넘겨짚었을 뿐 진짜 나이는 자기가 말해놓고도 노파는 당장 아들을 데려다 앉힐 도인이라도 만난 양, 북두갈고리 같은 손으로 부달의 손을 잡는 것이었다. 다른 노인들도 놀라기는 마찬가지였다.

"젊은 시님이 점두 보시는개벼. 참 용타."

"점이야 무당이 보는 거이고 시님은 신통력인겨."

"부처님 모시믄 귀신부리는 건 암것두 아니라드만."

자기들끼리 한 마디씩 지어다 붙이는 것이 부달이 처음 작정한 파계한 젊은 중이 아니라, 보리수나무 그늘에서 갓 일어난 석가모니나 만난 듯하였다.

"아드님은 동남쪽에 있고 짝을 만나 살고 있으나, 길게 갈 인연은 아닌 것 같습니다. 지금 여자와의 연이 끝나면 고향에 발길을 할 것입니다. 오늘은 제가 몹시 피곤하여 자세히 보기가 어렵습니다."

되나마나 갖다 붙이는 부달의 말에 모두들 넋이 나간 얼굴이었다. 허긴 사주는커녕 성씨조차 묻지 않고 눈앞에 보는 듯이 들려주는 영험한 젊은 파계승이 아닌가. 노인들은 부달의 땟국 흐르는 얼굴에 마치 광배라도 쓰인 양 멍하니 바라보는 것이었다. 비록 무지한 촌로들을 상대로 한 가벼운 몸풀기였지만, 출소 이후 처음으로 맛본 유쾌한 기분이었다. 부달은 동네에 대한 호기심을 가장

하여 던진 몇 가지 질문을 통하여 금옥이 결코 고향에 온 적이 없다는 것도 눈치 챘다. 부달은 마을회관의 큰방을 독차지하여 뒹굴러가며 잤다. 꿈에 나타난 귀인은 아무 말 없이 미소를 지으며 부달을 바라보았다. 귀인께서 주신 가르침 가운데, 이 사업에서 가장 중요한 표정관리 분야의 최고 절기라는 염화미소였다. 아직 감옥에 계실 귀인은 부달의 꿈길을 밟아와 또 한 번 가르침을 내린 것이었다.

다음날 아침 일찍 잠이 깬 부달은 소박하나마 정성이 느껴지는 아침상을 받았다. 맛이 든 김장김치 서너 가지와 직접 만든 두부에 돼지고기를 섞어 끓인 찌개, 작년 봄에 뜯어 말렸을 곰취와 다래순 따위의 산나물과 고봉으로 퍼 담은 흰 쌀밥이었다. 날도 밝기 전부터 회관에 와서 행여 생불의 잠을 깨울까봐 소리를 죽여가며 상을 본 사람은 물론 간밤에 막내의 소식을 들은 승태 어머니였다. 부달이 상을 물리고 이도 다 쑤시기 전에 십여 명의 마을 사람들이 몰려왔다. 겨우내 할 일이라곤 회관에 모여 십 원 내기 화투판밖에 없던 마을에 신통력을 가진 젊은 중이 나타난 것은 적지 않은 사건이었다. 모두들 앞으로의 생로병사와 길흉화복을 한눈에 보고 싶은 표정이라, 부달은 살짝 당황이 되기도 하는 것이었다. 그러나 부달이 누구인가. 남의 주머니를 남의 주머니로만 보지 않고 살아온 지 이십여 성상이었다. 진흙탕과 바위틈을 지나고 멱살을 잡혔다가 허리가 꺾이고 발목이 부러지면서도 한 마리

민물장어처럼 오직 빠져나가기로 능수가 되지 않았던가. 더구나 천우신조로 귀인을 만나 최후의 묘리까지 깨우친 마당이었다.

"처사님, 보살님들. 저는 아무것도 모르는 사람입니다. 일찍이 불문에 들어 석씨지도를 따랐으나, 그 또한 근하지 못하여 마침내 길을 잃은 중생이 되었습니다. 때로 눈이 트이면 남들이 보지 못하는 것을 조금 보기도 하나, 그 역시 부처님이 틔워주신 눈입니다. 이제 불문을 벗어난 몸으로 함부로 입을 놀린다면 무간지옥에 떨어져도 죄를 빌 길이 없습니다. 그런데 여러 어르신들, 어제 처음 이 마을에 온 것이 저는 마치 부처님이 저를 이끈 것 같습니다."

부달은 말을 멈추고 물끄러미 천장을 올려보다가 세 번 합장을 했다. 이럴 줄 알았으면 진작 염주라도 사서 배낭에 넣고 다닐 걸 하는 후회에 발등을 찧고 싶은 심정이었다. 합장 대신 염주알을 굴리며 관세음보살 어쩌고 하면 제대로 폼이 날 것이었다. 천천히 세 번의 합장을 하는 동안 촌로들은 무슨 일인가 싶어 말 한마디 하지 않고 부달만 쳐다보았다. 부달은 천천히 입을 열었다.

"어젯밤 꿈에 부처님이 나타나셨습니다. 그리고 제게 말씀하셨습니다. 수샨 니더러 도미 쟈바다이소, 처음 듣는 인도 말이었지만 마치 머릿속에 새겨진 것처럼 지금도 생생합니다. 그 뜻은 바로, 세상 어디를 가도 내 손바닥 안이다, 입니다. 그냥 들으면서 알겠더군요. 그리고는 또 한마디 하셨습니다. 나우히 어고투 스트레 이트라, 그 말씀도 그냥 벼락치듯 알아들었습니다. 지금 여기서 용맹정진하라. 그 뜻이었습니다."

부달은 다시 말을 멈추고 합장을 한 채 나무아미타불을 연발했
다. 입에서 나오는 대로 지껄여도 부처님만 가져다 붙이면 그럴듯
한 말이 되었다. 아무리 촌로들이라 해도 마치 설법이라도 듣는
것처럼 한 치의 의심도 없이 귀를 기울이는 것을 보며 부달은 사
계詐界의 최고수들은 전국 곳곳의 교계敎界에 은신해 있다는 귀인
의 말씀을 떠올렸다. 과연 그럴 것 같았다. '사기를 치려면, 평생
사기를 당하면서도 오히려 행복해하는 사람들을 대상으로 하라'
부달의 세계가 한 단계 업그레이드되는 계기가 된 귀인의 가르침
이었다.

"그리고 마을 아래 혜선사가 폐사되었다는 이야기를 들었습니
다. 여러분들께서 허락하신다면 저는 이 겨울을 그곳에서 지내고
싶습니다. 새로이 화두를 들고 목숨을 걸어보렵니다. 부처님의 도
를 끝내 깨우치지 못한다면, 새봄에 새끼를 칠 은공리 갈가마귀들
에게 육신을 보시하고 떠나렵니다. 처사님들, 보살님들, 백척간두
에 선 이 비구의 동안거를 허락해주시겠습니까?"

중이 동안거를 결심하고는 마을회관에 찾아가 동네 사람들에게
허락해 달라고 조르는 것이 사리에 맞는 일 같지는 않았지만, 어
쨌든 부달의 현란한 말솜씨는 고주박처럼 마른 촌로들의 가슴을
마침내 격동시켰다. 부달은 한 번 더 기름을 쳤다.

"제가 동안거를 마치고 마침내 밝은 눈을 뜨게 되면 이 마을의

처사님과 보살님들의 앞날을 성심껏 보살펴드리겠습니다. 살아생전의 건강과 복을 부처님께 빌고 극락왕생의 길까지 부처님의 가피가 함께하도록 할 것입니다."

거의 선거유세를 방불케 하는 부달의 헛소리도 효과 만점이었다.

"거긴 안뒤야. 사람 안 산 지가 여러 달 돼서 산짐승덜이 즈이 집을 삼었더래니께. 도배반자두 다 떨어지구, 세간이 있나, 즌기가 있나, 살 수가 읎어."

여전히 막걸리깨나 마실 성싶은 기골의 노옹의 뒤를 이어

"여기 회관에서 나시지, 뭐. 시님 한 분 입이야 십시일반헐 것두 읎이 지난 갈에 동네 추렴한 것만 해두 너끈할낀데."
한 것은 승태 아버지로 짐작되는 할배였다.

"아닙니다. 목숨을 거는 마당에 아무 것도 따질 게 없습니다. 그 집이 정 안 되면 토굴이라도 파고 들어앉겠습니다."

속으로야 겨울을 날 걱정이 태산이었지만, 부달은 결연한 어조로 못을 박았다.

"시님이 꼭 거길 쓰시겠다믄 못 쓸 것두 읎지유. 지는 가서 보던 않었어두 아무리 산짐승덜이 드잽이를 놨어두, 그까짓 손바닥만한 오두막 여럿이 치우구 도배하는 데 열흘이 걸리겠어유, 닷새가 걸리겠어유? 한 손은 놀라고 두고 남은 손으루만 혀도 한 나절이믄 뚝딱일 거유, 안 그래유? 이장님."

"나야 뭐, 부녀회장이 그렇다믄 그런 거지. 허긴 부녀회장님이

나스믄 그까짓 거야 일두 아니지."

　제일 젊어보이던 할마씨가 부녀회장이었다. 집을 수리하는 쪽으로 공론이 모아지자, 당장 스님을 모시고 가 보자며 쭈그렁 촌로 대여섯이 자리에서 일어났다.

　참으로 새로운 세계였다. 보통의 등산객이나 과객이었다면 도저히 상상도 할 수 없는 일이 스님이라는 말 한마디로 마술처럼 벌어지는 것이었다. 부달은 이 놀라운 세계에서 기어이 뿌리를 내리고 꽃을 피우리라고, 그리하여 평안한 만년을 일찌감치 쟁취하는 사계의 절정고수가 되고야 말겠다는 결심이 은은히 가슴속에 퍼지는 것을 느꼈다. 그것은 귀인의 뜻이기도 했다. 햇살은 따뜻했지만 발목까지 빠지는 눈길을 헤치고 앞서가는 촌로들을 보며, 털 난 양심 위에 철판을 깔고 그 위에 위장막까지 둘러친 부달의 가슴에도 어쩔 수 없이 싸아, 한 느낌이 밀려왔다. 속임수에 의한 것이긴 하지만 누군가에게 존경을 받고 있다는 낯선 감정이 부달을 흔들리게 한 것 같았다. 물론 한편으론 우스꽝스럽기 짝이 없었다. 지금의 이 상황은 만난 지 불과 하루도 안 된 자신에게 제발 사기를 쳐 달라고, 모든 편의를 보아줄 터이니 사기를 그치지 말아 달라고 매달리는 형국이었다.

　부달이 졸지에 터를 잡은 폐사 혜선사는 방 두 칸 십여 평 남짓의 토옥 한 채와 그 안의 넓이가 삼십 평 정도의 자연 동굴이었다. 노옹의 말과는 다르게 방 하나는 당장이라도 불만 때면 그런대로 지낼 수 있을 정도였다. 다만 부엌의 세간은 온통 산짐승의 발길에 이리저리 채이고 바람에 쓸려서 그것들을 수습하여 밥을 끓일 생각을 하니, 아뜩한 기분이었다. 방 안에는 미처 수습하지 못한 옷가지와 이불, 산신상, 촛대 따위가 나뒹굴고 각종 형상의 울긋불긋한 그림들이 붙어 있어서 정신이 다 산란할 지경이었다. 동굴이라고 한 곳은 실제로 보니 동굴이 아니고 엄청나게 큰 너럭바위가 지붕 모양으로 덮고 있는 바위 밑이었다. 밑을 더 파고 평평하게 골라서 제일 안쪽에 좌대를 만들고 등신의 금부처를 모셨는데, 어찌된 일인지 금부처는 뒤로 벌렁 넘어져 있었다. 명색이 파계승이라고 했던 터라 쓰러진 부처를 보자마자 부달은 남 먼저 달려나갔다. 꽤나 무게가 나갈 줄 알고 힘을 썼는데 손가락 하나로도 벌떡 일어날 만큼 가벼웠다. 속이 빈 플라스틱에 금물을 입힌 부처였다.

사흘을 더 마을회관에 머물며 부달은 마을 사람들의 마음을 완전히 사로잡았다. 거동이 불편한 몇몇 노인과 먼빛으로 얼굴만 본, 마을에서 유일하게 사십대라는 사내 외에는 모두 부달의 신통력에 감복하였다. 물론 그 신통력이란 건 스스로 묻고 스스로 답하게 유도하는 사기의 초보 기술이었지만, 그 정도로 충분하였다.

은공리에 온 지 닷새째 되던 날 부달은 마침내 동안거를 선언하고 도배까지 끝낸 혜선사의 방에 들었다. 이제 적어도 끼니 걱정을 할 필요는 없을 거라는 자신감이 들었다. 귀인은 이 사업의 손익분기점은 단 세 명이라고 말씀하셨다. '믿고 따르는 사람 셋만 있으면 일단 굶지 않고 헐벗지 않는다. 왜냐하면 세 사람이 한 사람을 거두어 먹이기로 결심을 하면 그 한 사람은 나머지 세 사람보다 훨씬 더 잘 먹고 잘 살 수 있다. 그것이 바로 수천 년을 이어온 이 사업의 불변의 법칙이자 비밀이다' 라고 귀인께선 설명해주었다. 부달은 이미 칠팔 명의 신도를 얻었으므로 일단 최소한의 기반은 잡은 셈이었다.

동안거

방은 다행히 삭정이 한 아름만 때면 뜨끈뜨끈했고 겨울에도 얼지 않는 옹달샘이 있어서 물 걱정도 면하였다. 전기는 이미 끊겼지만, 가스가 있어서 끼니 때로 밥 한 냄비 끓이는 것은 그다지 수고롭지 않았다. 하루에 한 번씩 마을의 신도들이 돌아가며 들렀는데, 가지고 오는 찬거리도 혼자 먹기에 늘 넉넉하였다.

동안거라는 것을 처음 해보니 어떻게 하는 것이 동안거인지 알 턱이 없었다. 부달은 처음 사흘을 잠에 취하여 먹고는 자고 일어나서는 또 먹고 다시 드러눕는 비몽사몽 속에 보냈다. 나흘째 되는 날 새벽에 부달은 가마솥에 물을 끓여 고드름 매달린 추녀 밑 아궁이 옆에서 목욕을 하였다. 온몸이 전기 먹은 것처럼 쩌릿쩌릿

저려왔다. 그리고는 방 안에 널부러져 있던 잿빛 옷을 몸에 꿰어
보았다. 중이 없었으니 승복은 아닐 테고 보살이 입었던 옷일 텐
데 부달의 눈에는 승복과 진배없었다. 보살의 몸피가 꽤 컸던지
사이즈도 적당하였다. 두루마기가 없이 바지저고리뿐인 것이 아
쉬웠지만, 부달은 그 위에 입었던 파카를 걸치고 길을 나섰다. 찻
길을 따라 근 한 시간은 족히 걸어서야 농협이니, 우체국이니 하
는 것들이 몰려 있는 면소가 나왔다. 부달은 이발소를 찾아 들어
갔다.

"스님이시네. 근데 오래 삭도를 대지 못하셨네요."

외투를 벗는 부달에게 중년의 이발소 주인이 합장을 하며 아는
척을 했다.

"만행이 길어지다 보니 그리 되었습니다. 칼은 대지 마시고 이
부로 밀어주세요."

오 분도 안 되어 부달의 머리카락은 시골 이발소의 바닥에 흐트
러졌다. 거울에 비친 자신의 모습에 부달은 아연하였다. 그저 머
리를 박박 밀었을 뿐인데 대번에 중 분위기가 물씬 풍겨났던 것이
다. 처음 입어본 승복인지 보살복인지 모를 재옷과도 일사후퇴 때
헤어졌다 다시 만난 오누이마냥 아래위로 맞춤이었다. 이발비를
한사코 받지 않는 주인에게 흡족한 마음으로 합장을 해주고 부달
은 슈퍼에 들러 검은 빵모자 하나를 사 썼다. 부달은 새삼 귀인의
말씀이 떠올랐다.

'너는 중음신이 있어. 딴 데는 못 간다. 삼대적공이래야 중 하나 나오는 게여. 앞으로 절대 딴 짓 하지 않겠다고 다짐을 두어라. 그러면 내가 너에게 최고의 묘법을 전수해주리라.'

토옥으로 돌아온 부달을 기다리는 사람이 있었다. 먼빛으로 한 번 얼굴을 보았을 뿐인 마을의 젊은이, 사십대 초중반으로 보이는 그 사내였다. 부달은 가까이 본 그의 얼굴에서 그가 시골의 여느 농부와는 다르다는 것을 직감적으로 느꼈다. 그것은 과거에 흔히 속여먹던 조금 배운 자들이 공통적으로 가지고 있는 특징이었다. 처마 밑에 서 있다가 부달을 보자 엉거주춤 합장을 하는 사내에게 마주 합장을 하며

"어서 오십시오. 잠시 출타했다 돌아왔습니다. 오래 기다리셨는지요?"

하며 공손히 머리를 숙였다.

"예에. 저는 이 마을에 사는 이도섭이란 사람입니다. 스님께선……."

"혜원이라 합니다."

부달은 엉겁결에 스스로에게 법명을 주었다.

"혜원스님이시구먼요. 실례인 줄 압니다만, 세수가 어찌 되시는지요? 저는 올해 마흔셋입니다만."

"소승은 속세와 연이 적어 나이를 잘 알지 못합니다. 노스님의

말씀으로 미루어 마흔 중반 언저리가 되지 않을까 짐작할 뿐입니다."

"그러시군요. 그런데 스님, 제가 솔직하게 까놓고 질문을 좀 드려도 되겠습니까?"

"그리하십시오."

"스님, 진짜 스님 맞습니까? 부처님한테 죄를 받아도 할 수 없는데 제가 미심쩍은 것을 못 참는 성격이라서요."

"진짜 중이냐고 물으신 거라면 아니라고 답하겠습니다. 또한 미심쩍다 하시면 그 역시 아니라고 하겠습니다."

"그러면 뭐하는 분이십니까?"

"무엇을 하는지 알고 싶어서 도솔천을 건너다 천 마리의 코끼리가 내려치는 주장자 맛을 보았습니다."

부달은 일단 나오는 대로 헛소리를 지어내었다. 사내는 무언가 곰곰 생각하는 눈치였다.

"너무 어려워서 잘 못 알아듣겠습니다. 스님은 혹시 우매한 마을 사람들의 마음을 빼앗아서 그들이 주는 밥과 옷으로 지내며 무위도식을 일삼는 무리가 아닙니까?"

"대붕이 한 번 날개를 펴려면 삼칠일이 지나야 온전히 수미산을 덮는다지만, 그래도 그 첫 그림자는 자기 발밑을 가릴 뿐이지요."

이것은 부달의 계획이 코딱지만 한 은공리 주민에 있지 않고 사방 백리를 장악하려 함을 은근히 비유한 말이었다. 사내는 다시

한 번 코가 빠졌다.

"그럼 스님이 이 산 속에서 얻고자 하는 것이 무엇입니까?"

결정적인 한 방이 필요한 순간이었다. 부달은 성큼성큼 아궁이 쪽으로 가 부지깽이를 집어 들었다.

"이것이 무언가?"

부달은 위압적인 어조로 말을 놓아버렸다. 사내는 흠칫 놀란 눈치였다.

"부지깽이 아닙니까?"

"왜 한 쪽은 시커멓고 한 쪽은 반들반들한가?"

"그야 시커먼 쪽은 불을 헤집으니 그런 것이고, 다른 쪽은 손으로 잡는 쪽이니 또한 그런 것 아니겠습니까?"

"그렇습니까? 정말 그렇습니까? 부처님이 말씀하시길, 모르는 것을 모르는 것으로 눌러야 참으로 모르는 것을 알 수 없게 된다고 하셨습니다. 처사님은 좋은 근기를 타고나셨습니다. 댁에 가셔서 곰곰 생각해보시기 바랍니다. 처사님께 이 부지깽이의 화두를 드리겠습니다."

되도록 알쏭달쏭하게 말을 꾸미려다보니 중간에 웃음이 터져나올 뻔했지만, 사내는 완전히 부달에게 승복한 낯빛이었다.

"스님, 저의 되잖은 언동을 용서하십시오. 저도 인생이 무언지 답을 얻지 못하여 여직 방황하는 사람입니다. 스님 말씀을 이해하진 못해도 무언가 묵직한 것에 뒤통수를 맞은 느낌입니다. 자주 찾아뵈어도 되겠습니까?"

"그러십시오. 그러나 길은 이 가짜 중에게 있지 않고 처사님의 마음속에 있음을 명심하십시오."

사기꾼이 갖추어야 할 가장 기본적인 자질은 첫째가 상대가 누구든지 그와 대등한 수준을 맞추는 것이다. 대상이 여대생이면 여대생이 좋아할 만한 화제를 그에 맞는 단어만을 써서 구사해야 한다. 그것이 대학교수든 가정주부든 장사꾼이든 딱 마주하는 순간, 상대를 파악하여 그가 가장 원하는 것을 줄 수 있다는 가능성을 끊임없이 암시하는 것, 그것이 사기의 시작이다. 그러므로 엄밀하게 따지면 사기의 시작은 사기꾼에게 있지 않고 원하는 것을 정상적이지 않은 방법으로라도 얻고 싶은 인간들의 탐욕에 있다. 사기꾼에게 가장 어려운 상대는 똑똑한 사람이 아니라 탐욕이 없는 사람이다. 그러나 다행히 탐욕이 없는 사람은 몹시 드물기 때문에 사기업의 전망은 매우 밝은 편이다.

중풍에 걸려서 떠난 보살의 방에서 부달이 입고 있는 승복 외에도 몇 가지 쓸 만한 물건들이 나왔다. 주먹보다 좀 더 큰 목탁과 염주, 몇 권의 책 등이었다. 모두 부달의 동안거에 요긴한 물건이었다. 귀인은 반드시 염불을 배워야 하지만 초창기에는 목탁만 잘 두드려도 염불을 해야 하는 위기를 충분히 넘길 수 있다고 말씀하셨다. 생판 무지렁이 신도 앞이라면 아무 소리나 알아듣지 못하게 중얼거리면 되고, 좀 안다 싶은 무리 앞에서는 목탁만 치며 암송으로 염불을 하는 중이라고 우기라고 하였다. 다만 목탁만큼은 제대로 리듬을 맞추어 쳐야 했다. 감옥 안에서 손바닥으로 목탁 치는 연습을 하긴 했지만, 아무래도 진짜 목탁으로 제대로 연습을 해야 할 것이었다. 몇 권의 책 중에는 과연 비서秘書라고 해도 손색이 없을 귀중한 책이 있었는데 그 또한 부달에게는 꼭 필요한 것이었다. 그 책의 제목은 '암자 영업을 위한 지침서'였는데 그 안에는 귀인께서 미처 가르쳐주지 않은 세세한 내용들이 설명되어 있었다. 예를 들면 오십 장 한 다발인 기성부적은 그 가격이 장당 이백 원씩 만 원인데 공정 소비자가는 장당 만 원이라는 것, 흔히들 손목에 차는 유리알 염주는 원가 오십 원의 중국산을 써야 하며 판매가는 삼천 원이라는 등에서부터 무시 못할 수입원인 기와불사에 대한 중요한 내용 따위가 담겨 있었다. 애초에 하지도 않을 불사에 들어갈 기와라며 팔기 위해서는 어디 어디에 가서 대형 조감도와 대웅전 사진을 구입하여 걸어놓아야 한다는 것에서부터 기와의 종류와 가격, 기왓장에 써 넣을 각종 문구 따위가 소상하였다.

부달은 이번 동안거에 할 일로 세 가지의 목표를 세웠다. 첫째는 귀인이 주신 가르침을 하나하나 복기하는 것이었다. 절대로 글로 남기면 안 된다는, 이것은 다만 구전으로만 비전되는 것이라는 귀인의 말씀대로 글로 남길 수는 없으되 육 개월 간의 배움을 더욱 몸에 배게 익혀야 한다고 작정하였다. 둘째는 영업을 위한 비서의 내용을 완전히 숙지하는 것, 더해서 소원성취니, 만사형통이니 하는 한자들을 능숙하게 쓸 수 있도록 피나는 노력을 기울일 것. 셋째는 예의 목탁치기였다. 이 세 가지에 정진하며 겨울을 난다면 감히 누구도 의심 못할 금강불괴가 될 것 같았다.

부달은 찬거리를 날라 오는 마을의 신도들에게 매일 짧은 설법을 베풀었다. 내용은 대개 시름 많고 의지가지 없는 노인들의 마음을 달래주는 얘기였다. 그런 이야기야 원래의 장기이기도 했지만, 거기다가 부처님의 말씀이라고 양념을 치니, 나중에는 매일 설법을 들으러 오는 고정 멤버가 대여섯이 넘었다. 설법 끝에 불교의 교리를 가르쳐준다며 은근히 이런 얘기를 끼워 넣기도 하였다.

"왜 스님들이 고기와 술을 먹지 않는지 아십니까? 처음에 머리를 깎을 때 계라는 걸 받습니다. 그때 술과 고기를 먹지 않고 여자를 멀리한다는 맹세를 두는데, 그 목적은 단지 속세와의 인연을 끊는 데 도움이 될까 해서입니다. 이미 도력이 높아져 승속의 경계를 넘게 되면 그 계라는 것이 의미가 없게 되지요. 부처님에 버금가게 높은 도력을 지닌 어느 선사님은 말씀하셨습니다. 생선을 만나면 생선을 먹고 고기를 만나면 고기를 먹고 술을 만나면 술을 먹어라. 아주 유명한 말씀입니다. 그리하여 중생이 먹으면 나도 먹는다는 높은 경지까지 나아가지요."

그런 날 다음이면 하다못해 고등어구이라도 찬거리로 올라오는 것이었고 가끔씩 막걸리도 한 주전자씩 따라왔다. 이도섭이란 사내도 사나흘에 한 번씩 무언가 깊은 고민에 찬 얼굴로 와서는 부달에게 뜬금없는 질문을 던지곤 하였다.

"스님, 대체 살아있는 것과 죽은 것의 차이는 무엇일까요?"

하는가 하면

"인생은 고해와 같다고 하는데, 괴로움의 근원은 무엇입니까?"

따위였다.

"분별입니다. 처사님의 마음속에 분별이 있어서 차이 없는 것의 차이를 만들어내고 그 차이가 괴로움이 됩니다. 세상의 모든 것은 변하면서 또한 변치 않는 것이니 만유가 유전이라 함은 이를 이름입니다. 천지가 하나이되 하나임을 아는 것은 티눈보다도 작은 마음입니다. 그러하니 대체 무엇을 있다 하고 없다 하겠습니까? 저 마른 나뭇가지 끝에 우주가 걸렸다고 할 밖에요."

이 정도의 언설이면 이도섭은 고개를 숙이고 무언가 참회하는 자의 표정이 되곤 하였다. 그럴 때면 이상하게 부달조차도 자신이 한 말에 무언가 뜻이 있는 듯이 느껴져 함께 숙연해지는 것이었다. 그래서 멀리 눈 쌓인 산등성이를 멍하니 바라보게 되는 것인데, 그런 부달의 뒤에 대고 이도섭은 마치 불상에게나 하듯이 연신 합장을 해댔다. 알고 보니 그도 은공리에 들어온 지 삼 년이 넘지 않은 외지인이었다. 그가 주로 하는 일은 산에서 나는 여러 약재나 버섯 따위를 채취하는 심마니 비슷한 것이었다. 고등학교 정도는 나온 자임에 틀림없는데 어쩌다 그리 되었는지 알 수 없었다.

　동안거에 든 지 한 달이 좀 지난 어느 날이었다. 그날도 예닐곱 명의 마을 사람들을 앉혀 놓고 설법을 끝냈는데, 부녀회장이 쭈뼛쭈뼛하더니 봉투 하나를 내놓았다.

　"시님, 즈이가 날마다 꿀 같고 꽃 같은 말씀을 공으루만 들으려니, 맴이 죄송스러워 못 견디겠네유. 시님께야 드럽고도 드러운 것이겠지만 즈이 맴이 그게 아니니께 받아주셔유. 몇 푼 되두 않어유."

　"그렇지 않습니다. 여러분의 돈이야말로 이 세상에서 가장 깨끗하고 귀한 것이지요. 하지만 저는 돈이 있어도 그만 없어도 그만인 비구입니다. 혹 꼭 필요한 게 있으면 말씀드릴 터이니, 돈은 거두어주십시오."

　사실은 얼른 받아 넣고 싶은 돈이었다. 몸이 근질근질하여 D시에 한 번 나가볼까 해도 주머니에 만 원짜리 몇 장이 고작이니, 거나하게 몸을 풀기에는 턱없이 모자랐다. 소갈비 살을 안주로 소주를 두어 병 한 다음, 여관을 잡아 한 시간쯤 욕조에 몸을 담그고 있으면 한 달 넘은 체증이 쑥 내려갈 것 같았다. 사실 가짜 중 노릇이라는 게 스트레스를 일상적으로 받는 직업임에는 틀림없었다.

　"필요한 건 필요한 거고 시님이라고 왜 돈 쓰실 일이 읎겠어유? 받아주셔유. 안 그럼 즈이 손이 부끄럽잖유."

　부달은 아무 말 없이 눈을 감고 염주를 돌렸다. 참으로 고고한 청정비구의 모습이었다. 모두들 문을 열고 나간 것을 확인하고 봉

투를 막 집어 드는데, 누군가 되돌아오는 인기척이 났다. 부녀회
장이었다.

"시님, 제 이종되는 이가 시내에서 사업을 하는데, 영험한 시님
이 계시다는 말을 했더니 꼭 한 번 찾아뵙고 싶다네유. 시님께 물
어보지도 않고 오라고 했는데 괜찮으시겠나유?"

그렇게 해서 만난 사람이 D시에서 제일 큰 일식집과 찜질방을
가지고 있다는 박지유라는 이였다. 부부동반으로 찾아온 그들에
게서 부달은 단박에 짙은 향수의 향과 더불어 진한 돈 냄새를 맡
았다. 여지없는 신도회장감이었다.

"발길 닿고 손길 뻗치는 곳마다 금운이 기다리고 있으니, 필시
사십 이후에 크게 가산을 일으키고 방명을 떨칠 상입니다. 오라는
곳도 많고 손을 벌리는 이도 많으나 그 모두가 처사님의 불같은 기
운에 바람을 더하는 일이니, 귀찮다 아깝다, 생각 마시고 널리 다
니시며 베푸십시오. 다만 한 줄기 근심이 미간에 어리니 속 썩이는
자식이 하나 보입니다. 본래 자식이란 애물단지라 했으나, 처사님
은 평생 동안 그 자식으로 인해 가슴 한 편이 무너지겠습니다."

부녀회장이 미리 가지고 온 박지유의 명함에는 로터리클럽 회
장에 자유총연맹 회장, 생활체육회 부회장, D고 동문회 부회장
등등의 직함이 빼곡하게 적혀 있었고 자식 운운은 물론 부녀회장
이 털어놓은 것이었다. 부부가 한숨을 들이쉬고 내쉬며 덧붙인 얘
기로는 고등학교 다니던 막내딸이 못된 아이들과 어울리며 술 담

배에 몸까지 마구 굴리더니, 마침내 학교마저 작파하고 가출한 지 벌써 보름이 지났다는 거였다.

"제가 일단 돌아오게는 해보겠습니다. 따님의 마음에 사악한 아수라가 자리를 잡고 앉았으니, 일단 저의 원력으로 그 나쁜 기운을 눌러서 원래의 마음으로 돌아오도록 해야겠습니다."

"맞습니다, 스님. 그 애가 중학교 때까지만 해도 그렇게 착할 수가 없던 애였어요. 공부도 잘했고 부모 말이라면 거역을 몰랐지요. 스님 말씀대로 뭐에 쓰이지 않고는 그럴 수가 없어요."

오십이 넘은 나이에도 분통 같은 피부를 가진 여자가 눈물을 찍었다.

"스님의 도력으로 그 애가 다시 옛날처럼 돌아온다면 그 은혜는 절대 잊지 않겠습니다. 그럼 어떻게 해야 할까요? 날을 잡아서 굿을 해야 하나요? 아님, 어떻게?"

"하이고, 동상두. 무당이나 굿을 하지 우리 시님이 무슨 굿을 혀? 우리 시님은 지나간 날두 보구 앞날두 훤히 보시는 분이니께 시님이 시키는 대루만 하믄 뒤야."

함께 온 부녀회장이 시키지도 않은 바람을 잡았다.

"그렇습니다. 우선 제가 오늘부터 사흘간 목욕재계하고 기를 모아서 부적을 하나 써 드리겠습니다. 그것을 따님의 방 덮고 자던 이불 속에 넣어두십시오. 그리고 저는 여기서 기도를 하며 따님의 몸 속에 들어온 나쁜 귀신과 싸움을 벌이겠습니다. 그 귀신의 힘이 약해지면 따님은 스스로 집으로 돌아올 것입니다. 그러나 그 귀신을 아주 떼어낼 수 있다고는 저도 장담하지 못하겠습니다. 가족들 전체가 부처님의 품을 떠나지 말고 늘 가피를 빌어야 다시 귀신의 힘이 발동하지 못할 것입니다. 나흘 후에 오십시오.”

“고맙습니다, 우리는 그럼 스님만 믿겠습니다. 그런데 부적 값하고 기도 값을 드리고 가야겠는데, 얼마나 드리면 되나요? 정가가 어떻게 되는지? 제가 잘 몰라서.”

개기름이 번들거리는 얼굴로 남자가 묻자, 여자가 남자의 옆구리를 쿡 찔렀다.

“스님한테 쌍스럽게 그런 걸 물어요? 품위 없게.”

박지유 부부가 놓고 간 것은 십만 원짜리 수표 세 장이었다.

부달은 그날로 마을 사람들이 추렴해 온 십만 원까지 더해 사십만 원을 들고 D시로 나갔다. 가는 길로 갈비집에 들러 소주 두 병에 등심 이인 분을 게 눈 감추듯 구워먹고 나서야 비로소 소증이 풀렸다. 부달은 진눈깨비가 날리는 거리를 걷다가 호프집으로 들어가 또 맥주와 통닭을 마시고 뜯었다. 한 달 넘게 수절 아닌 수절을 했으니, 오늘 하루는 마음껏 취해보자는 심산이었다.

다음날 해가 중천에 올라서야 일어난 여관에서 뼈다귀해장국을 배달시켜 아침 겸 점심을 먹은 것으로 부달의 달콤했던 하루의 일탈은 끝이 났다. 수저를 놓은 부달은 부리나케 불교용품점을 찾아갔다. 우선 승복을 하나 사고 부적을 쓰는 데 필요한 결명주사머

붓, 종이 등속을 챙겨 넣었다. 머리를 깎는 데 필요한 바리깡까지 사고 나니 주머니는 다시 빈털터리였다. 돌아오는 버스에서 부달은 일단 절 간판을 혜원사로 바꾸어 걸기로 했다. 기왕에 이도섭이에게 자신의 법명이 혜원이라고 했으니, 그 편이 나을 것이었다. 새물내 나는 승복을 입으며 부달이라는 이름도 아주 버리기로 하였다. 사기 전과 8범의 백부달에서 뛰어난 도력을 지닌 선사 혜원으로 환골탈태의 대변신이었다.

박지유 부부가 부적을 찾아갔다. 혜원이 고민 끝에 붓으로 결명주사를 찍어 손바닥만 한 동그라미를 그리고 그 안에 좀 더 작은 동그라미, 또 그 안에 도토리만 한 점을 찍은 최초의 창작 부적이었다.

"이 부적은 일반적으로 그 동안 보셨던 부적과는 전혀 다른 것입니다. 저의 모든 원력과 기도의 힘이 들어간 것이지요. 사실 이 부적을 쓰는 데 꼬박 한나절과 땀 한 말이 들었습니다. 붉은 점점마다에 악귀를 물리치는 기운이 들어 있는 것이니 절대 접지 마시고 잘 가져가셔서 꼭 집 나가기 전에 덮고 자던 이불 속에 넣으셔야 합니다."

혜원이 단 삼 분 만에 그린, 동그라미라기보다는 모과 모양에 가까운 부적을 보물지도라도 되는 것처럼 두 손으로 받치고 나가는 부부의 뒤에 대고 혜원은 목탁을 치며 무언가 웅얼웅얼 댔다. 남들이 전혀 알아들을 수 없는 그 염불의 내용은 이러했다.

"사은토우끼이 토우끼야으 어어데에르을 가아느으냐아 까아아
앙초옹 까아아앙초옹 뛰이며언서어 어어데에르을 가아느으냐아
아……."

혜원은 사업번창이니, 발원득남이니, 갑자을축 따위의 한자 공
부를 하는 한편, 등을 꼿꼿이 세우고 가부좌 트는 연습을 집중적
으로 하였다. 앉아 있는 자세가 구부정하고 책상다리를 하고 있으
니 스스로 보기에도 폼이 영 아니었던 것이다. 발목에 쥐가 나고
허리가 뒤틀리는 고통 속에서도 혜원은 수행을 멈추지 않았다. 귀
인의 말씀 중에 혜원 자신이 끝까지 이해하기 어려웠던 대목이 떠
올랐다. '사기꾼이 최고의 경지에 이르면 마침내 자기 자신마저
도 속이게 된다. 친구와 이웃을 속이기 시작하여 세상을 속이고
자신까지 속이게 되면 드디어 우주마저도 속이는 큰 진리의 길이
보인다' 는 말씀이었다. 혜원은 그 이야기를 화두 삼아 몇 시간씩
가부좌를 틀고 앉아 있곤 하였다. 그러는 동안에 거의 매일 찾아
오는 이도섭이가 아궁이에 불을 지피고 밥쌀을 씻어 앉히는 것이
었다.

혜원의 운이 트였는지 아니면 모르는 사이에 진짜 도력이 생긴
것인지, 집 나갔던 박지유의 딸이 돌아왔다는 소식이 왔다. 박지
유 부부는 커다란 과일 바구니와 백만 원이 든 봉투를 가지고 혜
원사를 찾았다.

"소승의 원력이 다행히 따님을 모셔왔으나, 앞으로도 순탄치만

은 않을 듯싶습니다. 부디 다른 욕심을 부리지 마시고 따님이 하고자 하는 것은 무조건 찬동하고 격려하십시오. 성내지 말며, 말로써 상처주지 마십시오. 몸은 비록 장성했으나 따님의 마음은 강보에 싸인 어린아이와 다를 바 없습니다. 부모님의 한없는 사랑을 알게 되면 차차 좋아질 것입니다. 나무관세음보살."

혜원의 말은 마디마디 부처님 말씀이 되어 부부의 마음을 파고들었다. 따지고 들으면 그 딸이 앞으로 계속 속을 썩인다는 말인지 아주 개과천선을 하리라는 말인지 헷갈리는 얘기였지만, 당장 딸이 돌아온 것에 감격한 부부는 혜원에게 연신 머리를 조아렸다.

창종創宗

동안거가 채 끝나기도 전에 혜원의 명성은 근동에 자자하게 퍼져나갔다. 매일 매일의 설법에는 이웃 마을의 주민들까지 발품을 팔았고, 박지유의 딸을 돌아오게 한 것을 계기로 부적 쓰는 일도 심심찮게 들어왔다. 귀인의 말씀대로 부적은 효과만점이었다. 혜원 스스로도 놀란 일이었지만 병이 든 이들에게 되는대로 그려준 부적은 상당한 효력을 보였다. 병세가 호전되는 것은 물론이고 완치되는 이들도 생겨났다. 귀인께서 설명해 준 바에 따르면 그것이 무슨무슨 효과라고 부르는 것으로 일종의 과학이라고 하는데, 하여튼 신통하기 짝이 없는 일이었다. 혹 사고를 당해서 팔다리가 부러진 이들도 부적 덕분에 목이 부러지지 않았음을 천행으로 여기는 것이었다. 연등이나 기도문을 사고자 하는 이들도 생겨 혜원은 이도섭이를 대동하고 한 번 더 D시로 출타하여 영업에 필요한 각종 물품을 바리바리 사서 들여오기도 하였다. 이즈음에 이도섭이는 혜원의 시종 노릇을 하고 있었는데, 혜원이 우연히 찾아온 진짜 승려와 나눈 대화를 옆에서 듣고 난 이후 완전히 절에 들어앉다시피 했다.

서른이나 되었을까 싶은 젊은 승려가 혜원사를 찾아온 것은 늦추위가 기승을 부리던 이월 중순의 어느 저녁이었다. 이도섭은 군불을 때고 혜원은 방에 앉아 예의 그 화두를 궁굴리고 있을 때였다.

"지나가는 객승이온데 하룻밤 유할 수 있겠습니까?"

빨갛게 얼굴이 언 채 밖에 서 있는 승려를 방으로 들이고 이도섭과 함께 셋이 저녁공양을 들었다. 정처 없는 만행길에 절 표지만 보고 무작정 찾아든 것이라는데 바싹 마른 몸피에 형형한 눈빛이 보통이 아님을 알게 하는 젊은 수좌였다. 혜원은 내심 몹시 긴장했지만, 얼굴만은 계속하여 염화미소를 유지하였다.

"이 암자는 어느 사찰에 속한 것입니까?"

도통 말없이 앉아 있는 혜원에게 수좌가 물었다.

"속한 바가 없습니다."

"그럼, 스님께선 어느 문중으로 출가하셨습니까?"

"말씀드리면 알 만한 문중에서 오랫동안 있었지만은 홀연 가는 길이 달라져 파문을 당한 몸입니다. 새삼스레 입에 올리고 싶지 않습니다."

"그리하면 스님께선 이 궁벽한 산중에서 홀로 참구정진을 하시는 것입니까?"

"물고기의 눈으로 아침 달과 저녁 해를 바라볼 따름입니다."

"밤낮으로 바라보며 찾으시는 것이 무엇입니까?

혜원은 그윽한 눈길로 젊은 수좌를 바라보다가 천천히 입을 열었다.

"수좌님이 찾으시는 걸 나 또한 찾고 있습니다."

"저는 길조차 잃고 헤매는 중입니다."

"길 밖에 길이 없고 길 안에도 길이 없습니다. 없는 길을 가려 하니 헤매고 또 헤맬 밖에요. 길을 가려 하지 말고 내 안에 길을 내십시오."

무언가 비웃는 듯한 표정이 수좌의 얼굴에 스쳐갔다. 혜원은 돌연 목소리를 높였다.

"일체유심조라, 허허허. 좋구나. 일체유심조야, 허허허. 배운 것 없고 아는 것 없는 땡중이 공연한 헛소리를 지껄였습니다. 괘념치 마시고 하룻밤 편히 묵어가십시오. 부디 성불하십시오. 관세음보살."

혜원이 헛웃음을 치며 방을 나오자, 곧 이도섭이가 수좌를 다른 방으로 안내하였다.

다음날 아침 혜원은 이도섭이의 성난 목소리에 잠이 깨었다.

"이보시오. 은혜를 원수로 갚아도 유분수지, 댁이 우리 스님을 어찌 안다고 그 따위 입정을 놀리는 것이오? 불제자가 아니었다면 내 주먹에 뼈마디가 부러졌을 것이오. 썩 사라지시오. 감히 어디다 대고 사기꾼이라니."

뒷말은 들릴 듯 말 듯 잦아들었지만 혜원은 혀를 차며 혼잣말을 하였다.

'허어, 십실소읍에도 필유충신이라더니, 이도섭이의 마음이 참으로 갸륵하구만.'

삼월에 접어들며 혜원은 스스로 동안거를 해제하였다. 그리고 첫 번째로 한 일이 이도섭을 불러 출가를 권유한 것이었다.

"이 처사님을 그동안 쭈욱 지켜보았습니다. 처음 볼 때부터 알아본 것이지만 처사님의 상은 스님이 될 운명입니다. 근기도 뚜렷하여 장차 큰스님이 되실 겁니다. 독 안에 들어도 운명은 피해갈 수 없는 법이니, 속세의 연은 이것으로 다했다 여기시고 부처님께 귀의하시지요. 나무관세음보살."

이도섭은 거의 눈물이 맺힌 눈을 들어 혜원을 바라보더니, 일어나서 삼배를 올렸다.

"스님께서 그리 말씀하시니, 무에 구구한 말이 필요하겠습니까? 스님의 수족이 되어 종신토록 모실 수 있다면 그야말로 불감

청이언정 고소원입니다. 계를 받겠습니다.”

혜원은 돌연 목소리를 엄히 하며 마치 제자에게 하듯 말을 놓았다.

“본래 출가의 예는 엄격하고 계율 또한 금석에 새기듯 마음에 새기는 것이나, 그 모든 것이 실속 없는 껍데기임도 사실이다. 나는 이미 홀로 깨우침을 얻어 선禪의 길을 가고 있는 마당이니 구구한 형식을 버리고 다만 바리깡으로 너의 머리를 미는 것으로 출가의 예를 다하고자 한다. 그래도 너의 마지막 유발이니 찬 물에 정히 감고 오도록 하여라. 비듬 또한 몹시 날리니 말이다.”

봉두난발이었던 머리를 박박 밀자 이도섭 역시 잘생긴 젊은 중이었다. 뒤통수가 절벽인 혜원과는 달리 두상이 잘생긴 이도섭은 완전히 다른 사람인 것 같았다. 혜원은 귀인의 말씀을 떠올리며 한층 희망을 가졌다. ‘절은 보살들의 힘이 팔십 프로다. 보살들을 움직이는 가장 큰 힘은 측은지심인데, 측은지심을 일으키는 가장 강력한 것이 무엇인지 아느냐? 바로 잘생긴 젊은 중이다. 잘생긴 젊은 중이 처자식도 없이 용맹정진하는 모습이야말로 모든 보살들을 사로잡는 원천이니라.’ 이도섭에게는 자신이 사십 중반쯤이라고 속였지만, 혜원은 이제 겨우 서른아홉이었다. 두 사람의 젊은 중이 오로지 수행만 하고 있는 퇴락한 낡은 절이라면 상당한 어필이 될 것이었다. 깎은 머리통을 만지작거리며 감회에 젖어 있는 이도섭에게 혜원은 ‘비기’라는 법명을 내렸다. 비상한 기운으로 수행에 정진하라는 뜻이라고 설명을 해주었지만, 사실은 잘 생긴 얼굴로 사람들을 많이 끌고 오라는, '삐끼'라는 말이 생각나 붙여준 법명이었다.

비기스님이 처음으로 한 일은 굵은 소나무 한 그루를 잘라 두껍게 송판을 켜내는 일이었다. 그 송판에 혜원은 직접 불에 달군 쇠꼬챙이로 '혜원사慧原寺' 세 글자와 '대한불교 혜원종'이라는 일곱 자를 썼다. 비기스님은 전에 있던 혜선사 표지판을 기둥째 넘어뜨리고 채 녹지도 않은 땅을 불로 녹여가며 파서는 우람한 소나무 기둥에 혜원사 표지판을 세웠다.

"스님, 그런데 대한불교 혜원종이라면 어디다 등록 같은 걸 해야 하는 것 아닌가요? 혹시 무허가 단속 같은 데 걸리는 건 아니겠지요?"

비기스님이 꼴에 배운 티를 낸다고 한 소리였다.

"너는 이제 나의 시봉이자 제자이니라. 앞으로 우리 혜원종을 이끌어갈 1대 수제자로서 귀를 씻고 들어라. 내가 곧 열게 될 새로운 세상은 위로는 하늘의 도를 통하고 아래로는 땅의 모든 생명 가진 것들을 구원하는 법도이다. 우리가 따를 것은 오직 부처님의 말씀과 나의 깨달음 뿐, 세상의 어떤 법도 권력도 한낱 티끌일 뿐이다. 그러할진대 항차 무허가 단속이라니? 그런 것은 당최 신경도 쓰지 말거라. 나는 앞으로도 청정 도량에 필요하다면 이 원악산을 밀고 계곡을 메울 것이다. 부처님의 법력 속에 있는데 무엇을 저어하며 무엇을 두려워한단 말이냐?"

우레와 같은 혜원의 말에 비기는 또 한 번 새로운 하늘이 열리는 느낌이었다. 그래도 국립공원을 마음대로 밀었다가는 아무래도 무사하지 못할 것 같다는 생각은 좀체 사라지지 않았다.

비기스님은 새벽에 눈을 떠서 잠자리에 들 때까지 쉬지 않고 열에 들떠 절 일을 해냈다. 청소며 빨래는 말할 것도 없고 해토머리가 되자, 채소를 갈아먹을 밭도 한 때기 일구었다. 그리고는 틈날 때마다 혜원에게 부처님 말씀이나 설법 듣기를 소원하니, 마침내 혜원도 슬슬 밑천이 보일 지경이었다.

"비기야. 나는 지금 실로 중요한 고비에 들어있다. 그간의 나의 깨달음으로 새로이 종문을 열었다만, 이것을 사부대중이 알아듣기 쉽도록 정리하여 세상에 고해야 하느니라. 그래야 미혹에 빠진 중생을 올바르게 인도할 수 있는 것이지. 고로 나는 홀로 참선의 시간을 더 가져야 하니, 너는 경전을 구해다가 읽도록 하여라. 나는 이미 모든 경전을 읽었고 그것들을 뛰어넘었다만, 너는 불문에 든 이상 기본적인 경전들을 읽어야 한다. 내가 적어주는 책들을 사다가 읽고 염불 테이프도 좀 사오너라. 그런 것은 아무래도 네가 맡아서 해야 할 것이다."

혜원은 귀인에게서 이름만 들은 각종의 경들, 금강경이니 법구경이니 반야심경이니 하는 것들을 잔뜩 적어주었다. 이후로는 과연 그 경전에 푹 빠져 그다지 혜원을 귀찮게 구는 일이 없어졌다.

목탁을 치며 염불도 독학을 하는 모양으로 제법 낭랑한 염불소리가 산중을 울리기도 하였다.

산천이 초록으로 물들고 진달래와 철쭉이 한창이더니 절을 찾는 이들도 부쩍 늘어났다. 혜원이 미처 기대하지 못했던 빠른 속도였다. 거개가 길흉화복을 묻거나 병고를 근심하여 오는 사람들이라 얼마든지 능치고 어르며 애가 달게 만들 수 있었다. 그러면서 귀인이 가르쳐준 지혜를 잊지 않았다. '적은 돈은 크게 받고 큰 돈은 작게 받아라' 돈이 적어서 미안해하는 사람에겐 그로써 충분히 감사하다는 표정을 지어주어야 더욱 굳은 신자가 되고, 큰 돈을 내놓는 사람에겐 짐짓 돈 액수 따위에는 관심도 없는 것처럼 대해야 고고한 품위를 유지하여 다시 찾게 만든다는 것이었다. 실제로 신도들을 대하다 보니 귀인의 가르침은 한 치의 어긋남도 없었다.

날이 따뜻해지며 혜원은 대웅전 간판을 단 암굴에 머무는 날들이 많아졌다. 혜원이 일으켜 세웠던 금불상은 비누칠을 해서 반짝반짝 윤이 났고 나무통으로 만든 큼지막한 불전함도 놓아 두었다. 거의 팔뚝만 한 초를 부처님 양쪽으로 네 개씩 켜 놓으니 제법 그럴듯한 암굴 대웅전이 되어 불전함에는 만 원짜리도 드물잖게 섞여 있곤 했다. 암굴에 머물면서 혜원의 첫 번째 구상이 서서히 윤곽을 잡아나갔다. 그 구상을 제일 먼저 들은 것은 물론 비기스님이었다.

"다가오는 음력 오월 단오에 나는 혜원종의 개창을 사해만방에 고하려 한다. 그날은 우리 절에 왔다가 침이라도 한 번 뱉고 간 사람은 물론이려니와 그 사돈의 팔촌까지 모두 모이게 하여라. 그 전에 박지유에게는 내가 따로이 연락하여 신도회를 만들도록 할 것이니, 너는 마을 주민들을 동원하여 그날 나눌 음식을 준비하여라. 그리고 네가 또 하나 중차대한 임무를 수행해야겠다. 나는 그날 창종불사를 선언하고 앞으로 세울 우리 절의 장엄한 모습을 신도들에게 보여줄 것이다. 대웅전과 요사채, 일주문, 오층석탑과 높이 십 미터에 이르는 황금불상 등이 그 내용이다. 너는 내일 당장 서울로 가서 지금 내가 얘기한 것들의 대형 사진이나 그림을 구해오너라. 되도록 웅장하고 화려한 것으로 하고 그림의 크기는 네 키보다 커야 하느니라. 내 스승님의 말씀으로는 서울의 견지동이라는 곳에 가서 수소문하면 그 모두를 구할 수 있다 했으니, 행장을 꾸렸다가 내일 아침 곧 떠나거라."

비기가 떠나고 난 후 혜원은 기왓장을 주문하기 위해 지침서에 나와 있는 전화번호를 돌렸다. 배달까지 해주는 조건에 장당 천백 원이었다. 뜻하잖게 대금도 한 달 거치 삼 개월 분할 납부로 해준다는 말에 혜원은 호기롭게 삼천 장을 주문하였다. 겨우내 익힌 한자 실력으로 몇 글자씩 써주면 장당 이삼만 원 정도는 받을 수 있을 테지만, 밀어서 만 원씩만 받아도 열 배 장사였다.

이틀 만에 비기가 구해온 넉 장의 그림은 한 장에 십오만 원의 돈이 아깝지 않을 만큼 사진처럼 정교하고 웅장하기 이를 데 없었다. 비기를 시켜 합판을 구해다가 그 위에 그림을 붙이고 비닐까지 씌워서 마당 한 편에 세워 놓으니 그것만으로도 불사가 거지반 이루어진 것처럼 흡족하였다. 그렇게 차곡차곡 개창불사를 준비해 나가던 어느 날, 법회에 빠지지 않던 마을의 한 노파가 시름에 겨운 얼굴로 혜원을 찾아왔다.

"시님, 시집두 안 간 처녀가 객사를 하믄, 그 혼령을 으째야 헌데유?"

"부처님 품으로 천도를 해야 합지요."

"근데, 즈이 오래비들은 다 교회에 댕긴다믄서 뼛가루만 흩구 말었으니, 지 맴이 영 뭐에 얹힌 거 같어서 못 견디겠어유."

"누가 열반에 드셨습니까?"

"야? 무슨 밤을 드셨다구유?"

"아니, 누가 돌아가셨느냐는 말씀입니다."

"지 조카딸이유. 우리 시누 막내딸인데 열 살 먹어서부터 지 손에 컸구먼유. 우에 즈이 오빠들하곤 열 살 넘어 차이가 나서 우리 시누가 죽고부터 우리 집에 살었시유. 아부진 진작에 술에 갔구. 우리 딸아는 중학으루 끝냈어두 갸는 시내서 여상꺼정 마쳤구먼유. 직장도 연해 댕기믄서 지 밥벌이는 허구 여게두 자주 드나들더니만 몇 년 전엔가 웬 사기꾼놈헌테 꼬여서 서울루 갔다는 소식으루 고만이었시유."

혜원은 들고 있던 목탁을 놓칠 뻔하였다.

"그 처자님 이름이 무엇입니까?"

"금옥이유, 이금옥이."

혜원은 귀를 의심하였다. 금옥이가 죽다니.

"어쩌다가, 어디에서 그리 되었습니까?"

어쩔 수 없이 목소리가 떨려서 나왔다.

"차 사고였대유. 츰엔 오도바이에 친 것을 도라꾸가 재벌 치어서 직사를 했다는구만유. 사기꾼인가 뭔가를 따라서 서울로 간 줄 알았는데 예서 멀도 않은 저기 시서 그 지경을 당했시유. 지두 그제 저녁에 연락 받구 어제 갔드니, 즈이 오래비덜이 벌써 화장을 한 뒤더라구유. 형제지간에 어쩌믄 그리 야멸찬지, 원."

혜원은 연해 관세음보살을 불렀고 금옥의 외숙모되는 노파도 두 손을 비비며 거푸 고개를 숙였다. 이 년 넘게 살 섞고 산 여자였다. 대체 새로 만나서 간 놈과는 어찌 되었길래 D시에서 불과 한 시간 남짓 떨어진 C시에서 영영 이승을 떠났단 말인가.

"돌아가십시오. 보살님. 제가 오늘밤 그 처자의 영을 인도하겠습니다. 그리고 사십구 일째 되는 날 다시 제를 올리도록 하겠습니다."

혜원은 금옥의 죽음을 전해 듣는 순간에도 천연덕스럽게 중노릇이 나오는 것이 약간 기가 막히긴 했지만, 자기가 과거의 백부달과는 정말 완전히 다른 인간이 된 것 같아 이상야릇한 기분이었

다. 본래의 모습은 그대로 있고 혜원이라는 가짜 탈을 쓰고 있다
고 생각했었는데, 절반쯤은 진짜 혜원이 된 것이 아닐까 하는 의
구심이 일었다. 그렇지 않다면 금옥의 죽음 앞에서 이상하게 알지
도 못하는 나무아미타불 소리가 나오려고 하고 자꾸만 목탁을 치
고 싶을 리가 없는 것이었다. 동안거를 한답시고 가부좌를 틀고
앉아 귀인의 말씀을 화두 굴리듯 굴렸던 시간이 조화를 부렸는지
도 모를 일이었다. 혜원은 문득 두어 달 이상 작파했던 그 가부좌
의 시간이 그리워졌다.

"비기야. 나는 앞으로 사흘간 폐관수행에 들어간다. 손님이 오
더라도 내게 들이지 말 것이며 너도 내 눈 앞에 나타나서는 아니
된다."

"저까지 스님 앞에 가지 못하면 식사 수발은 어쩌시려구요?"

"폐관수행이라 함은 몸의 모든 구멍을 막고 하는 수행이다. 먹
는 곳, 싸는 곳, 숨 쉬는 곳 모두를 막고 하는 것이니, 일절 신경
쓸 것이 없다."

이것은 귀인에게서 배운 것이 아니라, 언젠가 무료한 시간에 뒤
적이던 무협지에서 본 얘기였다. 왜 갑자기 그 생각이 나서 단식
을 자청했는지는 정녕 모를 일이었다. 더구나 수행이라니. 그런
것을 진짜 하리라고는 꿈도 꾸지 않았었다. 그런데도 무언가와 한
번 맞부딪쳐 보고 싶다는 정체 모를 욕구가 혜원의 등을 밀고 있
었다. 혜원은 암굴로 들어가, 어둠침침한 한쪽 구석에 돗자리를

깔고 앉았다.

혜원은 암굴에 앉아 지난 동안거 때 잡고 있던 '우주를 속이는 큰 진리' 라는 화두를 들고 잡념을 떨치려 용을 썼다. 그래도 첫날은 내내 금옥의 모습만 눈앞에 아른거렸다. 은공리에 터를 잡으면서 아예 잊기로 했다지만 세상에 태어나서 그나마 제일 정을 붙이고 산 여자였고 따뜻한 밥상을 차려준 여자였다. 그랬던 여자가 갑자기 한줌 재가 되어 허공에 흩어졌다고 생각하니 가슴이 무지근한 게 체한 것처럼 신트림이 자꾸만 올라오는 것이었다. 불쌍하다거나 아깝다는 느낌보다는 누군가에게 되레 거꾸로 사기를 당한 것 같은 억울한 느낌이었다. 알 수 없는 일이었다.

폐관수행은 무협지에서 읽은 것보다 훨씬 어려운 것이어서 먹지 않아도 틈틈이 나올 것은 나오고 하루 두어 번은 비기의 눈을 피해 표주박 가득 물도 마셔야 했다. 숨구멍을 막는 일은 시도조차 하기 어려웠다. 몹시도 고통스럽던 첫날밤의 배고픔을 이겨내자 다음날부턴 수시로 잠이 쏟아졌다. 혜원은 자다 깨다를 거듭하며 주문을 외우듯이 '우주를 속인다, 우주를 속인다' 를 정말 우주를 속일 기세로 쉬지 않고 반복하였다.

이틀 밤이 지나고 몇 시인지도 모른 채 화두에 빠져 있던 혜원은 갈증을 이기지 못하고 밖으로 나왔다. 표주박 가득 샘물을 떠 마시고 고개를 드니, 푸르스름한 여명이 굴곡진 산등성이들을 하나씩 내놓고 있었다. 산새도 아직 잠이 깨지 않았는지 계곡의 물

길이 바위를 돌아나가는 물소리만 고즈넉하였다. 발길을 옮길 때마다 키 작은 쑥대며 애기똥풀이 머금고 있던 이슬이 굴러내려 발등을 적셨다. 무언지 모를 감동이 밀려왔다. 그때 방에서 비기의 염불이 시작되었다.

"조견오온개공도 일체고액 사리자 색즉시공 공즉시색 무색성향 미촉법 무고 집멸도……."

여러 번 듣다 보니 알게 된 법구경이었다. 목탁에 맞추어 들려오는 비기의 염불은 어딘지 구성진 데가 있었다. 혜원은 뜨거운 것이 목구멍으로 올라오는 것을 느끼고 얼른 암굴로 돌아갔다. 가부좌를 틀고 앉으니 머릿속이 물로 헹군 것처럼 맑게 틔어왔다. 혜원은 홀연 탄식하였다.

"아, 나야말로 여태껏 속아왔구나."

스무 해 전, 고등학교를 마치자마자 다시는 돌아오지 않겠다는 결심을 하고 천리 길 서울행 기차를 타던 순간부터였을 것이다. 아니, 그 전에 혜원이 열두 살 나던 해, 여덟 살 동생만 데리고 영영 사라져버린 어머니와, 주정뱅이 아버지, 혜원을 뱀 보듯 하던 새어머니까지 모두가 동시에 혜원을 향해 거짓말을 시작한 것인지도 몰랐다. 그 이후 남을 속이는 특별한 재주가 있음을 깨닫고 온갖 종류의 사기 행각을 벌여왔다. 작게는 먹고 자던 여관과 식당에서부터 기획부동산이며 금융피라미드까지, 악행인 줄은 알았지만 가책 따위는 없었다. 원래 세상이 그런 것인 줄 알았다. 혜원의 눈에서 한줄기 눈물이 흘러내렸다. 눈물 속에서 혜원은 귀인께서 말씀하신 '너 자신마저도 속이는 단계'가 바로 여긴가 하는 생각이 들었다. 그렇다면 우주를 속이는 최고의 진리에는 이르지 못했더라도, 이번 사흘간의 폐관수행을 통해 상당한 경지까지 나아간 것임에 틀림없었다. 혜원은 한층 홀가분한 마음으로 암굴을 나와 비기에게 당장 염불을 멈추고 아침상을 차리라고 재촉하였다.

절 안팎이 분주해졌다. 개창법회가 사흘 앞으로 다가온 것이었다. 점심메뉴는 간단하게 꽁보리산채비빔밥으로 정했다. 비기가 산속을 누비며 따다가 삶아 말린 취, 다래 순, 더덕 따위가 넘쳐났으므로 마을에서는 고추장과 참기름, 그릇 등속을 징발하면 되었다. 박지유도 미리 들러 신도회장직을 수락하였고 법회 당일 한 번 크게 시주를 하겠다는 뜻을 은근히 비치었다. 모든 것이 순조로웠다.

혜원만이 그날 행할 설법을 고민하느라 머리털이 쉴 지경이었다. 강력한 경쟁자가 나타났다는 소문에 가까운 다른 절에서 스파이들이 잠입할 것이라는 첩보를 입수했기 때문이었다. 혹여 그들이 벌일지도 모르는 소란을 막기 위해서는 누구라도 감복해 마지 않을 미증유의 설법을 준비해야 했다. 굳이 따로 원고를 쓰지는 않더라도 기본 골격과 마음을 흔들되 이해하기는 어려운 선문답 같은 것을 미리 뽑아놓아야 할 것이었다. 아무래도 다시 한 번 암굴에 들어 폐관수행을 하며 내용을 가다듬어야 할 것 같았다. 그리고 암굴의 그 구석자리가 이상하게 자꾸 그립기도 하였다. 혜원은 가마솥에 시래기를 삶고 있는 비기를 큰 소리로 불렀다.

"비기야, 나는 아무래도 한 번 더 폐문을 하고 부처님의 말씀을 들어야겠다. 일체의 준비를 너에게 맡긴다. 나는 법회 날 신새벽에 폐문을 풀고 나오겠느니라."

돗자리를 챙겨든 혜원의 뒤를 비기스님이 이불을 들고 따라갔다. 비기의 얼굴은 마치 해를 정면으로 바라보다가 재채기가 나오려는 것처럼 묘한 표정이었다.

안개 무덤

1.

그날 밤 나는 약간 취기가 올라 낯선 거리를 걷고 있었다. 항구 도시답게 소금기 섞인 비릿한 바람이 거세게 불어오는 밤이었다. 으레 2차까지 가려니 생각하고 요령껏 잔을 나누어 마셨지만, 매운탕에 밥 한 공기를 비우고 나자 술자리는 흐지부지 끝나버렸다.

학과장이 나를 위해 마련한 환영식을 겸한 회식자리였다.

오피스텔까지는 택시를 타도 기본요금보다 더 나올 거리였지만, 나는 이 도시에 와서 처음으로 마신 제법 많은 양의 소주와 기대했던 2차에 대한 미련으로 포장마차를 찾으며 가로등 불빛이 흐릿한 밤길을 걷고 있었다. 오랜 떠돌이 강사 생활을 끝내고 이제 정착하게 되었다는 안도감과 이제 정착하고 말았다는 아쉬움이 서로 교차하고 있었다. 도시 외곽의 대로변은 오가는 사람이 거의 없어 무척이나 을씨년스러웠다. 바람은 자꾸만 앞섶을 헤쳤고 머리카락은 멋대로 흩날렸다. 웅크려드는 어깨에 힘을 주며 발걸음을 재게 놀렸지만 거센 맞바람은 한사코 나를 제자리에 묶어두려 했다. 그렇게 안간힘으로 나아가다가 나는 문득 누군가가 나를 따라오고 있다는 강렬한 느낌에 빠졌다. 주위에는 바다에서 날아온 스티로폼 조각이 날리고 있을 뿐, 인적은 찾아볼 수 없었다. 불길한 의혹과 피어오르는 두려움 끝에 나를 따라오던 것이 정체를 드러냈다. 나무들, 아, 그 끔찍한 나무들이라니. 붉은 가로등 불빛 아래 칠, 팔 미터 간격으로 서 있는 플라타너스는 그내로 목 없는 시체들의 열병이었다. 우듬지를 몽땅 잘린 채 기둥만 서 있는 플라타너스들이, 효수한 머리를 돌려 달라고 휘파람소리를 내며 줄줄이 뒤따라오고 있었다. 쌀쌀한 밤기운과 취기가 섞이고 적막한 거리와 소복한 가로수가 어울려 일종의 비통스러운 감정이 쉼 없이 일어났다. 한참을 걸어 마침내 포장마차를 발견했을 때는 구원이라도 받은 심정이었다.

서둘러 해삼 한 접시를 시키고 소주 한 잔을 털어 넣었다. 꽤 싸늘하다고 느꼈는데도 이마에는 식은땀이 약간 배어 있었다. 두 잔째의 소주를 마시다가 나는 한쪽 구석에서 혼자 술을 마시고 있는 사내에게 눈길을 주었다. 사내도 고개를 들어 나를 바라보았다. 어디선가 본 듯한 얼굴이었지만 기억이 나지 않았다. 포장마차 안에는 그와 나 둘뿐이었다. 그때 사내가 일어나더니 곧바로 나를 향해 걸어왔다. 말쑥한 양복차림이었지만 느슨하게 넥타이를 풀어헤친 얼굴엔 취기가 역력하였다.

"이현수, 나 방석호다. 잘 지냈냐?"

나는 잠시 아연한 상태에 빠졌다. 방석호라니, 그것은 중학교 동창의 이름이었다. 중학교를 졸업한 지 이미 이십사 년이었다. 더구나 이 먼 남쪽 바닷가의 도시에서 우연히 마주친 동창이 다름 아닌 방석호라니. 얼떨떨해 하는 나와는 달리 스스로를 방석호라고 밝힌 사내는 마치 오늘밤 나와 만나기로 약속이나 한 것처럼 심상한 표정으로 손을 내밀었다. 나도 몰래 손을 맞잡으며 그의 얼굴을 들여다보았다. 흐린 포장마차의 불빛 아래였지만, 그리고 무언지 모를 혼란에 머릿속이 실타래처럼 헝클어졌지만, 그는 틀림없는 방석호였다.

"이게 대체 어떻게 된 거지? 어떻게 여기서 만나?"

"살다보면 그럴 수도 있는 거지 뭐. 어이, 내 잔하고 안주 좀 이리 줘."

석호는 포장마차의 주인과 잘 아는 사이인 듯 말을 놓고 있었다.

"어떻게 된 거야? 여기 살아?"

"응. 바로 요 건너편 산정아파트가 집이야. 늘 여기서 한잔 하고 들어가지."

석호는 마지막 한 방울까지 남기지 않겠다는 듯 쪼옥, 소리를 내며 술잔을 내려놓았다.

"언제부터 여기 산 거야? 인천에 있다는 소식을 들은 것 같은데."

"이 년쯤 되었나? 인천에서 바로 이리로 왔으니까."

"직장 때문에?"

"그렇지 뭐. 가라는 대로 가야 하는 직업이니까."

내가 누군가에게서 들은 그의 근황은 인천세관에 머물고 있었다. 석호는 놀라운 속도로 술잔을 비웠다. 이미 전작이 꽤 있는 상태였는데도 채워진 잔을 도저히 용서하지 못하겠다는 듯이 쉬지 않고 잔을 비워댔다. 술잔을 잡았을 때와는 달리 홍합껍데기로 국물을 뜨는 그의 손은 눈에 띄게 떨리고 있었다. 알코올 의존에 의한 수전증이 틀림없었다. 술꾼이 된 방석호라니, 눈앞에 보면서도 믿기 힘든 사실이었다.

"학교 선생은 할 만하냐? 너 아직 장가도 안 갔지? 흐흐."

그러고 보니 그의 목소리 또한 심한 탁성으로 변해 있었다. 내 소식을 어떻게 들었는지 궁금했지만, 나는 묻지 않고 술잔을 들었다. 동창회나 향우회 따위에 다니지 않아도 뜻하지 아니한 사람의 신상이 몇 다리를 건너 전해지곤 하는 게 신기한 일은 아니었다. 소문은 늘 스스로의 경로를 따라 닿을 곳에 닿으니까. 이상할 정도로 그는 나에 대해 묻지 않았고 나 역시 혼곤한 술기운과 봇물 터지듯 떠오르는 방석호에 대한 기억에 눌려 정작 눈앞에 앉아 있는 석호에게는 별다르게 말을 붙일 생각이 나지 않았다. 바람은 여전히 포장마차를 집어삼킬 듯이 그악스레 불고 있었다.

중학교에 입학하여 같은 반에서 처음 만난 석호는 하나의 불가사의한 현상이었다. 초등학교 내내 전교 일, 이등을 다투던 내게 처음으로 막막한 벽 같은 존재로 다가온 것이 그였다. 아무리 노력해도 결코 따라잡을 수 없는 천재가 있다는 사실을 부정하기 위해 나는 과도하다 할 만큼 공부에 매달렸지만, 그는 늘 저 앞에 있었다. 물론 나는 이등을 유지하긴 했지만, 일등과는 턱없이 격차가 큰 이등이었다. 더욱 나를 절망에 빠뜨린 것은 그가 공부에는 별반 심드렁했다는 것이었다. 나중에 안 사실이지만 그에겐 공부를 닦달하는 부모도 없었고 당연하게 공부를 위한 분위기나 부교재 따위를 나처럼 풍요롭게 가질 수 없었다. 일 년 내내 맹렬한 호승심으로 그를 따라잡기 위해 공부를 했지만, 1학년을 마칠 즈음에는 온전히 그에게 승복할 수밖에 없었다. 경쟁해야 할 대상에서 그를 제외해버리자, 나는 한결 마음이 편해졌고 그와 친해지고 싶은 마음까지 생겼다. 대체 어떻게 해서 그런 천부적인 머리를 타고났는지 궁금하기도 했다. 하지만 우리는 2학년이 되면서 반이 갈렸고 그와 친해보려는 나의 생각은 유예되었다. 선생님이나 급우들로부터 간헐적으로 들려오는 소식은 역시 그의 놀라운 학업 능력에 관한 것이었다. 그는 부동의 전교 일등이면서 수학경시대회나 영어회화대회 등에 발군의 성적을 거두어 학교의 명예를 드높이고 있었다. 그는 1학년 때부터 어디서 얻어 입은 듯 후줄근한 교복을 입고 있었는데, 교장이 사비로 새 교복을 맞추어 주었다는 얘기도 들렸다.

석호와는 3학년 때 다시 같은 반이 되어 만났다. 새삼스럽게 다시 그와 경쟁해 보려는 생각은 전혀 일어나지 않았다. 이미 오래 전에 평준화 되어 버린 고교 입시는 그저 통과 절차에 불과했으므로 나는 중학교의 성적을 신경 쓰지 않고, 부모님의 안내에 따라 고등학교 과정의 수학과 영어를 공부하고 있었다. 나의 은밀한 고민은 다른 곳에 있었다.

그 무렵의 아이들답게 교실은 수시로 성에 대한 관심과 열기가 불길처럼 번지곤 했는데, 누군가 도색잡지를 가져온다거나 큰 소리로 진실 여부가 의심스러운 섹스 경험 따위를 떠벌일라치면 곳곳에서 탄식과 환호, 분출되지 못한 미지의 욕망 따위가 뒤섞인 기이한 비명소리들이 터져 나왔다. 귀담아 듣지 않는 아이들까지 포함하여 적어도 이삼십 명은 어쩔 수 없이 팽팽하게 일어서는 한 신체기관의 긴장 때문에 책상을 부여잡거나, 어금니를 깨물며 제발 이 용솟음치는 파도가 어서 가라앉기를 기다려야 했다. 가끔씩 그렇게 터질 듯이 교실을 가득 채우는 성적인 열기가 나에게는 지독한 고문이었다. 모멸감과 수치심, 이유를 알 수 없는 치욕스러움에 나는 몸서리를 쳤다. 나 역시 이미 몽정을 경험했지만, 그것은 새털처럼 가벼워져서 누군가의 품에 깊이 안기는 지극히 평온한 꿈의 마무리였다. 두 마리의 짐승처럼 뒤엉킨 추악한 도색잡지의 사진 따위가 일으키는 것은 성적인 연상이 아니라 인간 조건에 대한 가없는 경멸이었다. 그런데 어느 순간부터 나는 몇몇 급우들의 수상한 눈빛을 느끼게 되었다. 그 눈빛의 의미를 나는 단박에 알았다. 내가 깨닫기 시작한 내 몸의 이상 징후를 그들 역시 재빠르게 알아본 것이었다. 2차 성징이 일어나면서 내게는 느낄 수 있을 정도로 여성적인 징후가 나타나기 시작했다. 근육과는 전혀 무관하게 부풀어 오르는 가슴과 반대로 가늘어지는 허리, 몸에 비해 지나치게 커지는 엉덩이를 나는 두려움이 가득한 채로 지켜봐야 했다. 그러면서도 마음 깊은 곳 어딘가에서 한줄기 설렘 같은 것이 피어오르던 것을 기억한다. 그러나 그 모든 것은 예민하게 관찰하는 나 자신에게나 느껴질 정도였을 뿐 부모님조차도 전혀 눈치 채지 못한 사실이었다. 그런데도 급우들이 내게서 이성異性을 느낀 것은 아마도 그 나이의 억눌린 욕망의 더듬이가 저절로 나를 향해 이끌었기 때문이리라. 몇몇 과감한 애들은 내게, 여자처럼 예쁘다는 둥, 불알을 꺼내보라는 둥의 천박한 농을 붙이기도 하고 장난인 척 나를 껴안으려고도 했지만, 더 이상 심하게 굴지는 않았다. 내가 공부를 잘하고 아버지가 현역 국회의원이라는 탓과 무엇보다 내가 그들의 그런 장난에 부끄러워하거나 화를 내지 않았기 때문이었다. 원래 나는 극도로 내성적인 성격이었지만 일종의 자기 방어의 수단으로 대개 싱글싱글 웃으며, 정신 차려 인마, 라거나, 왜? 정액이 머리통까지 올라왔냐? 화장실 가서 딸이나 한번 잡고 와, 하는 식으로 거칠게 대꾸를 했다. 그러면 그들은 멋쩍은 웃음을 띠고 더는 치근대지 않았다. 그러나 내 목소리는 여전히 변성의 기미를 보이지 않았고 누군가가 껴안았을 때 전류처럼 겨드랑이에서 옆구리로 빠져나가던 짜릿함이 오래도록 잊히지 않았다.

나와 석호는 둘 다 키가 작은 편이어서 앞쪽의 같은 열에 앉았고 일, 이등을 도맡아서 하다 보니 점차 친해지게 되었다. 그에게는 타고난 머리와 함께 도저히 따를 수 없는 악마적인 집중력이 있었다. 그는 수학 이외의 모든 과목을 거의 교과서 그대로 머릿속에 저장하고 있었는데 순전히 수업 시간에 집중하는 것으로 그렇게 되었다. 수학만은 별도의 문제집 한 권을 풀었는데, 그의 공부하는 방식은 나의 상상을 초월하는 것이었다. 이미 몇 번이나 되풀이해서 너덜너덜해진 그 문제집을 그는 다시 한 번 한 문제씩 백지에 풀어나가는데, 옆에서 보기에는 전혀 그 문제와 상관없는 기호와 숫자들로 때로는 백지 한 장을 가득 채우는 것이었다. 분명 그의 실력으로는 단숨에 풀 수 있는 문제임에도 그는 내가 알지 못하는 다른 방식으로 끝없이 계산의 가지를 치며 미로를 더듬어갔다. 나는 나중에 대학원에 들어가서야 수학을 전공하는 친구로부터 그것이 서로 다른 영역의 수학들을 연결시켜 새로운 문제를 만들고 그에 맞는 풀이법을 찾아내는 대통일수학이라는 첨단 이론 분야의 초보적인 형태임을 알았다. 중학교 3학년 때 그는 고도의 수학적 기법을 독학으로 찾아냈던 것이다. 그렇게 뛰어난 수재였으면서 그는 몹시 짓궂기도 하였다. 그 역시 내게서 희미한 이성의 기미를 느낀 급우 중의 하나였다. 가냘픈 몸피에 비해 불균형하게 큰 머리와 단정하지 못한 이목구비로 실상 그는 반에서 가장 못생긴 얼굴이었다. 그러나 그의 학업 능력에 대하여 거의 경외의 감정을 품고 있었던 나는 그에게만은 매몰차게 대하지 못했다. 나는 나에 대한 그의 관심을 어두운 심리의 숲으로부터 공부나 그 나이에 흔히 하는 사춘기적인 고민 등을 함께 나누는 사이로 바꾸기 위해 애썼다. 그리고 그것은 어느 정도 성공을 거두었다. 별로 친구가 많지 않았던 우리 둘은 얼마 가지 않아 가장 친한 사이가 되었다. 나는 특히 수학에 대해 그에게 가르침을 받는 것을 부끄럽게 여기지 않았다. 항상 명쾌하게 공식을 적용하고 논리적인 응용으로 나아가는 그의 볼펜 끝을 바라보며 나는 수학이 아름다울 수도 있음을 알았다. 그밖에도 우리는 틈나는 대로 많은 대화를 나누었는데 그는 나에게만은 놀랍도록 솔직하게 자신을 드러냈다. 때로는 그 솔직함이 나를 괴롭혔다. 그는 자신도 수업에 잘 집중되지 않을 때가 있는데 바로 착 달라붙는 청바지를 입은 젊은 여자의 엉덩이를 등굣길에 보는 날이 그렇다는 거였다. 우리 학교는 남녀공학이라 여학생이 많이 있었지만, 그는 사복을 입은 대학생 정도의 여자, 아니면 청바지를 입은 여고생 또래의 여자에게만 성적인 연상이 일어난다고 했다. 그것도 여자의 엉덩이를 볼 때 가장 강렬한 충동을 느낀다고 털어놓았다. 그가 아무 거리낌 없이 그런 말을 할 때마다 나는 수치심에 얼굴을 붉혔지만, 또 다른 어느 곳에서는 희미하게 어떤 질투의 감정 같은 것이 피어나는 걸 느끼고 당혹감에 빠지곤 했다. 나의 몸 안에 무언가 이질적인 요소가 침투했다는 것을 아는 것과 동성에 끌리는 본능을 감지하는 것 사이에는 엄청난 차이가 있었다. 낯설고 두려운 존재가 되어 버린 나를 의식하는 또 하나의 내가 서로 격렬하게 부딪치며 내면에서 끊임없이 파열음이 터져 나왔다. 제자리를 벗어났다는 의식과 제자리를 찾았다는 무의식이 내부에서 피투성이 싸움을 벌였다. 그리고 승패의 주재자는 언제나 그렇듯이, 시간이었다. 내가 여자에 대해 전혀 성적인 호기심을 가지고 있지 않으며, 영원히 그러하리라는 것을 깨달은 순간 나는 끝 모를 어둠 속으로 홀로 빠져드는 고독감을 맛보았다. 그 아득한 추락 속에서 나는 보았다. 지상의 햇빛 아래 나의 거처는 없을 것이며, 나의 이마에서 예지가 빛나더라도 그것보다 먼저 저주의 낙인이 눈에 띌

것임을. 친절의 뒷모습은 비웃음이며 나의 악수는 조심스레 거부
될 것임을. 찬란한 미지로 남아 있어야 할 미래는 음험한 동굴의
아가리로 변했고 아직 피어나지도 않은 젊음은 때때로 죽음이라
는 이름의 강가를 서성거렸다.

　존재에 대한 불안과 되풀이되는 일상 속에서 내 안의 또 다른
나는 동화 속의 콩나물처럼 빠르게 자라났다. 억제하려는 노력은
오히려 성장의 촉진제가 되었다. 감정의 물결은 한껏 고조되어 이
성의 방죽을 물어뜯다가 마침내 범람하고 말았다. 나는 방석호를
사랑하게 되었다. 가슴을 쥐어뜯으며, 남몰래 울어가며, 첫사랑이
었다.

　마음을 알릴 수도, 편지를 전할 수도 없이 매일 그를 만나는 것
은 가혹한 형벌이었다. 어쩔 수 없는 욕구에 이끌려 어느 새 나는
수학 시간만을 기다리고 있었다. 수업이 끝나면 나는 석호를 불러
이미 다 알고 있는 문제에 대하여 가르침을 청했다. 그러면 그는
여느 때처럼 한 팔로 어깨동무를 하듯 내 어깨를 감싸고 예의 명
쾌한 해석을 해나갔다. 어깨와 등줄기로 전해오는 치명적인 감각
과 볼에 와 닿는 그의 숨결이 나를 몽환의 상태로 이끌었다. 그가
떠나고 나면 나는 한동안 책상에 엎드려 꼼짝하지 않았다. 그 몽
환이 아주 천천히 몸에서 빠져나갈 때까지.

　금기의 사랑은 독하고 날카로웠다. 절대 내색하지 않아야 한다
는 사실이 감정에 점점 더 압력을 높여갔다. 석호의 말 한마디, 장

난스런 몸의 접촉 하나 하나가 어쩌면 그도 나를 사랑하고 있을지 모른다는 상상으로 번역되었다. 그것은 다시 격심한 고백의 열정으로 변했고 실행되지 못한 열정은 이미 터질 것 같은 감정에 한 번 더 압력을 가했다. 불안하고 위태로운 날들 속에서도 나는 학업을 게을리하지 않았다. 쉴 새 없이 밀려오는 그에 대한 사념을 지우기 위한 방편이면서 한편으로는 공부에 대해서 타의 추종을 불허하는 그를 닮고자 하는 욕구의 표현이기도 했다.

그해, 첫눈이 내리던 11월 22일 밤, 석호는 불쑥 나를 찾아왔다. 처음 있는 일이었다. 그의 명성을 익히 아는 부모님들은 그의 방문을 환영하며 다과를 내왔지만, 하룻밤만 내 방에서 자고 가겠다는 그의 말에 내 가슴은 와들와들 떨리고 있었다. 방으로 올라온 석호는 놀랍게도 품속에서 소주 한 병을 꺼냈다.

"아무 것도 묻지 마라. 난 자야겠다."

석호는 소주 한 병을 입도 떼지 않고 단번에 다 마셨다. 그리고는 깔아놓은 이불에 누워 가지런히 두 손을 깍지 껴 배 위에 얹었다. 마치 독약을 마시고 독이 온몸에 퍼져 죽기를 기다리는 사람처럼 그는 꼼짝도 하지 않았다. 나는 그가 별 거 아니라는 투로 얘기한 그의 가정에 대해 조금 알고 있었다. 그의 어머니는 그가 6학년이었을 때 말없이 집을 나갔다는 것, 이후로 아버지와 두 살 위의 누이와 함께 월세 단칸방에서 산다는 것, 아버지는 목수 직업을 갖고 있었지만 매일 술을 마시는 알코올 중독자라는 것 등이었다.

아마 어떤 집안 문제였을 거라는 추측은 들었지만, 그날 밤 그에게 무슨 일이 일어났는지 지금까지 나는 알지 못한다.

소주 한 병을 다 마셨으면서도 그는 쉽게 잠들지 못했다. 그는 가쁜 숨을 참고 있었지만 가끔씩 새어나오는 신음 같은 숨소리마저 감출 수는 없었다. 삼십 분이 넘게 계속된 그의 안쓰러운 숨결이 나를 꼼짝 못하게 결박하고 고문하였다. 껴안고 싶고 그의 숨결을 느끼고 싶은 강렬한 충동을 나는 죽을힘을 다해 억눌러야 했다. 그의 숨결이 가지런해지자 나는 그의 곁에 누웠다. 잠은 오지 않았다. 한 시간쯤 흘렀을까, 그가 깍지 낀 손을 풀더니 한 팔을 내게 얹어왔다. 속이 부대끼는지 그는 신음소리 같은 잠꼬대를 계속했지만, 나는 그의 팔이 얹힌 아랫배에 온 신경이 집중되었다. 손이 조금씩 움직일 때마다 전류 같은 쾌감이 손을 따라 이동하였다. 수치심과 어떤 행복감 같은 것이 뒤섞인 채로 어서 날이 밝기를, 혹은 이 밤이 계속되기를 번갈아 갈망하였다. 그러다가 어느 순간 깜박 잠이 들었다.

하늘을 나는 꿈이었다. 언젠가 새털처럼 가벼워져서 바람에 떠다니다가 포근한 낙엽들 속에 깊이 안기던 그 꿈, 몸 전체에 조금의 틈도 없이 밀착되던 햇살과 따스한 마른 잎들, 처음으로 몽정을 했던 바로 그 꿈이었다. 그런데 갑갑했다. 목이 졸리는 느낌과 함께 나는 눈을 떴다. 놀랍게도 석호의 두 팔이 나를 껴안고 있었다. 순식간에 잠이 달아나면서 내 안의 무언가가 무섭게 일어났다. 갈등이 비집고 들어갈 틈도 없는 엄청난 갈망의 소용돌이였다. 나는 그를 마주 안았다. 석호는 믿을 수 없을 정도의 힘으로 나를 껴안고 온몸을 밀착시켰다. 우리는 아무 말도 나누지 않았지만, 나는 그도 역시 나를 사랑하고 있음을 확신했다. 어느 새 창밖이 희뿌옇이 밝아왔다. 행복했다.

우리는 나란히 걸어서 학교로 갔다. 첫눈이 쌓인 보도블록은 밟을 때마다 뽀드득 소리를 내었고 나의 가슴 속에선 충만의 감정이 넘쳐흘렀다. 나는 석호의 손을 잡고 싶었지만, 왠지 굳은 얼굴이어서 그럴 수 없었다. 아마 내가 알지 못하는 어제의 어떤 일 때문일 거라고 생각했다. 그런데 며칠이 지나도 석호는 전과 조금도 다를 바 없이 나를 대했다. 오히려 냉랭해졌다고 느낄 정도였다. 나 역시 어떻게 해야 하는지 모르긴 했지만, 어쨌든 전보다는 더 다정하고 친밀한 관계가 되어야 맞는 것이었다. 어떡해서든지 둘만의 시간을 가져보려고 여러 방법을 써 보았지만, 왠지 나를 피하는 기색이었다. 나는 당혹스러웠고 불안하였다. 그에게 확인받고 싶은 조바심이 점점 커지던 어느 날 나는 하굣길에 앞서 가는 석호를 발견했다.

"석호야, 같이 가자."

나는 짐짓 명랑한 목소리로 그를 부르며 뛰어가서, 숨을 헐떡이는 척하며 손을 잡았다. 그는 슬그머니 손을 뺐지만 뿌리친다고 느껴지진 않았다. 우리는 갈림길이 나올 때까지 꽤 먼 길을 함께 걸으며 이야기를 나누었다. 그러나 나의 내심과는 달리 그것은 급우로서의 대화였을 뿐, 친구 이상의 친밀감을 나누는 것은 아니었다. 이윽고 갈림길에 이르러 나는 참지 못하고 그에게 다시 한 번 우리 집에 오라고 청했다. 부모님이 무척 좋게 생각한다는 사족을 붙이며 나는 얼굴이 화끈 달아오름을 느꼈다. 그는 걸음을 멈추고 나를 빤히 바라보더니

"글쎄, 기회가 되면."

하는 짧은 대답을 남기고 돌아섰다. 석호의 말 한마디 몸짓 하나마다 불안과 희망이 교차하는 나날이었다.

그는 결코 우리 집을 방문하지 않았다. 그리고 더욱 내게 냉랭하였다. 학교에서는 별로 친하지 않던 아이들과 더 어울려 장난을 치고 나에게는 의식적으로 눈길을 주지 않았다. 불안은 절망으로 바뀌어 갔지만, 나의 감정은 오히려 더욱 뜨거워졌다. 그를 잃게 되리라는 예감이 확연할수록 그럴 수 없다는 거센 반발이 솟구쳤다. 무엇보다 그의 돌변이 믿기지 않았다. 아마 갈등하는 중일 거라고, 내가 그랬듯이 긴 갈등 끝에 내게로 돌아오리라고 스스로를 달래야 했다.

겨울 방학이 다가오자 나는 견디기 어려운 상태가 되었다. 방학 내내 그를 볼 수가 없고 그리고는 졸업이었다. 아직 학교 배정이 되지는 않았지만 수많은 고등학교 중에 같은 학교로 가게 되리라는 기대는 무모한 것이었다. 어느 일요일 오후에 나는 그의 집을

찾았다. 주소만 가지고 한참을 헤매고 물어서 찾은 그의 집은 ㄷ 자로 지어진 허름한 기와집에 네 가구가 살고 있었다. 내가 마당으로 들어섰을 때 석호는 빨래를 걷고 있는 중이었다. 나의 방문에 적잖게 놀란 석호는 방으로 들어가지 않고 밖으로 나가자고 했다. 그가 잠바를 걸치러 들어간 짧은 시간 동안 홑겹 미닫이문 밖으로 이상한 소리가 흘러나왔다. 알코올 중독자라는 그의 아버지가 내는 소리 같았지만, 그것은 사람의 소리라기보다는 돼지나 개가 내는 소리에 더 가까웠다.

밖으로 나온 나는 되도록 심상한 목소리로 말했다.

"석호야, 나 방학 때도 너랑 만나고 싶어. 공부도 같이 하고 말이야. 그리고 고등학교 가서도 계속 만나자. 그 얘기 하려고 왔어. 넌 나한테 전화해. 나는 편지를 쓰거나 찾아올 테니."

그러면서 전화번호를 적어온 쪽지를 건넸다. 석호는 쪽지를 받더니 한참 동안 말없이 발로 땅만 툭툭 찼다. 그의 입에서 나올 대답을 기다리느라 잔뜩 긴장한 턱이 덜덜 떨려왔다. 석호가 입을 열었다. 어딘지 결연함이 묻어나는 얼굴이었다.

"현수, 너 왜 그러냐? 친구면 그냥 친구지, 왜 이상하게 그래? 우리 둘 다 남자야. 남자라구. 네가 이상하게 구니까 내가 널 피하는 거야. 애들한테 뭐라고 소문이 난지 알아? 내가 너하고 연애한다는 거야. 그만 가. 나 들어가야 돼."

그리고는 내 눈앞에서 쪽지를 반으로 찢어 던져버렸다.

어떻게 집으로 돌아왔는지 모르겠다. 거리에는 크리스마스 캐럴이 흘러나오고 찬바람이 몰아쳤다. 흐르는 눈물을 연신 닦으며 나는 가슴이 쓰리다는 것이 어떤 것인지 처음으로 알았다.

곧 방학이 되었고 나는 방에 틀어박혀 거의 바깥으로 나오지 않았다. 내가 방에서 하는 일은 늘 공부였으므로 부모님은 나의 과도한 학구열을 걱정했지만, 그 겨울 나는 단 한 번도 공부하지 않았다. 세계문학전집을 쌓아놓고 조금씩 읽다가, 그를 생각하다가, 울다가, 잠이 들었다. 절망감 속에서도 아직은 아니라고, 그는 여전히 갈등하고 있을 뿐이라고 믿고 있었다.

그 겨울 동안 나는 세 번 더 석호를 찾아갔고 그 세 번의 만남은 나를 완전한 절망으로 몰아넣었다. 나는 그의 앞에서 무릎을 꿇었고, 사랑한다고 애원하였고, 눈물을 흘리며 매달렸다. 그러나 돌아온 것은 더욱 매몰찬 냉대였고 비웃음이었다. 그러면 그날 밤 왜 나를 안았느냐고, 안고서 몸부림쳤냐고 따졌다.

"그때, 술이 취해서 몽정을 했을 뿐이야. 비몽사몽간에 그날 본 어떤 여자의 청바지 입은 엉덩이가 떠올랐던 것이라고. 알겠어? 내가 안은 건 네가 아니야. 젠장, 이제 제발 좀 오지 마. 나, 너 보면 구역질이 나. 더럽다고!"

더 이상 살아갈 자신이 없었다. 그에게서 받은 굴욕의 상처는 치명적이었다. 내 안에서 무서운 생각이 자라나기 시작했다. 살의였다. 한 번 씨앗이 뿌려진 생각은 순식간에 싹이 트고 자라나더니 이내 나의 머릿속을 가득 채우는 숲이 되었다. 죽음, 그것은 또 다른 황홀이었다.

졸업을 하루 앞둔 2월 13일 밤, 나는 부모님 앞으로만 간단한 유서를 남기고 자살하였다. 넥타이가 목을 죄는 순간, 꿈결처럼 나의 짧은 생애가 펼쳐졌고 이내 새털처럼 날아오르는 예의 황홀경이 찾아왔다. 이번에는 거친 바람이 나를 찢을 듯이 휘몰아쳤다. 아래는 검푸른 바다였다. 온몸의 액체가 모두 빠져나가는 느낌 끝에 끝 모를 어둠 속으로 나는 가라앉았다.

2.

포장마차를 날려버릴 듯이 불던 바람이 어느 순간 잦아들었다. 바람의 재고가 모두 바닥났는지 갑자기 조금의 바람기도 없다. 서너 팀의 손님들이 다녀간 뒤에도 방형은 그저 혼자 술을 마시고 있다. 나는 홍합 솥에 물을 한 대접 붓고 나서 의자에 앉아 담배를 물었다. 볼수록 이상한 사람이었다. 그는 벌써 일 년 넘게 매일 오는 단골이다. 내가 허물없이 방형, 이라고 부르는 유일한 손님이기도 하다. 처음 한두 달은 그냥 술을 좋아하는 술꾼으로만 여겨 단골을 만들 요량으로 남은 안주를 인심 쓰는 척 더 주곤 했다. 그러면서 이런저런 이야기를 나누는 사이가 되었고 그는 나보다 나이가 두 살 적다며 나를 형이라고 불렀다. 손님에게서 듣는 형이라는 호칭은 어색했지만, 나도 어쩔 수 없이 그를 방형이라 부르며 지내게 되었다.

그는 매일 술을 마시는 알코올 중독자였다. 나중에 알고 보니 그는 관세청에서 꽤 높은 직책을 가지고 있었는데 어떻게 해서 술에 중독이 되었는지, 그러고도 어떻게 업무를 보는지 알 수가 없었다. 그는 전작이 없는 날이면 일곱 시쯤 와서 소주 네 병 정도를 마셨는데, 안주도 두 가지 이상 시켜 저녁 겸 먹는 모양이었다. 그는 가장 구석진 자리를 정해 놓고 말없이 술을 마시다가, 세 병쯤에서 거의 만취 상태에 이른다. 그런 때에 그에게 홍합 국물이나 소주를 가지고 가면 나로서는 도저히 모를 소리를 하곤 했다.

"형, 인간의 기억이 어느 과거까지 기억하는지 아시우?"

나는 여섯 살 무렵의 일이 기억난다고 대답했던 것 같다.

"히히힛, 아니오. 답은 돼지야, 돼지. 이렇게 꿀꿀거리는 돼지."

그는 목울대를 움직이며 진짜 돼지의 소리를 내는 것이었다.

"우리 아버지는 돼지가 되었지. 그런데 나도 돼지가 되고 싶어. 아버지를 죽이고 싶었는데 말이야. 으히힛, 나도 실은 돼지가 되고 싶었던 거야."

정신이 온전한 사람이 하는 소리는 아니었다. 어느 날은 취한 중에도 제법 진지한 목소리로 내게 재혼하지 않겠냐고 물은 적이 있었다. 나는 이혼한 전처에게 너무 데어서 아직 생각이 없다고 대답하였다. 그랬더니 그는 자기가 잘 아는 한 여자가 있는데 애가 하나 딸렸다는 것, 지금은 인천에 살고 있지만 내가 의향이 있으면 당장 이 도시로 내려올 거라는 것, 자기가 그 여자에 대해서는 누구보다 잘 아는데 나와 기막히게 어울린다는 것 등등, 그 여자에 대해 온갖 얘기를 늘어놓는데 계속 듣다보니 그 여자는 다름 아닌 그의 아내였다. 어이가 없고 뭐 이런 작자가 있나 싶었지만 나는 다행히 술 취한 사람보다는 개를 상대하는 것이 훨씬 쉽다는 것을 알고 있었다.

그래도 다른 사람과 시비를 붙는다거나 탁자를 엎는 등의 주정은 하지 않았기 때문에 쫓아낼 수는 없었지만, 그가 가끔 내게 던지는 이상한 질문과 혼잣소리는 그가 단순한 중독자를 넘어 정신병이 있을 거라는 의심이 들게 하였다. 아니, 틀림없이 그럴 것이다. 가끔씩, 그러니까 오늘 같은 날은 더 이상한 짓을 하기 때문이다.

두 병쯤 마시고 나서 그는 내게 오늘 친구가 이 포장마차로 찾아올 거라고 했다. 이제는 믿지 않게 되었지만 처음 몇 번은 정말로 누군가와 만날 약속이 있는 줄 알았다. 누군가 찾아올 거라고 예고한 날은 내게 이상한 소리도 하지 않으며 유난히 오래도록 앉아 술을 마셨다. 그가 앉은 자리는 다른 손님들을 등지고 있지만 내게는 정면이었기 때문에 나는 그의 표정을 잘 볼 수 있다. 그의 눈동자는 완전히 풀리고 얼굴은 계속해서 변한다. 찡그렸다가 웃는가 하면 하염없이 고개를 끄덕이다가 발을 구르기도 하면서 눈물을 뚝뚝 떨어뜨리기도 한다. 대체 무슨 일이냐고 물어도 그는 내 말을 듣지 못한다. 여러 번 보다 보니, 누군가 찾아온다는 날마다 그의 표정은 조금씩 달랐던 것 같다. 어느 날은 어머니가 오시기로 했다는 말조차 했다. 어머니가 오래 전에 죽었다고 한 것은 방형 자신이었다. 미치기는 틀림없이 미친 사람이다. 그래도 단골이라 그런지 불쌍해 보이기는 한다. 누구에게 하는 소린지,

"가자, 우리 집으로 가자."

하며 일어서는 그를 부축하여 밖으로 나온다. 바람이 멎은 틈을 타 해무가 가득히 밀려온다. 비틀거리는 그의 몸을 안개가 감싸는가 싶더니, 이내 보이지 않는다. 나는 또 담배에 불을 붙인다.

무거운 이야기를 가볍게 쓰기

안재성(소설가)

세상에는 비현실적인 상상들이 그럴싸하게 포장되어 떠돌아다 닌다. 붉은 사과가 주렁주렁 달린 사과나무 아래서 연인과 나란히 앉아 사과를 깎아 먹는 장면이라든가, 소들이 뛰노는 목장의 잔디 밭에서 한가하게 점심을 먹는 장면 같은 것들이다.

사과를 따기까지 최소한 열다섯 번 이상의 소독약을 치기 때문 에 사과나무 밑에 앉아 연애를 하기 위해서는 함께 죽을 각오가 필요하다. 농약은 눈에 보이지나 않지, 유황이니 석회가 뒤덮인 나무 밑에 앉아 연애를 한다는 자체가 웃기는 일이다. 복숭아, 포 도, 배도 다 마찬가지다. 언덕 위의 목장도 그렇다. 겨울 몇 달을 빼고는 목장의 주인은 소도 사람도 아닌 파리들이다. 목장의 잔디 밭에 음식을 펼쳐놓으면 파리를 쫓느라 이야기 나눌 겨를도 없을 것이다. 푸른 언덕 위에 지어진 멋진 목장 집들은 안팎이 온통 파

리똥 투성이다. 농사일이라곤 해보지 않은 부르주아 작가들의 상
상으로 써대는 목가적인 농촌 생활은 가짜다.

최용탁은 이 가짜로 그려진 농촌에서 진짜로 살아가는 농사꾼
이다. 충주 산골짝 아늑한 분지에 만들어진 그의 아름다운 과수원
에 가본 사람들은 누구나 감탄한다. 복숭아, 사과, 배에 체리, 자
두, 살구, 포도까지 없는 과일이 없다. 커다란 은행나무 아래 연못
에는 팔뚝만 한 붕어와 잉어들이 헤엄쳐 다닌다. 통 대나무를 깔
아놓은 원두막에 누워 숲이 뿜어내는 바람을 들이마시고 있으면
인간이 왜 자연을 그리는가 알 수 있다.

하지만 이 아름다운 과수원의 주인인 최용탁은 일 년 내내 일에
치여 산다. 여름이면 땀과 농약으로 뒤범벅되어 하루에도 몇 번씩
옷을 갈아입어야 하고, 한겨울에도 저장한 과일을 출하하고 거름
을 뿌리느라 바쁘다. 구정대목이 지나면 곧바로 과수나무 전지에
들어가야 하고 남들이 화사한 복숭아꽃에 감탄하고 있을 때면 너
무 많이 핀 꽃을 따주느라 바쁘다. 전화하면 늘 과수밭에 나가 있
다. 비라도 와야 일하지 않으니 그의 원두막에서 소주를 나누는
날은 대부분 비가 내리고 있었다.

내가 최용탁을 알게 된 지가 십 년, 다소 낭만적인 전원생활을
꿈꾸며 경기도 이천에 내려온 시간과 같다. 최용탁도 비슷한 시기
에 멀지 않은 충주에 자리 잡고 농사를 짓기 시작하면서, 우리는
문학의 동료로서보다 같은 농협의 회원으로 먼저 만났다. 그리고

십 년 사이, 온갖 농사의 실패를 다 맛보았다. 그 이야기를 다 하자면 읽기도 지겨운 책 한 권이 되리라. 농업이 인생의 목표도 아니면서 왜 그토록 열심히 땀 흘려 일했는지 이해가 되지 않을 지경이다.

최용탁은 일이 없는 밤이면 별채의 온돌방에서 시를 쓰곤 했다. 하지만 시로 표현하기에는 이야기가 너무 많았던 모양이다. 그는 충주 댐으로 고향이 수몰되는 바람에 부모를 따라 미국에 건너가 구 년이나 점원 생활을 했고 돌아와서는 무너지는 농촌 한구석을 지키며 그나마 미국에서 번 돈을 다 까먹었다. 대학 시절에는 꽤 열심히 학생운동을 했고 미국에 가서도 고국의 민주화를 위해 많은 시간을 보냈다. 농사를 지으면서도 진보운동에 한몫을 하더니 지금은 민주노동당 당원이 되었다. 이 고단하고도 뜨거운 삶을 몇 줄의 시로 표현하기에는 부족했으리라.

마침내 지난 해 여름, 최용탁은 십 년 만에 처음으로 집을 떠났다. 소설을 쓰기 위함이었다. 눈앞에 벌어지는 농사일을 외면할 수 없는 게 농사꾼이라, 일부러 머나먼 전라도 여수까지 내려갔다. 일주일이면 단편 하나를 뚝딱 해치우는 놀라운 필력은 아마도 익어가는 복숭아를 따야 한다는 조바심에서 비롯된 것이리라. 결국 복숭아를 수확하기 위해 올라오기까지 겨우 한 달 반 만에 책 한 권을 써갖고 돌아왔다.

처음 원고를 읽어본 나는 깜짝 놀랐다. 농사꾼으로서 보여준 그의 성실함에 익숙한 나는 소설 역시 너무 진지하여 재미없지 않을까 걱정했는데, 전혀 그렇지 않았던 것이다. 예상외로 재기발랄하고 경쾌했다. 해학과 재치가 넘쳤다. 소설의 바다에 풍덩 빠지더니 제 물을 만난 물고기처럼 자유로웠다.

맞다. 작가의 겉모습과 그가 쓴 글의 느낌이 꼭 일치하지는 않는다. 그러면서도 글은 작가의 내면을 드러낼 수밖에 없다. 최용탁은 누가 보아도 우람한 체격을 가진 우직한 농사꾼이다. 술에 만취하지 않는 한 욕 한마디 할 줄 모르고 남에게 싫은 소리도, 농담도 할 줄 모른다. 하지만 커다란 체격만큼 넓은 가슴 속에 다정다감한 감수성과 빛나는 재능이 숨겨져 있다. 거대담론에만 매달려온 나의 둔중함이 그의 섬세함을 놓쳤을 뿐이다.

때문에 이번 첫 작품집에 실린 중단편들을 일일이 분석하는 일은 내게 벅차다. 농촌과 도시와 패배자와 사기꾼과 고귀한 삶의 영역을 자유로이 넘나들며 찍어낸 삽화들을 하나하나 분석해 주인공과 사회의 관계에 대해, 또 이에 대한 작가의 생각을 알아맞히는 일은 내게 너무 복잡하고 어렵다.

다만 나는 그의 글 속에서 무서운 세상과 마주친, 혹은 그 무서운 세상의 한복판에서 아득바득 살아가려는 하찮은 인간들의 고독을 읽는다. 이 단편집에 등장하는 너무나 어리석거나 혹은 지나치게 영악하거나, 아니면 영악함과 어리석음을 함께 가진 주인공들이 현실에 존재하는 인물들이라 생각하면 무서운 느낌이 들기도 한다.

아마 작가 최용탁도 이 인간의 본성에 대한 두려움을 표현하고 있는지 모르겠다. 어린 나이에 작가가 된 이들은 세상을 다 아는 것처럼 행세하지만 이면의 또 다른 진실을 잘 모르는 채 원리주의적인 주장을 늘어놓는 수가 많다. 대개 책과 신문, 혹은 취재 같은 간접 경험을 통해 익힌 진실이기 때문이다. 그래서 인격적으로는 전혀 순수하지 않은 작가들이 겉으로는 퍽 순수해 보인다.

반면, 최용탁은 근본이 순수한 인간이다. 최용탁을 엉엉 울게 만들기는 무척 쉽다. 인혁당이 무죄 판결을 받았을 때 그는 밤새 울었다. 이념의 박제가 되어버린 북한 주민들의 현실에 대해 이야기해 주는 것만으로도, 바보처럼 제몫을 찾지 못하고 살아가는 착한 이들의 이야기만으로 충분히 그를 울릴 수 있다. 그는 그래서 고통 받는다. 마흔이 넘도록 민주화운동가로, 점원으로, 농민으로 온갖 세상사를 겪어온 최용탁은 인간의 겉모습 뒤에 숨은 진실을 잘 알고 있기 때문이다. 무얼 모르기 때문에 순수한 것과 알면서도 순수한 것과는 다르다. 그는 인간의 본성에 숨겨진 악을 두려워하고 이기주의를 무서워한다. 가볍게 읽히는 그의 단편들 속에 숨겨진 섬뜩함의 근원이 거기에 있다.

대표적인 것이 댐 건설로 수용되어 버려진 땅에서 벌어진 이야기를 그린 「미궁의 눈」이다. 이번 작품집에 나오는 이야기는 대개 작가가 직접 겪었거나 보고 들은 이야기들인데, 「미궁의 눈」은 그

압권이라고 할 만하다. 기존의 질서가 무너진 땅에 폭력을 통해 새로운 권력자가 탄생되는 과정은 인류 역사에 계급의 등장을 상징하는 듯, 섬뜩하다. 한 사기꾼이 산골짝 빈 절에 들어가 새로운 교주가 되어가는 과정을 그린 「혜원거사慧原居士 창종기創宗記」도 같은 맥락이다. 「최덕근 행장行狀」 역시 권력에 맛 들린 어리석은 인간의 일생을 냉소한다. 동성애자를 다룬 「안개 무덤」까지도 감정의 노예가 된 이들의 비극을 그린 같은 계열의 작품이라면 좀 지나친 평일까?

반면, 민중들에 대한 작가의 시각은 따뜻하기만 하다. 농촌의 노총각 이야기를 다룬 「꽃피는 봄날에」나 시골 조합장 선거에서 벌어진 일화를 그린 「단풍 열 끗」에는 과거 농촌을 소재로 한 소설에 흔히 등장하는 바보나 괴팍한 인물은 등장하지 않는다. 실제 그가 살아온 농촌에서 흔히 볼 수 있는, 적당히 세속적이고 적당히 바르게 살아가려 애쓰는 평범한 농민들이다. 콩트 수준의 평작으로 보이는 이들 작품 속에 오늘의 농촌 현실이 매우 구체적으로 세세히 묘사되고 있다는 사실을 눈치 챈 독자도 있을지 모르겠다.

최용탁 소설의 또 다른 단면은 역사와 혁명에 닿아 있다. 「세 노인」과 「바하무트라는 이름의 물고기」가 그것이다. 두 작품 모두 작가가 직접 경험하거나 만나 함께 생활했던 이들의 이야기인데, 때로는 현실이 오히려 비현실적으로 보이기도 한다. 특히 「세 노인」에 등장하는 인물들은 과연 사실인가 싶도록 특이하다. 실제 작가는 미국에서 만난 세 노인의 생애에 큰 충격과 감동을 받았으나 작품으로 만들 때는 오히려 거리감을 두기 위해 무척 애쓴 흔적이 역력하다.

오랜 세월 진보운동의 한편에서 애써온 본인의 경력에 비해 운동판 이야기가 이 두 개뿐이라는 점과 더불어, 역사의 무게를 걷어내고 가볍게 소묘하려 애쓴 점이 가상하기도 하고, 아쉽기도 하다. 이 아쉬움을 달래기라도 하듯, 작가는 요즘 한국전쟁 당시 우익에 의한 무참한 학살을 그린 국민보도연맹 사건을 장편소설로 쓰고 있다. 무거운 이야기를 가볍게 쓸 줄 아는 능력이 어떻게 발휘될지 기대해 본다.

이제 최용탁도 전문 작가가 되었다. 그가 여수에서 쓴 단편이 전태일문학상에 당선되었을 때, 아마도 본인보다 내가 더 기뻤을 것이다. 그를 뽑아준 심사위원들은 리얼리즘 문학의 또 다른 장을 개척할 동지를 얻은 데 기뻐했을 것이다. 바라건대 이 놀라운 재능을 온전히 역사와 사회의 발전에 바칠 줄 아는 진지한 작가가 되기를 바란다. 너무나 무겁고 진지한 이야기를, 지금처럼 경쾌하고 재미있게 써내기를 바란다. 그것만이 해마다 배출되는 수백 명의 신인 작가들의 번민으로부터 스스로를 해방시킬 수 있는 길이기도 하다.

여섯 살 무렵, 농사를 작파하고 무작정 상경 길에 오른 부모님을 따라 정착한 곳이 광주대단지, 지금의 성남이었다. 아버지는 외삼촌과 함께 고물상을 차렸고, 어머니 또한 그 뒷바라지를 하느라 눈코 뜰 새 없이 바빴다. 친구도 없고 할 일도 없이 무료하기 짝이 없는 나날을 보내던 어느 날, 나는 그 두 가지를 한꺼번에 발견하였다. 고물상 한구석에는 옥수수튀밥을 재어놓던 조그만 방이 하나 있었는데(그때는 현금 대신 튀밥을 고물과 바꾸었다), 고물상이 자리를 잡아가면서 그 방에는 비에 젖어서는 안 될 고물들이 점차 쌓여갔다. 다름 아닌 책이었다.

거의 반 이상이 만화책이었고 나머지는 잡지, 고서, 페지 나부랭이였다. 태어나서 처음으로 만난 책이 만화였음을 나는 지금도 다행으로 여긴다. 아야어여는 그만두고 기역니은의 그림자도 본

적이 없었으니, 만화가 아니었던들 여섯 살의 나는 책과의 인연을 훨씬 뒤로 미루어야 했을 것이다. 글자를 모르는 채로 나는 만화책을 읽고 또 읽었다. 너무도 강렬한 매혹이었다. 그렇게 몇 달이 흘렀을 때, 지금도 내가 믿고 있는 집중력의 마술이 일어났다. 앗, 으아, 따위이 글자가 읽히기 시작하더니, 얼마 안 가 모든 글씨를 읽을 수 있게 되었다. 고물상이 망하고 다시 낙향하기 전까지 삼 년 반 동안, 나는 고물상에 반입되는 모든 만화책과 잡지 등속을 모조리 독파하였다. 특히 무협만화를 좋아했던 나는 상당히 오래 후유증을 앓았는데, 중학교 문예반 선생에게 '취중검객醉中劍客'이라는 스무 장짜리 소설을 내었다가 꿀밤과 더불어 비웃음에 가까운 폭소를 들은 일은 지금도 얼굴이 화끈거리는 기억이다.

나는 지금도 튀밥 냄새가 구수하던 그 방에서의 시간이 나를 살아가게 하는 힘의 원천이라고 믿는다. 소년소녀 명작동화가 아니었으므로 많은 경우 낙권이 되어 1권과 4권만 읽고 그 중간과 결말을 상상으로 메워야 했다. 때로는 폭죽처럼, 때로는 밤하늘의 별빛처럼 마음껏 상상을 펼치던 나를 그 좁았던 방의 베니어 벽은 기억하고 있으리라. 12세 이하, 따위의 딱지가 붙지 않았으므로 나는 조금씩 어른들의 세계를 엿볼 수 있었고 이 세상이 많은 비밀에 차 있음을 어렴풋이 느낄 수 있었다. 그리고 말이, 언어가, 웃음과 눈물과 노여움과 사랑을, 모두 다 건져 올리는 두레박일지도, 그럴지도 모른다는 생각을, 한 번쯤은 했던 것 같다.

일찍 한글을 깨우친 탓에, 저녁이면 무슨 증인이 되겠다고 열심이던 눈 어두운 할머니에게 '깨어라' 니 '파수대' 니 하는 책들을 읽어주는 곤욕을 치르기도 했지만, 내가 돌아가고 싶은 가장 멀고도 아름다운 시절이었다.

돌아보면 마흔이 넘도록 무엇을 하고 살았는지 모르겠다. 이제라도 무엇을 하며 살아야 하는지를 알았으니 다행으로 여기련다.

늘 따뜻하게 돌보아주시는 재성이 형, 동수 형, 선옥 누님, 고맙습니다. 누추하고 허술한 작품들을 책으로 꾸며주신 『삶이 보이는 창』의 여러분들, 여러 차례 힘을 주신 박일환 선생님께 특별히 감사드립니다.

2007년 8월

최용탁